L'AMANT SANS DOMICILE FIXE

Aux mêmes éditions

DE CARLO FRUTTERO
ET FRANCO LUCENTINI

La Femme du dimanche
1973 ; coll. « Points Roman », 1984

Je te trouve un peu pâle
1982

Place de Sienne, côté ombre
1985 ; coll. « Points Roman », 1987

DE FRANCO LUCENTINI

Ruines avec figures
1975

CARLO FRUTTERO
ET FRANCO LUCENTINI

L'AMANT SANS DOMICILE FIXE

roman

TRADUIT DE L'ITALIEN
PAR FRANÇOIS ROSSO

ÉDITIONS DU SEUIL
*27, rue Jacob, Paris VIe*

Titre original : *L'Amante senza fissa dimora.*

ISBN 2-02-009859-8.

I. Quand Mr. Silvera se décide enfin

1

QUAND MR. SILVERA SE DÉCIDE ENFIN (Look, look, Mr. Silvera !) à desserrer sa ceinture de sécurité et à se pencher au-dessus de ses voisins pour jeter un coup d'œil par le hublot, Venise a déjà disparu ; il ne voit qu'un lointain fragment de mer couleur d'aluminium et, d'aluminium aussi, un tout proche, massif trapèze, l'aile.

– The lagoon ! répètent les touristes des trois groupes, le sien et deux autres, qui remplissent le vol Z 114. La lagune ! A Lagõa !...

Comme toujours, il leur est indispensable de nommer, plus que de voir, les villes et les temples, les statues et les fresques, les cascades et les îles, et toutes les terres et toutes les eaux qu'ils paient pour visiter. Look, look, the Coliseum, the Sistine Chapel, the Casbah, les Pyramides, la tour de Pise, the lagoon... On croirait des invocations pour susciter des lieux imaginaires, les faire exister quelques instants avant qu'ils ne se retirent du cercle magique. Cinq ou six d'entre eux s'efforcent naturellement de retenir à jamais la lagune, à l'aide de leurs caméras et de leurs appareils photographiques.

Indifférent à ces illusions, Mr. Silvera se réinstalle à sa place, ses longues jambes étendues obliquement dans le passage qui sépare les sièges, un sourire bienveillamment automatique prêt à se déclencher. Vu de profil, c'est un homme d'une quarantaine d'années, avec une tête bien découpée de médaille, des épaules légèrement voûtées de sportif, par exemple d'un joueur de tennis obstiné qui, subitement, pour quelque raison, aurait complètement abandonné ; ou bien, au contraire, de joueur d'échecs, courbé par de longues méditations au-dessus du fou. Ses mains fines, délicates et nerveuses, font songer au poker et à la roulette, mais aussi à de savants contacts avec des porcelaines, des parchemins, des instruments de musique ; et avec des bas de femme, des soieries, des dentelles, de menus fermoirs de colliers.

Un homme insolite, qui fait avec douceur (ou stoïcisme ?) un métier pour lui un peu incongru, un peu mesquin. Chef de groupe. Accompagnateur et animateur touristique. D'habitude, on les choisit plus jeunes : les deux autres groupes du vol Z 114 ont pour guides une fille qui rit tout le temps et une sorte de jeune paysan trapu, pourvu d'une touffe de cheveux très blonds qui lui retombent sur les yeux.

Silvera a pris son groupe en charge ce matin à six heures quinze, devant le siège de l'Imperial Grand Tours, l'agence de voyages londonienne pour laquelle il travaille depuis quelque temps. Le trajet en car jusqu'à l'aéroport de Heathrow lui a suffi pour faire connaissance avec ces vingt-huit personnes, ou plutôt pour les caser dans sa mémoire, qui est remarquable et accoutumée aux classifications instantanées. Les gens habituels, la clientèle habituelle de l'Imperial, retraités, petits commerçants, petits employés, artisans, toujours des mêmes nationalités : Anglais et Français en majorité, mais aussi des Sud-Américains et des Canadiens, quelques Scandinaves, deux Jamaïcains, deux Indiens, un Portugais avec sa fille adolescente qui ne quitte pas Mr. Silvera de ses grands yeux nocturnes. Les noms aussi sont toujours les mêmes, Johnson, Torres, Pereira, Petersen, Singh, Durand...

Le vol Z 114 a fait escale deux fois, à Bruxelles et à Genève, pour laisser monter les deux autres groupes ; à Genève, il a aussi embarqué trois passagers en liste d'attente, dont le vol pour Venise et Athènes avait été annulé. Deux hommes d'affaires grecs et une Italienne, qui à présent est assise à la hauteur de Mr. Silvera, de l'autre côté du passage central.

Une hôtesse aux larges hanches parcourt en hâte ce corridor, cherche les derniers gobelets de carton à remporter, et Silvera, ramenant brusquement ses longues jambes, lui sourit. Mais elle garde sa moue pincée, absorbée dans des spéculations amoureuses ou, plus probablement, dans des rancœurs syndicales.

Silvera hausse à peine les épaules, détourne d'un rien son sourire, et l'Italienne, de l'autre côté du passage, le lui rend. Il est fini – se disent leurs yeux malicieux, résignés – le temps où les passagers étaient traités avec des égards de grand hôtel, avec des attentions de jardin d'enfants ; et, d'ailleurs, à quoi peut-on prétendre avec des passagers, avec un chargement de touristes de ce genre ? C'est déjà beau qu'on les emmène jusqu'à Venise, pour ce qu'ils ont déboursé.

L'appareil touche terre, freine dans un grand souffle rageur, ralentit en longeant l'ourlet de la lagune.

– Well, murmure en se levant Mr. Silvera, well...

Sa haute stature semble lui conférer une vague supériorité, démentie par sa veste de tweed très élimé et par les petits trous roussis sur le devant de l'imperméable qu'il est en train d'enfiler. La fille qui rit tout le temps s'agite déjà au milieu de son groupe ; le paysan blond recommande la discipline et le calme à son troupeau, le plus nombreux.

– Well, soupire Mr. Silvera en se levant pour tirer à lui son sac de voyage.

Il s'aperçoit que sa voisine italienne, elle aussi, s'efforce d'atteindre une mallette, et il s'en empare lui-même, la lui tend galamment.

– Thank you, dit la femme.

– Ah, dit Mr. Silvera, les yeux lointains.

Puis il est englouti par son groupe, please, please, Mr. Silvera, il y a des pardessus et des écharpes à récupérer, des sacs à extraire des casiers, des paquets oubliés sous les sièges, et les impatients à retenir, les retardataires à activer. La fille du Portugais le suit, la tête penchée, en le fixant par-dessous ses longs cils noirs, et elle est « comptée » en bas de la passerelle, là où Mr. Silvera et les deux autres chefs de groupe se tiennent immobiles dans le vent, se partageant leurs voyageurs.

Mais ce n'est pas à elle que Mr. Silvera tend la main pour lui faire descendre la dernière marche. L'hommage (rendu avec un mélancolique détachement, avec une ombre indéfinissable de complicité) est pour la dame italienne.

– Thank you, répète celle-ci, sérieuse.

– Ah, murmure, sans la regarder, Mr. Silvera.

Il s'en va vers l'aérogare à la tête de ses touristes, qui, tous, marchent la tête tournée vers la vaste plaque d'aluminium de la lagune, afin que rien, pas un seul centime de leur tarif économique ne soit perdu. Le groupe de la jeune Française les a précédés au contrôle des passeports et à la douane, mais ensuite les choses se déroulent sans accroc : personne en réalité ne contrôle rien, et, au-delà des barrières, voilà déjà Mr. Silvera qui coagule une fois de plus ses « vingt-huit » et les empêche de se disperser entre les toilettes et le bar.

– No, no, dit-il, indulgent, no cappuccino, please, no vino.

Ils sortent à nouveau dans le vent ; sur l'esplanade, quelques autocars sont en attente. Mais eux s'égaillent en direction de la lagune, qui commence à quelques mètres sur la gauche et s'évanouit là-bas, contre un horizon duveteux. Accostés à un ponton, se balancent parmi les mouettes quatre ou cinq sveltes motoscaphes, un petit drapeau en poupe.

– Taxi ? demande un des marins. Venedig, taxi ? Taxi Venise ?

Et il indique un point lointain, au-delà des eaux.

Un peu plus loin, le groupe du paysan blond se laisse

tomber avec des cris aigus et des éclats de rire à bord d'un gros canot pansu à cabine.

Une protestation se propage dans les yeux des vingt-huit. Et nous ?

– No boat, dit résolument Mr. Silvera, no boat, no barco, sorry.

Les prix que pratique l'Imperial, explique-t-il, ne permettent pas l'arrivée à Venise par la mer, à travers la grise lagune. Pour l'Imperial, il y a un bel autocar italien, a fine italian coach, tout rouge, qui passera sur le célèbre pont.

– A famous bridge ? se consolent les vingt-huit.

Oui, le plus long d'Europe, ment Mr. Silvera, les repoussant vers la terre ferme. Lui restera ici encore un moment pour contrôler que les bagages sont correctement chargés sur le bateau de la coopérative des porteurs, et correctement acheminés à destination.

A présent, il est seul sur le ponton et regarde la lagune, comme un prince, un condottiere qui en prendrait enfin possession ; ou bien, au contraire, qui prendrait congé d'elle, l'aurait perdue à jamais ? Un des motoscaphes se détache de la rive, trace sur l'eau une élégante parabole et, rapide, met le cap sur Venise parmi les cris des mouettes. Près du fanion de poupe, il y a, pour la dernière fois, l'Italienne du vol Z 114, il y a moi.

– Ah, murmure Mr. Silvera.

Et il ne répond point à mon salut, ne lève point la main, tandis que son imperméable claque comme une bannière grise, usée, dans le vent de novembre.

C'est ainsi que je l'ai connu, c'est ainsi que je l'ai vu pour la première et (croyais-je) pour la dernière fois.

2

Je n'avais pas attaché d'importance, alors, au fait que Mr. Silvera fût chef de groupe, accompagnateur, animateur touristique, ou quel que soit le nom qu'on leur donne. Au milieu de cette plèbe volante, je l'avais inévitablement remarqué au premier coup d'œil, avec un intérêt quasi professionnel, lui et son profil de médaille antique ; mais sans en être plus particulièrement intriguée, sans m'attarder à me demander comment il avait fini parmi ces abrutis qui l'interpellaient continuellement : Mr. Silvera, Mr. Silvera ! Je l'avais introduit dans un catalogue de vente imaginaire, personnel, avec la définition : « voyageur insolite, voire un peu mystérieux », puis je m'étais remise à penser à mes affaires.

A présent, naturellement, je ne saurais dire quelle impression il m'eût laissée si je l'avais considéré avant tout sous l'angle de son métier (appelons-le ainsi). Qui convient parfaitement, entendons-nous, à des étudiants désargentés voulant, l'été, courir le monde (le fils de Rosy et une fille de mes cousins Macchi l'ont fait pendant des années) ; mais qui, en novembre, et pratiqué par des adultes avec des groupes de ce niveau, ne peut se définir que comme minable. Il est probable qu'il eût été irrémédiablement discrédité à mes yeux, le brave Silvera. Je l'aurais liquidé avec une petite pensée apitoyée, du genre : « Regarde-moi ce pauvre diable, ce qu'il est obligé de faire avec ses cheveux gris » ; ou peut-être, étant donné son nom : « Imagine un peu, ce pauvre séfarade, à quoi il en est réduit pour vivre. » Un raté, un mort de faim, un bum. Et, de ce genre de premières impressions, un homme ne se relève plus. De sorte qu'*ensuite* les choses seraient allées de tout autre façon ; et même, probablement, elles ne seraient allées nulle part.

Au contraire, grâce à mon inattention fortuite ou un peu ensommeillée, me voilà en train de réfléchir à *mon* métier, appelons-le ainsi, et de lui trouver de significatifs points de ressemblance avec le sien. C'est un métier non moins vagabond. Un métier où il faut de la même manière gagner les bonnes grâces de la clientèle, avaler des couleuvres et encaisser des humiliations, être toujours disposée à allécher, flatter, apaiser, caresser des personnages parfaitement horribles. C'est un métier qui vous porte à fréquenter la beauté, la rechercher, la mettre en valeur, l'illustrer, avec une indifférence absolue – en réalité sans plus la voir. J'exagère peut-être, mais la seule différence entre un accompagnateur touristique et moi me paraît être, maintenant, celle-ci : lui est rétribué par un fixe ridicule et quelques pourboires mesquins, alors qu'on me paie, moi, en chèques crépitants tirés sur des banques prestigieuses.

D'où la séparation : lui, avec son troupeau, en vaporetto, moi en motoscaphe jusqu'à mon hôtel au bord du Grand Canal, avec la fiction d'un accueil d'un autre temps : comment allez-vous, Vénitienne à nouveau, le voyage s'est-il bien passé, vous avez vu ce temps, il y a un peu de courrier pour vous, je vous prépare un manhattan, un thé de Chine ? Ce genre de choses, dites avec une familiarité professionnelle destinée à faire que je me sente « chez moi », fût-ce après un intervalle de plusieurs mois. Et le vieux valet Tommaso, qui manœuvre l'ascenseur avec la gravité et la solennité d'un chambellan préposé à la montgolfière de Louis XVI, disant sentencieusement, comme pour lui-même : « Toujours plus belle. »

Il connaît son métier, il vous lance une phrase de ce genre, tout en vous laissant entendre qu'elle est la traduction en langue grand-hôtelière d'un argotique « Mince de nana ! » ou d'une expression plus crue qui monte de ses reins épuisés (et, du reste, sont-ils tellement épuisés ?).

J'effectuai un contrôle fugitif dans les généreux et omniprésents miroirs dorés, constatant qu'eux aussi connaissaient leur métier. J'y vis (et cataloguai aussitôt, sans oublier le « joli cadre de style ») un *Portrait de jeune femme* attribuable à un « maître toscan ou ombrien du début du Cinquecento », avec des influences botticelliennes et lippesques d'une part, péruginesques de l'autre. Raffaellino del Garbo ? Abstraction faite de l'« ensemble de voyage » d'école franco-japonaise (Issey Miyake), le sujet du portrait présentait, de fait, des affinités marquées avec diverses madones de cet artiste et, de surcroît, avec la blonde et fascinante *Dame de profil* que Berenson (suivi par mon ami Zeri) lui attribue, dans la collection de la baronne de Rothschild à Paris. Un portrait d'autant plus satisfaisant que, son auteur, Raffaellino ou un autre, ayant courtoisement omis l'AETATIS SUAE XXXIV, les années pouvaient incontestablement être ramenées à XXX, voire moins.

Sur les épais tapis, nous croisâmes un groupe de Japonais qui avançaient en silence et en double file, comme des pensionnaires. Tous des hommes, tous vêtus de sombre.

– Au moins, eux ne font pas de tapage, observa Tommaso avec condescendance.

– Vous en avez beaucoup, même hors saison ?

– Toujours plus, en toutes saisons. Et vous dites que ce sont des touristes, mais pour moi ils viennent ici copier Venise. Vous verrez qu'un jour ou l'autre ils se mettront à en fabriquer une pour eux, une imitation parfaite.

Aussitôt, il se repentit de sa plaisanterie, que du reste il devait avoir déjà faite avec succès Dieu sait combien de fois.

– Venise ne peut pas être imitée, dit-il fièrement.

Et pourtant, cette impression est quelque chose que j'éprouve parfois moi aussi, dans cette cité trop regardée : comme si ces millions et ces millions de pupilles admiratives avaient le même imperceptible et perpétuel pouvoir d'érosion que les ondes, à chaque coup d'œil une parcelle de Venise volée, absorbée...

* * *

Sans même défaire mes valises, je téléphonai à Chiara pour m'entendre confirmer le rendez-vous de l'après-midi. Je devais visiter une collection de tableaux anciens, mais de valeur non encore vérifiée, et essayer éventuellement de la faire confier à Fowke's, la salle de ventes pour laquelle je travaille. Chiara est notre correspondante locale ; quant au rendez-vous, je me l'étais déjà fait confirmer deux jours plus tôt. Mais, à Venise, on ne sait jamais. Dans cette ville où la hâte est inconnue, tout peut toujours être renvoyé à lundi prochain.

– Allô, Chiara ? J'ai bien failli rester à terre, mais je suis là. Alors, ça va toujours pour trois heures ?

Je m'entendis dire, avec la déconvenue prévue (la déconvenue, dans ce métier, est la règle), que cela allait toujours très bien pour trois heures, mais que ce qui n'allait pas du tout, c'était les tableaux : d'autres l'avaient déjà vue, cette « collection Zuanich » tant vantée, et avaient trouvé qu'elle était un simple assemblage de croûtes.

– Authentiquement dix-septième ou dix-huitième, à ce qu'on m'a dit, mais des croûtes.

– Qui est-ce qui les a vues ?

– Un peu tout le monde, maintenant. Même de la Direction des beaux-arts, on a envoyé quelqu'un, mais on sait déjà qu'ils ne mettront pas d'interdiction à l'exportation : il semble bien que ce soit franchement de la camelote, des « tableaux décoratifs », comme ils disent. Le seul qui s'y intéresse pour le moment est Palmarin.

– Un voyage pour rien, en somme.

– J'ai essayé de t'avertir à Paris, mais tu étais déjà repartie. Enfin, puisque tu es là, tu ne veux pas y jeter un coup d'œil, toi aussi ?

– D'accord pour le coup d'œil.

– Et puis, il y a peut-être autre chose, une information sur une villa de Padoue qui nous vient du même Palmarin. Avec lui, nous aurions un rendez-vous à cinq heures.

– D'accord aussi pour Palmarin.

Je défis mes valises, je passai sous la douche, puis téléphonai pour me faire inviter à dîner par Raimondo, mon très grand ami vénitien.

– Divine, dit-il, une sole chez moi. Tout de suite.

– Je ne peux pas, j'ai rendez-vous dans un moment.

– Dîner, alors.

– J'y comptais.

– Joie immense.

Prononcées par sa voix un peu rauque et sur un ton soigneusement neutre, distrait, expéditif, les hyperboles qu'il emploie continuellement ne manquent quasiment jamais de me faire rire. C'est une mauvaise langue bavarde et méchante, un féroce casseur de sucre sur le dos des gens ; mais non pas sur le mien, parce que je connais son secret et suis en mesure de le faire chanter. Cela date de la fois où je l'ai surpris alors qu'il traînait la lourde valisc d'une vieille touriste allemande en difficulté sur un petit pont, du côté des Frari. Il a essayé de s'en tirer en soupirant :

– Que veux-tu, à huit ans, j'ai été violé par un chef scout.

– Non, mon cher, je te tiens, lui ai-je souri sans pitié. Maintenant je sais que tu as un cœur.

Son petit palazzo dans la Ruga Giuffa, toujours plein d'hôtes multicolores, est peut-être la chose la moins éloignée de ce que devait être la Venise d'autrefois.

Descendue au restaurant, je commandai une sole, par paresse, et regardai distraitement autour de moi, constatant une fois de plus combien il est désormais impossible, à Venise, de voir des personnes qui soient à proprement parler des personnes, des individus. Tous ces gens qui avalaient des manhattans ou des bellinis, moi comprise évidemment, avaient l'air d'être là pour le compte de quelque fondation, université, association internationale, grande industrie, grand musée. Même chez les couples en lune de miel, on devait s'attendre à voir l'insigne de reconnaissance épinglé au col ou les reçus pour la note de frais dans la pochette de Gucci.

Pendant ce temps, là-bas, au-dehors, montant et descendant le fameux canal, défilaient des silhouettes touristiques se détachant sur les vaporetti comme pour un album d'ethnologie élémentaire – voici un chargement de Teutons et de Scandinaves blonds, voici une grappe de visages jaunes, voici de sombres conglomérats espagnols ou grecs –, chaque groupe serré autour de son Mr. Silvera. Même si, il est honnête de le dire, je ne pensai pas même fugacement à Mr. Silvera, et la chose me semble invraisemblable, impardonnable, maintenant que, de ces heures sans histoire (sans moi !), je voudrais tout savoir, fragment par fragment, instant après instant.

Mais on peut imaginer. On peut en grande partie reconstruire.

3

Quand il a contrôlé que tous ses protégés, jusqu'au dernier, sont bien montés sur le vaporetto (Vite, vite, madame Dupont !), Mr. Silvera se pousse en avant dans la cohue et se retrouve derrière un petit groupe de Russes aux nuques charnues, rasées. Collée à ses talons, il y a la jeune Portugaise, qui baisse les yeux en rougissant quand il se retourne pour lui demander si tout va bien, tudo okay ?

Dans chaque groupe, il y a toujours une adolescente qui tombe amoureuse de Mr. Silvera, toujours une paire de vieilles demoiselles à l'inépuisable énergie, toujours un couple de conjoints querelleurs, toujours un hypocondriaque, toujours un tatillon pédant et mécontent de tout, toujours un fouinard cancanier. C'est comme voyager avec un échantillonnage, pense Mr. Silvera, qui dans sa carrière itinérante a été aussi représentant en bijoux de fantaisie. D'une fois sur l'autre, les pierres, les modèles, les métaux changent, mais les colliers sont toujours des colliers et les broches, des broches.

En qualité de chef de groupe, il est déjà passé par Venise à d'autres reprises, mais il connaît bien la cité pour y être venu précédemment et en des circonstances moins superficielles. Toutefois, de ses autres Venise, Mr. Silvera ne parle jamais, il les tient rigoureusement à l'écart, ne s'en sert pas pour son travail actuel. Il pourrait indiquer aux vingt-huit un palazzo moins évident, enrichir d'une anecdote un campanile, attirer l'attention sur certain jardin, illuminer certaine coupole ; mais il s'en tient au minimum indispensable, pont des Scalzi, canal de Cannaregio, Fondaco dei Turchi, Ca' d'Oro, pont du Rialto... Il omet la riva del Vin, et, après un instant d'hésitation, également le palazzo Bernardo.

– Look, look, Mr. Silvera, a real gondola !

– Ah, dit Mr. Silvera, yes, indeed.

Il connaît d'autres noms d'embarcations locales (gondolino, caorlina, mascareta...) mais ne les révèle point. Parce que ce serait gaspiller son souffle, se dit-il, parce que certaines choses n'intéressent plus personne, et ses vingt-huit moins que quiconque.

Mais la vérité est que sa Venise secrète de brocarts, d'ors, de pourpres, de cristaux, on ne peut pas même l'effleurer sans peine, et que, surtout, elle n'a rien en commun avec la Venise schématique, impersonnelle, de l'Imperial.

S. Angelo, S. Tomà, Ca' Rezzonico, Accademia. Le vaporetto passe de l'une à l'autre rive du Grand Canal, accoste, débarque trente Danois, embarque trente enfants qui rentrent de l'école, repart vers le prochain ponton avec un soubresaut prosaïque, laborieux, de mule aquatique.

Le groupe doit descendre à Saint-Marc, pour visiter la place homonyme, la basilique homonyme et le palais des Doges. Mais en premier lieu pour manger. Mr. Silvera sait que s'ils ne mangent pas à l'heure fixée ils deviennent nerveux ; guidés à travers les siècles pour assister à la prise de la Bastille, au sac de Rome, à la bataille des Thermopyles, vers une heure ils commenceraient néanmoins à donner des signes d'inquiétude, à échanger des gestes significatifs. Quand est-ce qu'on mange ? Mais on ne mange pas ? Il y aurait au moins une femme qui se sentirait dangereusement « vide », et une autre, plus prévoyante, qui ouvrirait son sac à main, et puis-je vous offrir un biscuit, Mrs. Gomez ? Agradece un bombón, señora Wilkins ?

Là, toutes deux lancent un coup d'œil de reproche à Mr. Silvera, qui gagne quelques minutes avec le pont des Soupirs et Giacomo Casanova.

Puisque les vingt-huit croient confusément que Casanova a fini dans cette prison pour des histoires de femmes et s'en est évadé pour l'amour d'une autre, Mr. Silvera le leur laisse croire, lançant un jeu à l'effet infaillible : élire le Casanova du groupe, ici, tout de suite, maintenant, sur la riva degli Schiavoni. Parmi des éclats de rire qui effraient les mouettes, le choix se porte enfin sur le señor Bustos, un petit homme vif d'une cinquantaine d'années, dont la femme est inévitablement plus flattée que lui. Le jeu les amusera jusqu'à ce soir, il sera repris par intermittence dans les jours qui viennent, il connaîtra un bref retour de fortune juste à la fin du voyage et sera ensuite rappelé avec délice par l'intéressé. De Venise, dans mille ans, le señor Bustos se souviendra peut-être seulement que, là, d'éphémères compagnons le baptisèrent Casanova, no less.

Mr. Silvera regarde le profil des îles proches et lointaines, les étendues d'eau que, tels des océans miniaturisés, de minuscules proues sillonnent en tous sens, et pense à voix haute, en espagnol : mille ans, cette ville a mille ans.

Ceux qui sont près de lui prennent cela pour une mémorable information touristique, et répètent, impressionnés, mil años ! a thousand years !

– Look, look, Mr. Silvera ! The pigeons !

– Suivez-les ! ordonne, tout prêt, Mr. Silvera, qui sait comment s'y prendre avec ses groupes.

Et voici qu'en suivant le vol des mille pigeons aux ailes battantes on arrive à la place Saint-Marc (Ooooh ! piazza San Marcoooo !) ; où Mr. Silvera les laisse tous autant qu'ils sont à leurs rites photographiques, pour aller s'occuper de l'unique repas vénitien inclus dans la formule de l'Imperial.

Il s'enfile dans une obscure galerie, penchant machinalement la tête, prend deux ou trois ruelles en se trompant de direction une fois seulement, aperçoit enfin là-bas l'enseigne de la Triglia d'Oro, la trattoria-pizzeria où deux longues tables, pour un ensemble de vingt-huit couverts, devraient déjà être dressées en attente. Mais il comprend aussitôt, au flair, que quelque chose ne va pas : dans la ruelle stagnent des odeurs de cuisine vieilles de mille ans, d'un millénaire de menus touristiques, mais il manque la pénétrante, fumante, lourde odeur du futur immédiat.

La Triglia d'Oro a changé son jour de fermeture, qui toujours a été le lundi. Une pancarte de travers sur la porte barricadée avertit : FERMETURE HEBDOMADAIRE : MARDI. Ils n'ont pas prévenu, ils n'ont pas envoyé de télex à Londres ; un établissement comme la Triglia d'Oro n'envoie pas de télex, ni à Londres ni ailleurs.

Mr. Silvera reste un moment songeur, il lève les yeux vers l'enseigne pendante, au-dessus de laquelle voltige une mouette, peut-être à la recherche de reliefs comestibles.

Un pas pressé résonne non loin de là, s'arrête d'un coup. Là-bas, à une embouchure de la ruelle, il y a la jeune fille portugaise, immobile et écarlate, les mains croisées, mais la tête haute.

– Ah, murmure Mr. Silvera.

* * *

Tout de bronze et immobiles avec leurs longs marteaux, les deux Maures de la tour de l'Horloge sont en équilibre entre le un et le deux. Des groupes revenant des lieux où l'on se restaure commencent à affluer de nouveau vers le Campanile, le palais des Doges, la Basilique. Mais, débouchant de la galerie dans la gifle lumineuse et venteuse de la place, Mr. Silvera repère aussitôt le sien, là-bas, du côté opposé de la colonnade. Il est rare qu'ils partent à l'aventure et se perdent. Ils sont retenus ensemble par l'incuriosité, la timidité, l'ignorance de la langue étrangère (Mr. Silvera en parle parfaitement un nombre indéterminé, il en a appris d'autres, qu'il a oubliées), et dans le cas présent par ce qu'ils appellent « faim ».

Une espèce de délégation vient à sa rencontre d'un air farouche, comme de mutinés ; mais Mr. Silvera est prêt à lever les bras, montrant les deux grappes de sacs en plastique bleu, vastes et gonflés, qui sont suspendues à ses mains.

– Food ! crie-t-il. Drinks ! Vino !

Derrière lui, colorée, rayonnante, l'adolescente portugaise transporte du vin dans des fiasques et deux autres sacs bourrés de sandwiches, de pizzette, de boissons en boîte. Mr. Silvera a profité d'elle de la façon que, sans le savoir, elle désirait le plus : il lui a révélé l'accroc imprévu dans l'organisation, il lui a demandé de l'aider, de le conseiller, et ensemble ils sont entrés dans un bar-rôtisserie où ils ont acheté, avec les fonds d'urgence de l'Imperial Tours, ce qui suffira plus ou moins à restaurer les voyageurs.

– Pique-nique ! crie Mr. Silvera. Pique-nique !

Sans le dire, il parvient à donner l'impression que le pique-nique place Saint-Marc constitue une belle surprise, une variante originale expressément programmée par l'agence. Quelques-uns maugréent, mais sans conviction. L'idée plaît, c'est une chose qu'ils pourront ensuite raconter.

Mr. Silvera choisit comme au hasard (mais il les a déjà jugés à leur juste valeur, infailliblement) deux femmes et un homme, et leur confie la complexe répartition des vivres. Pareils aux pigeons, les vingt-huit s'installent presque tous sur les marches le long de la colonnade et commencent à becqueter le repas improvisé. L'un cherche une serviette en papier, un autre renverse son vin ou son orangeade sur son pantalon, un autre encore photographie de bas en haut la mémorable scène.

Mr. Silvera s'appuie contre une colonne à quelques mètres

d'eux. La jeune Portugaise s'approche de lui avec un sandwich et une bière ; mais Mr. Silvera lui oppose un refus suave, non, merci, je n'ai pas faim, je prendrai quelque chose plus tard... Il ne lui dit pas que se nourrir lui paraît en ce moment un processus dégoûtant, désespéré ; et la jeune fille, tandis qu'elle retourne auprès de son père, mord dans le sandwich à contrecœur comme si elle commettait une trahison.

II La petite porte d'entrée en chêne qui

1

La petite porte d'entrée en chêne – qui était seulement une petite porte d'entrée en chêne encastrée au pied d'une haute, étroite façade, confusément parsemée de toutes les possibles nuances estompées du rouge vénitien – aurait pu ne donner accès à rien de plus que trois petites pièces basses abritant un artisan affairé à réparer des fers à repasser sous une ampoule nue. Les volets branlants avaient été verts. Des corniches de pierre devenue grise, poreuse, encadraient chaque fenêtre. Et tout le campiello, une douzaine de maisons sans ambitions, avait l'air flasque, inutile, d'un muscle depuis longtemps atrophié.

Évidemment, la véritable entrée devait être de l'autre côté, sur le canal, entre des poteaux pourris auxquels, dans un passé lointain, était amarrée la gondole « de la maison ». Mais plus personne, aujourd'hui, ne peut se permettre de semblables luxes ; plus personne, au moins parmi les Vénitiens. Quelques riches étrangers, milanais, américains ou suisses, cultivent ces coquetteries historiques pour une saison ou deux, puis les abandonnent pour le plus pratique motoscaphe ou remettent en usage une petite porte d'entrée en chêne.

L'impression, quand on presse la sonnette, est toujours

qu'elle est en panne depuis des mois, que tout l'aménagement même est hors d'usage depuis des décennies. Aucun tintement ni vibration ne parvint à nos oreilles quand Chiara appuya sur le moderne petit rectangle de plastique portant le nom de Zuanich, écrit à la machine ; mais la sonnerie avait sans doute retenti dans la cavité la plus intime de l'édifice, faisant sursauter une vieille domestique à demi sourde, qui, à présent, sur ses jambes gonflées et de son pas traînant, était en train de s'approcher par d'obscurs corridors...

Ce que nous entendîmes sur-le-champ, au lieu de cela, fut une succession précipitée de bruits sourds, comme produits par de grands chiens lancés dans une course d'obstacles, et la porte fut presque arrachée de ses gonds par deux garçons de haute taille, blonds et très beaux, en chaussures de jogging et chandail : les petits-fils, dont le père était mort et la mère remariée en Amérique, m'avait déjà expliqué Chiara. Ils faisaient leurs études à Milan, ils venaient ici rendre visite à leur grand-mère, la propriétaire de la collection.

Encore haletants après leur course, les deux jeunes gens se replacèrent sur le terrain des convenances, s'inclinant pour le baisemain. Le plus grand était tondu presque à ras, l'autre débordait de cheveux, des mèches instables qui pleuvaient sur lui de toutes parts. Ils nous introduisirent dans une vaste antichambre où les continuelles irruptions des hautes eaux avaient dénivelé les marbres du pavement ; et de là, par un grand escalier ennobli de bustes du dix-huitième ou du dix-neuvième, nous montâmes à l'antichambre supérieure.

Entre des portes très espacées, sous les fresques mythologiques de la voûte, de très longs divans attendaient dans la poussière que reviennent les danses. Un chat gris défilait lentement, la queue dressée, sous les branches colorées de l'immense lustre de verre, mais il se sauva quand Chiara se pencha pour le caresser. Après une autre volée, l'escalier se rétrécissait, les marches devenaient de pierre brute. Sur un palier stationnait une chaise à porteurs de couleur sombre, au cuir en lambeaux et à la portière retenue par des fils de fer.

– Dommage, dit Chiara à voix basse.

– Oh, je sais, commenta le plus grand des garçons avec une totale indifférence.

Une porte branlante donnait sur un couloir au plafond très bas, le long duquel s'ouvraient un grand nombre de petites fenêtres. Puis venait une pièce de débarras où étaient accumulés des chaises et des fauteuils dans un enchevêtrement de pieds brisés et de dossiers démantibulés. Enfin, audelà d'une tenture de lourde étoffe couleur puce criblée de trous par les mites, on descendait deux petits escaliers, puis, en prenant un tournant, on entrait dans une autre espèce d'antichambre, sans fenêtres ni lucarnes, médiocrement éclairée par un petit lustre central et meublée d'une longue table avec deux bancs de bois peint.

Tout autour, sur les murs crépis de jaune et parcourus d'un réseau de fissures poussiéreuses, étaient suspendus les tableaux de la collection, une trentaine, disposés sur une rangée ou sur deux, suivant leurs dimensions, du reste assez uniformes, variant de quelques décimètres à un mètre au plus de côté.

– Bon, je redescends chez ma grand-mère, nous salua le tondu. Lui, dit-il en faisant un signe vers son frère et vers deux lampes à pied, orientables, liées par de longs fils à deux prises d'angle, vous aidera à installer les spots, si vous voulez voir mieux.

Nous le remerciâmes et, tandis que le chevelu se plongeait dans la lecture d'un album de bandes dessinées, fîmes lentement un premier tour.

Rien de sensationnel, au moins à première vue. Et cependant, toujours à première vue, moins décevant que ce que les informations de Chiara avaient laissé prévoir. De tardifs et même très tardifs titianesques et giorgionesques, des tintorettesques et des véronésiens de retour, des bassanesques de la troisième génération : mais parmi lesquels auraient pu se cacher, qui sait, le doué et ingénieux Padovanino, le roublard mais parfois inspiré Pietro Liberi, le fantasque Pietro Della Vecchia, ou quelque autre imitateur de ce type des grands du Cinquecento.

Depuis peu, cette peinture de troisième ordre, qu'à son époque on n'avait pas hésité à écouler comme « art vénitien du siècle d'or » sur des marchés lointains et pas trop pointilleux, était en train de regagner une discrète valeur – entre 30 et 60, voire 80 millions – justement sur le marché italien le plus spécialisé. Pour la succursale de Fowke's à Florence, un ou deux Giorgione revus et corrigés par Della Vecchia, quelques beautés titianesques refaites par Forabosco auraient fait l'affaire à merveille.

A ceci près que, dès le second tour, et sans même le besoin d'un éclairage supplémentaire, toute cette production en apparence d'un dix-septième travesti en seizième commença de se révéler comme un travestissement elle-même. Une insipide *Récolte de la Manne* et une emphatique, mécanique *Extase de saint André* ; un désarticulé *Martyre de saint Étienne* entre deux voltigeantes, chaotiques *Ascensions* ; d'exubérants et fardés, ou livides et ligneux, *Portraits de dames et de gentilshommes ;* des nudités boursouflées et rougeâtres de *Vénus* et de *Suzannes au bain* dans des paysages aux teintes porcelaineuses ; un farouche *Mucius Scaevola devant l'autel,* parmi de languissantes *Madones de Lorette, de la Nativité,* allaitantes : toutes ces croûtes trahissaient non plus des ascendances de la Renaissance, mais bien la reprise en clef rococo et même néo-classique, de la part de grossiers tâcherons, d'un goût vénitien désormais codifié, dans un but de contrefaçon, de plagiat, de tromperie.

La seule chose que l'on pût admirer dans la collection était la cohérence du collectionneur, un marchand enrichi probablement, grand-oncle ou bisaïeul de la grand-mère actuelle, qui en se composant une « galerie patricienne » avait été guidé par une inflexible bigoterie esthétique et par une viscérale vénération pour l'« ancien », tout autant que par un sens inné de l'économie.

Le petit-fils chevelu s'aperçut que nous nous étions arrêtées et leva la tête d'un air interrogateur.

– Voulez-vous plus de lumière sur certains des tableaux ? Est-ce qu'on allume les spots ?

– Il vaudrait peut-être mieux pas, ne pus-je me retenir de répondre.

Il haussa légèrement les épaules. Aux commentaires d'autres visiteurs, il devait maintenant avoir compris que l'ancestrale collection ne valait pas grand-chose ou rien du tout.

– Pourtant, dit-il en refermant son album et en se levant, ce sont quand même des tableaux anciens. Et la Direction des beaux-arts n'a pas mis d'interdiction. Tout cela peut être emporté à l'étranger.

La sceptique implication, à laquelle il était parvenu par ouï-dire ou peut-être bien de lui-même, était que des choses comme cela se vendraient mieux dans des pays aussi lointains que possible. Mais, à son regard soudainement adulte et à son sourire cupide, bassement déférent, que soulignèrent les mots « tableaux anciens » j'eus l'impression qu'il n'était pas un arrière-arrière-petit-fils en train d'allumer les spots, mais l'arrière-arrière-grand-père lui-même, le négociant et collectionneur improvisé, qui nous éclairait à l'aide de lampes à pétrole son insauvable « galerie ».

* * *

Bien que, entre le premier et le dernier tour, l'inspection des tableaux n'eût pas duré plus d'une heure, quand nous priâmes le garçon de nous raccompagner, nous étions complètement engourdies.

Mais l'exposition au froid, à la poussière et au silence est le prix que l'on paie presque toujours dans ce métier, où les vieilles choses – qu'elles soient belles, laides ou indifférentes –

semblent avoir leur propre influence physique, leur propre pouvoir imprégnant qui, peu à peu, vous pénètre les doigts, les jambes, la peau, vous fait partager la rigidité du bois, du fer, la froideur du marbre, vous transmet les rugosités et les craquelures de toiles chargées d'ans, de papiers troués par les vers.

Nous déplaçant comme des marionnettes, nous descendîmes chez la grand-mère. Chiara me l'avait présentée comme pratiquement gâteuse et je m'attendais à une larve ratatinée, balbutiante, à l'œil vide. Mais il ne pouvait en être ainsi, avec deux petits-fils d'une telle prestance. Même assise – devant une petite cheminée au minimum de ses possibilités –, la grand-mère conservait une majesté cérémonieuse, avec des épaules droites et pleines sous son châle écarlate, un beau cou altier, de beaux cheveux ondulés entre le blond et le gris, un visage rosé, potelé, à peine compromis par des rides discrètes.

– Vous êtes venues vous aussi pour les tableaux ? dit-elle d'une voix limpide. Montez, montez donc, il y a déjà deux autres personnes.

Tout un magasin de bijouterie pour touristes était suspendu à son cou, à ses oreilles, à ses poignets. Elle commença à nous magnifier la « collection », que la famille avait préservée avec le plus grand soin, allant jusqu'à la transporter à Milan pendant la guerre, parce qu'à Venise il n'y avait pas de caves et que, de toute façon, les Autrichiens pouvaient briser le front du duc d'Aoste et arriver jusqu'ici depuis Caporetto : on entendait déjà le canon ; c'est ainsi qu'elle-même, avec le factotum Domenico, avait emballé les tableaux un par un dans de la toile cirée et les avait mis dans des caisses, et ils étaient arrivés en gondole sur la terre ferme, et de là, ensuite, dans l'automobile de l'oncle Alvise...

– Je remets un peu de bois, grand-mère ? demanda le petit-fils tondu.

– Si c'est pour moi, je ne crains pas le froid, dit-elle, condescendante. Mais si cela vous fait plaisir à vous...

L'excès de chaleur, précisa-t-elle, était nuisible à la santé ; il était aussi nuisible aux tableaux, qu'elle conservait au-dessus, dans une pièce appropriée, sans fenêtres, parce que la lumière était également dangereuse, elle altérait toutes les couleurs, c'était un parent de Trieste, quelqu'un qui s'y entendait, qui lui avait donné ce conseil, il y avait bien longtemps de cela. Et elle, depuis lors, ne les avait pas bougés de là, chacun à son clou, bien protégé dans l'ombre, à la juste température.

– Mais nous, nous ne sommes pas des tableaux, grommela le tondu en attisant le feu.

Son frère ouvrit un petit coffre à demi rempli de bois, en jeta trois ou quatre morceaux dans la cheminée.

– Ah, ces jeunes d'aujourd'hui... soupira en vénitien la grand-mère.

La tête gris-blond commença une lente rotation de poupée un peu disloquée, dirigeant ses yeux exagérément ouverts vers une petite table ovale tout à côté : sur laquelle, dans des cadres d'argent et d'écaille, on voyait des personnages photographiés, d'âges variés comme leurs costumes, qui dataient de la fin du siècle dernier jusqu'à la moitié de celui-ci, mais tous désormais trop déteints, effacés, pour que l'on pût encore rencontrer leur regard.

Qui fait commerce avec le passé se trouve souvent devant ces pauses de tristesse décharnée, absolue, qu'il n'est jamais facile de traverser. On bute et on reste empêtré dans la réflexion que, pour être répétitives, normales, elles ne vous oppressent pas moins.

Je me secouai en jetant un coup d'œil au feu qui crépitait, et je déclarai à la grand-mère que j'avais déjà vu la collection, que j'étudierais encore mes notes, et que, si les tableaux nous intéressaient pour la salle de ventes de Florence, je le lui ferais savoir.

– Très bien, très bien, acquiesça-t-elle. Ils ont une grande valeur, on vient les voir ici même de Londres, de New York. La peinture vénitienne est la plus merveilleuse de toutes.

Le petit-fils tondu nous reconduisit à la porte d'entrée, nous résumant l'histoire habituelle, compliquée, de taxes, de transferts héréditaires, de frais d'entretien, à cause desquels tout le patrimoine s'en était allé morceau par morceau : les terres, la villa à la campagne, les titres rescapés, et maintenant la collection, bientôt la maison elle-même...

Je l'écoutai avec componction. Mais, tandis que je traversais de nouveau le campiello décrépit, je fus prise d'une nostalgie aiguë pour les tours de verre de New York, qui se reflètent, nues, coupantes, compactes, les unes dans les autres, et dont la splendeur est faite de dur et infrangible présent.

2

Le palais des Doges dans son ensemble a plu, il les a satisfaits, même s'ils ont préféré l'étroit passage à petites fenêtres latérales – un segment de DC-9, pratiquement – au milieu duquel Mr. Silvera les a arrêtés à l'improviste : savaient-ils où ils étaient ?

– No, no, where are we ? Où sommes-nous ? Donde estamos, Mr. Silvera ?

Seule la jeune Portugaise (qui se nomme Tina, ou du moins c'est ainsi que l'appelle son père) a murmuré à voix très basse, après avoir observé au-delà des vitres encroûtées de poussière :

– Talvez a ponte...

C'est bien cela : le célèbre pont où soupiraient les malheureux emmenés aux Piombi ; et certes, une chose est de le voir de l'extérieur, une autre de passer dedans, comme si les condamnés, c'était nous. On le goûte mieux, a reconnu pour tous Mme Durand.

Les Piombi eux-mêmes ont en revanche un peu déçu, après cette introduction, de même que l'intérieur de Saint-Marc, jugé trop sombre. Pourquoi ne pourvoyait-on pas à un éclairage convenable ? Mais surtout la Pala d'Oro, sur le tombeau du saint, a suscité perplexité et désaccords, n'étant pas véritablement tout en or comme le billet d'entrée le laissait croire. Les vingt-huit en discutent encore avec obstination, alors qu'ils suivent leur accompagnateur vers l'étape suivante.

Il faut considérer avant tout la valeur artistique, observent les défenseurs de la Pala ; et du reste, bien que la grande plaque soit en argent, même ses feuilles d'or doivent peser un joli poids, dans l'ensemble. Ici toutefois les avis divergent, et certains disent deux, certains trois, certains même dix kilogrammes. What do you think, Mr. Silvera ?

Mr. Singh et sa femme, les deux Bengalis (ou Cinghalais ?), continuent toutefois à se sentir floués, et leur bougonnement hostile s'ajoute à celui d'autres personnes qui avaient déjà peu apprécié le pique-nique, ou qui maintenant le digèrent mal. Et puis il fait un froid humide, avec un vent qui empêche même Mme Durand de « goûter mieux » la vue des canaux, depuis les parapets des petits ponts (trop nombreux, avec trop de marches) que Mr. Silvera s'obstine à traverser. Est-il encore loin, ce fameux campo S. Giovanni e Paolo ? On ne pouvait pas prendre un vaporetto ? Et s'il venait à pleuvoir ?

Quelque chose ne va pas comme il faudrait et la faute, commencent à penser plusieurs, en incombe aussi à Mr. Silvera, qui ne se soucie plus de les animer, de les soutenir, et au lieu de cela se distrait à regarder pour son propre compte des choses qui n'intéressent personne : fenêtres aux persiennes moisies, portes d'entrée ébréchées, murs décrépis d'où dépassent des arbrisseaux.

Ils traversent maintenant le grand campo di S. Maria Formosa, sous un ciel qui, bien que l'après-midi ne soit pas encore avancé, ne pourrait être plus sombre, fermé, plombé, de basse saison. Or, cela même fait ressortir le contraste avec d'autres groupes de passage, mieux organisés et guidés. Celui de la jeune Française par exemple, qui arrive d'un bon pas du côté opposé, les croise, gai, animé, en agitant des paquets bariolés.

– Murano ! crient-ils. Souvenirs !

Ils s'arrêteraient tout de bon pour montrer leurs acquisitions, si leur accompagnatrice ne les aiguillonnait pour qu'ils avancent, riant en levant les bras et tapotant sa montre du doigt :

– Vite, vite, les enfants !

Le groupe de l'Imperial a ralenti et les regarde s'éloigner avec envie. Ceux-là, non seulement leur agence les aura fait manger au restaurant, mais encore elle les a emmenés à la fameuse île (où l'on fait les meilleurs achats) plutôt qu'à ce S. Giovanni e Paolo dont personne n'a jamais entendu parler. La sombre grimace de Mr. Singh se fait plus sombre que jamais, tandis que ses yeux courent de sa femme, qui a commencé à lui parler précipitamment dans une langue incompréhensible, à Mr. Silvera en tête du groupe. Et, tout d'un coup, sa protestation s'élève dans un flot de syllabes également précipitées, inextricables, stridentes, parmi lesquelles toutefois le nom de Murano se détache sur un ton de revendication ouverte et de menace.

Mr. Silvera fait encore quelques pas, puis s'arrête et se retourne.

– Ah, murmure-t-il, Mr. Singh.

Tous, en un instant, sont immobiles, personne ne bouge plus, mais déjà le vide s'est fait autour de Mr. Singh. Même sa femme a lâché son bras. Et la jeune Tina, qui a lâché celui de son père, est pratiquement à genoux sur le campo humide, dans son Levis bleu et son imperméable rose transparent, tandis que Mr. Silvera continue, paisible, sa réprimande.

Aie confiance, dit en substance Mr. Silvera, et n'oublie pas que tes compagnons et toi êtes ici pour peu de temps. Souviens-toi que d'autres cieux, d'autres mers vous attendent. Contente-toi, pour le moment, du campo qui porte le nom de

S. Giovanni e Paolo, avec sa célèbre église, sa célèbre Scuola Grande di S. Marco (aujourd'hui Hôpital civil), et l'encore plus célèbre monument à Colleoni. Et il n'est pas dit qu'avant six heures, quand nous devrons absolument être de retour à la riva degli Schiavoni, nous ne pourrons pas nous permettre aussi...

Le sens du discours est si clair, si lumineux pour tous, qu'il éclipse un moment le fait que les mots ne sont ni anglais, ni français, ni portugais, ni espagnols. Même Rae Rajanâth Singh, le blasphémateur maintenant contrit et stupéfait, se rend compte seulement à la fin que l'homme de l'Imperial Tours lui a parlé dans sa proprc languc.

A présent, ils sont tous à nouveau en chemin par des rues toujours plus étroites, des raccourcis que seul Mr. Silvera a l'air de connaître. Et quand ils débouchent à côté de la grande église abrupte, en vue du noir condottiere à cheval, ils ne s'aperçoivent même pas qu'il s'est mis à pleuvoir.

3

Le commerce de l'ancien fleurit sur les ruines, la douleur et la mort, m'a dit solennellement de sa voix rauque la vieille Mandelbaum, une fois que j'étais allée lui rendre visite dans son célèbre entresol de l'avenida Quintana, à Buenos Aires. Mais Chiara n'a jamais pris le thé avec la Mandelbaum, ne l'a jamais vue fumer ses cigares, noirs comme ses quelques dents, et elle refuse d'admettre l'aspect franchement un peu charognard de notre travail. Même, à l'opposé de ce qu'elle appelle mon cynisme, elle arbore volontiers le voile du missionnaire, la noble toge du juge tutélaire, comme si les éléments des collections que nous dispersons étaient des petits Noirs ou des petits Asiatiques, rescapés de massacres et de famines, qu'il s'agissait d'adjuger exclusivement à des musées bien équipés, des propriétaires de galeries d'une très haute intégrité, des collectionneurs à l'honorabilité prouvée, qui ne se soucient de rien d'autre que de lcur bien.

Cette fois pourtant elle était tout apitoyée, en pensant à la déception qui attendait la propriétaire de croûtes si amoureusement conservées.

– Une chance qu'elle soit à moitié retombée en enfance, dit-elle. Elle laissera faire ses petits-fils et elle se résignera au peu qu'ils en tireront.

Pour ma part, il ne m'avait pas semblé que la vieille dame fût tellement retombée en enfance.

– J'ai l'impression que c'est encore elle qui décide de tout, objectai-je.

– Pauvre femme, en tout cas. Qui sait ce qu'elle croyait avoir. C'est toujours comme ça avec ces collections de famille : ils se montent la tête d'une génération à l'autre, ils s'imaginent qu'ils ont un grenier plein de Titien et de Véronèse... Pour moi, il n'y a rien de plus triste que de devoir leur expliquer que leur inestimable Lotto ou Palma l'Ancien n'est qu'une copie, et mauvaise encore, peinte deux siècles plus tard. Ça me fait vraiment mal au cœur.

Chiara est une excellente personne, une collaboratrice et informatrice assez dégourdie, mais elle vit, pour ainsi dire, de ses émotions peintes deux siècles plus tard. Ses apitoiements, ses enthousiasmes, ses indignations, ses ravissements ont tous un peu un air de croûte, ils font partie de son abondante brocante émotionnelle. Même la « grande passion » qui l'a conduite à s'installer à Venise ne m'a jamais, à moi, donné la sensation d'être authentique, autographe à cent pour cent.

Elle a rencontré je ne sais plus où ce peintre allemand néo-quelque chose ou post-quelque chose, son Uwe, et elle a planté là mari et jeunes enfants, elle est venue ici chercher une maison sur une île de la lagune, ne l'a pas trouvée, et habite maintenant un troisième étage au bout de la Giudecca, avec l'artiste qui ne vend pas, n'expose pas, ne devient personne, et selon moi ne peint même plus ; c'est elle qui l'entretient, car elle est de famille aisée et gagne quelque argent avec moi. Il y en a cent, il y en a mille autres, des ménages comme le sien, à Venise : femmes sculpteurs danoises, compositeurs anglais, photographes hollandais, poétesses mexicaines, romanciers guatémaltèques, tous en couple avec quelque compagnon d'art et d'amour, qu'ils entretiennent ou par qui ils se font entretenir. Ils ont « tout » quitté (c'est-à-dire rien, dans la plupart des cas) pour venir vivre leur rêve dans la ville la plus romantique du monde ; et ils ne l'oublient pas un instant, ils veulent, comme les touristes, lui faire « rendre » jusqu'au dernier centime : ils ont payé pour être ici, et Venise doit leur en donner pour leur argent, en suggestions et en inspirations, en exaltations et sublimations variées.

Quand je me promène à travers Venise au côté de Chiara, je me sens toujours en déséquilibre : c'est comme marcher avec une chaussure sans talon (moi) et une autre avec un talon de quinze centimètres (elle). Je ne dis pas qu'elle ait tous les torts, mais il est lassant de partager ses extases devant la moindre margelle de puits, le moindre mirador, la moindre cheminée, ou – comme cet après-midi-là – devant une échappée sur S. Maria dei Miracoli.

– Superbe. Superbe. Incroyable, exhala-t-elle en s'arrêtant sous le coup de l'émotion.

Non, elle n'a pas tous les torts, mais l'emphase avec laquelle elle et les gens comme elle se délectent de ces miracles finit par me donner une réaction d'intolérance envers Venise elle-même.

Pour excuser ce futile ressentiment, j'allègue naturellement le caractère orgueilleux et brusque que je me suis toujours entendu reprocher, mon impitoyable aversion pour toute forme de pâmoison, défauts auxquels je ne trouve pas de remède. Mais j'allègue aussi l'autodéfense : la nécessité de lui résister et de le tenir en respect, ce fameux charme du temps qui passe et des pierres usées (de Venise et d'ailleurs) qui demeurent. On doit à toute force s'endurcir, dans ce métier félin où il faut être toujours prêt à bondir ; comme le chat qui à ce moment s'élançait d'une grille dans l'étroite ruelle, arrachant à Chiara un « oh ! » effrayé : encore une émotion « vénitienne » à thésauriser.

* * *

Et c'est ainsi que de chat en chat, de canal en canal, de pont en pont, elle se balançant sur son très haut talon et moi cheminant à ras de terre sous un ciel désagréablement pluvieux, dans le sombre vestige auquel la lumière s'était réduite à la lisière du jour, nous arrivâmes à notre seconde visite professionnelle.

Voici Palmarin dans son magasin d'antiquités élégant et bien fourni de la calle Larga XXII Marzo. Voici son impeccable veston croisé bleu marine à fines rayures blanches. Voici ses petites mains, ses chaussures luisantes.

Nous l'épiions à travers la vitrine tandis qu'il vaguait avec un Japonais souriant parmi des commodes, des glaces, des statues en bois, des petites tables en marqueterie. C'est un homme à la soixantaine dépassée, qu'il porte bien, de taille moyenne, un peu grassouillet, avec de rares cheveux blonds gominés, plaqués sur le crâne et divisés par une raie large et raide. Il espère de cette façon, grâce aussi à ses yeux délavés, ajouter à son aspect une coloration allemande ou suédoise, nationalités qui inspirent confiance. Le résultat de ces efforts est qu'il vous a l'air d'un vieil acteur d'opérette dans le rôle du baron cocu : il ne lui manque que le monocle.

Comme antiquaire, il n'a pas un flair spécial, ni des moyens qui lui permettent de réaliser de gros coups. Si une affaire est trop importante pour lui, il essaie plutôt de s'entremettre en tant qu'informateur et intermédiaire, mais il est alors enclin aux grandes espérances fantaisistes : il voit partout des opportunités fabuleuses, des occasions inouïes, qui neuf fois sur dix se révèlent n'être que du vent. Comme, néanmoins, de son exubérance quelque chose de temps à autre surgit pour de bon, Chiara demeure en contact avec lui et, dans certains cas, à tout hasard, elle m'avertit.

On ne sait jamais, m'avait-elle dit cette fois encore au téléphone, faisant allusion à la villa de Padoue.

L'inconvénient majeur est que Palmarin n'en vient jamais au fait s'il ne vous a pas d'abord entretenu des affaires privées de la moitié de Venise, les raccordant par la formule « à propos » dans laquelle il voit probablement le comble du doigté, la quintessence de cette habileté diplomatique pour laquelle la République était célèbre.

Nous étions en fait à peine entrées que déjà il courait à notre rencontre avec son « à propos », pour nous informer des folles orgies où l'on se droguait, organisées par les maîtres de maison dans un palazzo connu du campo San Fantin. Desquelles orgies, à propos de restaurations que la Craig Foundation conduisait dans un autre palazzo, il passa à la sensationnelle rencontre entre Marietto Grimani et sa femme Effi, qui s'étaient trouvés face à face à Marrakech en compagnie de leurs amants respectifs, alors qu'elle le croyait seul à Venise et que lui pensait qu'elle était à Coblence chez sa mère. Et à propos de rencontres...

Chiara, qui ne supporte pas les histoires d'infidélités conjugales à moins qu'elles ne soient motivées par une passion dévastatrice, l'interrompit austèrement :

– Quant à nous, nous sommes allées voir la fameuse collection Zuanich. Et je dois dire que...

– Ah, piailla Palmarin, je m'y attendais, à ce que ce ne soient pas des chefs-d'œuvre ! Je vous dirai même que je l'espérais. Parce que, autrement, les milliards pour entrer en compétition avec vous, qui me les aurait donnés ?

Il intercala, à propos, de chaleureuses galanteries en dialecte à l'adresse de ses belles visiteuses, et commença à frotter, ou plutôt à manipuler ses menottes avec une extrême délicatesse, comme si elles étaient deux porcelaines précieuses qu'il craignait de briser.

– Mais enfin des croûtes pareilles, dit-il, ont été une déception pour moi aussi. Même en achetant l'ensemble en bloc, il n'y a pas de quoi y gagner plus de quelques millions, une dizaine tout au plus, sans compter que de la marchandise comme cela vous déconsidère une galerie.

– Alors que la villa de Padoue ? demandai-je, en venant adroitement au fait.

Palmarin jeta un rapide coup d'œil dans la rue, comme pour s'assurer que personne ne nous épiait.

– Ah, cela, c'est une tout autre affaire, murmura-t-il.

Et il nous expliqua à voix basse que le propriétaire de l'ancienne villa, le marquis De Bei (Un vieil ami, Nino, nous nous connaissons depuis trente ans), songeait à s'en débarrasser avec tout ce qu'elle contenait : il n'y allait jamais, c'était seulement un fardeau, et puis il devait y avoir aussi là-dessous une femme, une fille très jeune avec laquelle Nino avait été vu à Cortina. Il était veuf et avait une vieille maîtresse, la femme de Marco Favaretto, mais cinquante ans est un âge dangereux ; combien en avait-il vus, lui, Palmarin, qu' avaient mangé leur patrimoine pour une minette !

Je lui demandai, à propos, si à cette villa on pouvait ou non jeter un coup d'œil.

Demain même, si cela me convenait. Demain matin, à dix heures, nous pouvions nous retrouver sur le piazzale Roma et, de là, il serait enchanté de nous accompagner en personne pour la visite, il s'occuperait lui-même de faire prévenir les gardiens par Nino. Et tout cela, il tenait à le préciser, sans prétendre à rien de particulier, de manière tout à fait amicale : si l'affaire parvenait à bonne fin, il s'en remettait à Fowke's pour lui fixer une petite commission, à forfait, et sinon il lui suffisait d'un de mes sourires...

– Mais à propos, dis-je après avoir noté le rendez-vous où

a fini ce client japonais qui était ici quand nous sommes entrées ?

Nous regardâmes tous trois autour de nous. L'homme se tenait dans un coin, à côté d'une madone du Frioul en bois, immobile, patient, en bois lui-même. Et il nous souriait.

4

Encore un flacon iridescent, une grande fleur bleue et noire, un cygne blanc aux ailes déployées, qui se forment magiquement à l'extrémité du tube que le maître verrier retourne entre ses doigts, alternant le soufflage, les retouches et l'ajout d'autres gouttes en fusion, dans la rougeoyante pénombre de la fournaise. Ensuite, les visiteurs, qui grâce à Mr. Silvera sont arrivés à Murano non pas en vaporetto, mais par le motoscaphe appartenant à la verrerie, sont introduits dans les locaux d'exposition.

Là, parmi des cristalleries de toutes sortes, une flore et une faune vitrifiées s'alignent sur les rayons des étagères, tandis que sous une forêt de lampadaires, dans de très longues tables formant vitrine, scintillent par milliers les bijoux de fantaisie.

– Attention, please !

Mr. Silvera frappe dans ses mains pour rassembler son groupe un peu à l'écart, avant qu'il ne se confonde avec la nombreuse clientèle – d'autres groupes et des touristes isolés – que le motoscaphe de l'entreprise continue à décharger dans son va-et-vient entre Murano et les Fondamenta Nuove.

Donc, explique Mr. Silvera, chaque objet a son prix clairement indiqué : un prix déjà réduit, d'usine. Mais l'Imperial Tours a droit à une remise supplémentaire de cinq pour cent, ou même de dix pour les articles les plus coûteux. Aussi, que ceux qui achèteront quelque chose n'oublient pas de mentionner le nom de l'agence, à la caisse.

L'annonce, qui confère aux clients de l'Imperial une

certaine supériorité sur les autres groupes, est accueillie avec une particulière satisfaction. Le señor Bustos et sa femme se dirigent tout de suite vers une étagère où de petites gondoles, complétées par un gondolier avec sa rame, sont en offre spéciale pour quelques milliers de lires, alors qu'à Venise elles auraient coûté qui sait combien. Mme Durand, de son côté, s'oriente vers de petits lions de Saint-Marc jaunes et bleus (beaucoup plus fins que certains autres, apparemment semblables, pour lesquels en ville on demandait le même prix), tandis que les époux Singh et la vieille Miss Gardiner commencent à examiner des articles plus importants et donc plus avantageux, compte tenu de la remise plus élevée. Quelqucs-uns s'intéressent même aux lustres. Mais la plupart se hâtent vers la bijouterie, se dispersant rapidement parmi les vitrines.

Mr. Silvera allume une cigarette et s'en va fumer sur le seuil, regardant la pluie, regardant les vaporetti de la ligne 5 qui arrivent et repartent du phare, considérant de temps à autre ses chaussures mouillées et qui ont peut-être besoin d'un ressemelage. Il serait attiré par l'idée d'aller attendre dans un café, mais dans les alentours il n'y en a plus aucun : les derniers ont cédé la place, eux aussi, à des boutiques de bimbeloterie, à des magasins de matériel photographique, de cartes postales, de guides illustrés. Il finit par retourner dans la grande salle de la fournaise, où le maître verrier est toujours à l'œuvre mais où les spectateurs commencent à se raréfier, vu l'heure déjà avancée et la pluie. Il allume une autre cigarette. Il fume appuyé au mur dans un coin à demi obscur.

C'est merveilleux, wonderful, prekrasny... Le murmure des visiteurs lui parvient chaque fois qu'au bout du tube se répète le miracle du flacon, de la fleur noir et bleu, du cygne aux ailes déployées.

– Meu pãe não quer que fume, dit la jeune Tina.

C'est pour cette raison qu'elle est venue fumer ici, explique-t-elle en montrant sa cigarette avec un petit sourire complice, comme pour bien prouver que son père ne la laisserait pas fumer. Ce qui n'est pas vrai, car dans la rue, tout à l'heure, elle fumait bel et bien. Au reste, elle n'aspire que quelques bouffées et jette la cigarette, pour fouiller dans son sac dont elle extrait un paquet de gaufrettes.

– Um biscoito ? offre-t-elle. Ô senhor não comeu...

Elle voudrait lui reprocher de n'avoir rien mangé depuis ce matin, mais la charge d'assurance dont elle s'était pourvue ne la soutient plus, ne lui permet pas d'achever sa phrase. Elle craint qu'il ne refuse, et surtout qu'il ne lui vienne à l'esprit que – comme c'est d'ailleurs le cas – elle a acheté ces biscuits tout exprès pour les lui offrir.

C'est très gentil, dit au contraire Mr. Silvera en en prenant deux ; à cette heure-ci, c'est exactement ce qui convient.

Mais deux ne sont pas assez, insiste Tina rassurée. Ô senhor não comeu...

Encore un, mais pas plus, car il est déjà tard : dans peu de temps, il faudra partir, et puis, ce soir, on dînera de très bonne heure. Au fait, a-t-elle déjà acheté quelque chose à côté ? A-t-elle trouvé un joli souvenir ?

Oui, son père lui a acheté des boucles d'oreilles en diamants, répond Tina en se mettant à rire. Elle tire en arrière ses cheveux très noirs pour montrer deux petits disques de cristal rose, sertis d'un fil de cuivre. Comment lui vont-ils ?

Mr. Silvera la prend par un coude pour la conduire dans une zone plus éclairée. Voyons, dit-il, lui faisant même gravir les deux marches qui ramènent vers l'exposition.

Très bien, approuve-t-il. Ils lui vont magnifiquement.

– Look, look, Mr. Silvera ! intervient Mrs. Wilkins qui a acheté pour seulement 8 550 lires, remise comprise, un bracelet de perles de toutes les couleurs. Isn't it beautiful ?

Il est très beau et il lui va très bien, complimente Mr. Silvera. Et Miss Tina aussi a bien choisi, ajoute-t-il en invitant Tina à montrer ses boucles d'oreilles.

– Lovely ! crie Mrs. Wilkins.

Elle irait presque jusqu'à les acheter aussi, si elles n'étaient pas trop chères.

Celles-ci sont très peu coûteuses, mais il y en a qui sont serties d'argent et même d'or, explique, timide, Miss Tina.

Ah, lui dit sérieusement Mr. Silvera, ce sont seulement des souvenirs. Il ne faut pas les payer trop cher, les souvenirs.

– Não, admet Tina, baissant les yeux, soudain très triste.

Mr. Silvera frappe dans ses mains, commençant à rassembler le groupe :

– Attention, please !

Il charge ensuite Tina et les époux Singh de réunir tout le monde dehors, où maintenant il ne pleut plus, et va s'informer du motoscaphe à la caisse.

Sera-t-il possible, demande-t-il, de l'avoir aussi pour le retour ?

La caissière répond que non. Pour des courses supplémentaires, il est trop tard, sans compter que les clients de l'Imperial ont dépensé vraiment trop peu.

– You see ? dit-elle en lui montrant la feuille où elle a noté les achats du groupe.

Elle a déjà calculé, cependant, le pourcentage qui revient à l'accompagnateur, et ouvre la caisse pour le régler.

– Non, attendez, j'achète aussi quelque chose, moi, tant que j'y suis, dit Mr. Silvera dans un italien parfait.

Il fait volte-face et retourne vers une des tables-vitrines, cherche un moment, indique quelque chose au commis.

– No motorboat, sorry, annonce-t-il peu après en rejoignant ses vingt-huit. Mais du célèbre phare – you see, the light-house overthere ? – partent les vaporetti de la ligne 5, qui arrivent directement aux Schiavoni. Hurry up, now ! Vite ! De priesa !

* * *

Quand le 5 débouche du canal de l'Arsenal et les dépose au bout de la riva degli Schiavoni, repartant à demi vide pour San

Zaccaria, il est près de six heures et demie. Il fait maintenant tout à fait nuit et il a recommencé à pluviner. Quelques-uns s'attardent pour ouvrir leurs parapluies.

– Vite, hurry, les stimule Mr. Silvera en donnant le bras à Mme Durand, qui hésite à affronter les marches glissantes du pont. Ce n'est pas loin, les encourage-t-il.

Ils se mettent en route par la riva San Biagio, le long d'une file de bateaux à quai, noirs et silencieux. Il ne passe presque personne. Même dans le bassin de Saint-Marc, qu'une lente brume est en train d'envahir, le mouvement se réduit à une navette et à deux motoscaphes pour le Lido, dont les lumières nc sc distinguent plus. L'île de San Giorgio elle-même a disparu. C'est comme si la basse saison, soudain, avait atteint un point si bas qu'au-delà il n'y a plus que le vide absolu, le néant.

Ne sera-t-il pas trop tard ?

Bien que personne n'ose avouer ce doute, fût-ce à soi-même, beaucoup commencent à regarder de travers Mr. Singh, tenu pour le principal responsable de l'excursion à Murano.

– Não será demais tarde, senhor Silvera ? hasarde Tina à voix basse, alors qu'ils arrivent au pied d'un autre pont. O barco não será...

Não, o barco n'est pas parti, o barco nous attend, la rassure o senhor Silvera en aidant Mme Durand à monter les dernières marches et en lui offrant son autre bras. Le voici, le barco.

Un peu plus loin sur la riva dei Giardini, entre les sombres silhouettes d'embarcations de moindre importance, est amarré un beau bateau blanc, dont tous les ponts et les hublots sont éclairés, tous les fanaux allumés, avec mille ampoules qui s'élèvent en deux rangées brillantes jusqu'à l'antenne de signalisation. Sur la poupe, le nom se détache en magiques caractères grecs.

– *Basilissa tou Ioniou*, annonce o kyrios Silvera avec un

geste approprié vers la *Reine de la mer Ionienne*, the *Queen of the Ionian Sea*, la *Reina del Jonio*, devant laquelle divers groupes sont encore en attente d'embarquement. (Celui du jeune paysan blond, passeports à la main, est présentement en train de monter sur la passerelle.)

Mais, au-delà du bateau et de la lagune, au-delà de l'Adriatique et de ladite mer Ionienne avec Corfou, sa perle verte, le geste évoque des lointains encore plus suggestifs, jusqu'à la Crète, jusqu'à Rhodes, jusqu'à la fabuleuse Chypre, dont l'Imperial Tours ouvre les horizons aux voyageurs de son imbattable « tout compris ». Venise, avec ses gondoles et ses pigeons, n'a été qu'une introduction, un simple prélude, si splendide qu'il fût. C'est maintenant que commence le véritable voyage.

5

En sortant de chez Palmarin et voyant qu'il pluvinait, Chiara voulut me traîner de force (C'est à deux pas !) vers un autre de ses « lieux saints », le Harry's Bar, où nul n'entre et dont nul ne sort sans que tout le monde le dévisage pour voir s'il est « quelqu'un ». Nous entrâmes très regardées. Tout en échangeant des saluts avec l'un ou l'autre, Chiara me fraya un chemin à grand-peine vers l'unique table libre.

– Cette histoire de Padoue ne me convainc guère, dit-elle quand nous fûmes installées. Elle ne t'a pas paru curieuse, à toi aussi ?

– A cause de la modestie des prétentions de Palmarin ?

– Bien sûr. S'il s'agissait vraiment d'une affaire, pourquoi se contenterait-il d'une petite commission à forfait ? Les autres fois, il a toujours demandé une consistante participation aux bénéfices, avec quantité d'engagements par écrit.

La chose était effectivement bizarre, et nous nous mîmes à lui chercher des explications. Selon Chiara, il se pouvait que le retors Palmarin, pour faire la preuve de sa bonne volonté, feignît de nous proposer une affaire qu'en réalité il avait déjà conclue ou décidé de conclure avec quelqu'un d'autre. Après quoi, comme il est de règle en pareils cas, il rejetterait toute la faute sur le propriétaire.

Je supposai pour ma part que les merveilleux meubles De Bei faisaient la paire avec la désastreuse collection Zuanich, et que Palmarin, se préparant à acheter en bloc cette dernière, ne tenait pas à se mettre aussi sur le dos les premiers.

– Et il prétendrait nous les refiler ?

– Il essaie. Lui aussi cultive le principe du « on ne sait jamais », outre celui du « mieux vaut peu que rien »...

Chiara, tandis que je parlais, continuait à tourner la tête vers l'entrée, échangeant de temps à autre des sourires et des signes de salut. La foule augmentait. D'énormes Allemands et des Américains du genre armoire à glace entraient et sortaient de biais, tenant la porte à leurs épouses en étoles de vison. Il y avait beaucoup de bruit, beaucoup de fumée, et je commençais à perdre un peu le fil de la conversation.

– On verra demain matin, dis-je. De toute façon tu as bien fait de... Mais qu'est-ce qu'il y a ?

Chiara avait écarquillé un instant les yeux, puis les avait baissés tout de suite vers le petit (mais pas si petit) cylindre de cristal rempli jusqu'au bord du Martini très sec du Harry's Bar.

– Tiens, tiens, murmura-t-elle. Voyez-moi ça.

Avant qu'elle eût le temps de me dire de ne pas me retourner, je m'étais retournée, et mes pupilles se remplirent dans l'instant d'Anita Federhen, une femme (Italienne établie en Allemagne, mariée à un Allemand) qui, pour autant qu'on sache, n'a jamais rien fait dans sa vie pour éviter de se faire remarquer. Grand chapeau écarlate à larges bords, avec deux longs rubans gris qui lui retombaient sur le dos, et une espèce de houppelande de velours couleur prune, semée de ramages d'or. Depuis la porte, elle me saluait de sa main gantée de noir.

– Pourquoi dis-tu « Voyez-moi ça » ? Elle doit être venue comme moi pour la collection Zuanich, murmurai-je.

– Ou pour la villa de Padoue ? insinua Chiara sinistrement.

– De toute façon, nous ne pouvons pas le lui demander.

– Ni elle à nous.

La Federhen, antiquaire à son compte à Francfort, je la trouve souvent sur mon chemin, et sans plaisir particulier. Elle est compétente, elle a l'œil et connaît bien les combines du métier. On ne peut pas dire que nous soyons « ennemies jurées », « grandes rivales » ou rien de ce genre, mais, en diverses circonstances, nous nous sommes soufflé mutuellement de très belles occasions, et j'avoue que mon sens du fair play ne va pas jusqu'à me rendre l'adversaire sympathique. Et réciproquement, je crois.

Naturellement, elle vint tout droit vers notre table, et nous nous embrassâmes selon les règles. A une épaule, lui pendait l'énorme sac rouge de cuir verni qu'elle soutient avoir réussi à se faire vendre par un contrôleur des chemins de fer suisses après l'avoir enivré.

– Eh bien, eh bien, dit-elle en me scrutant, le monde est petit.

– Et les collections se font rares, dis-je à mon tour avec une hypocrite franchise.

Elle secoua la tête, faisant ondoyer son chapeau et englobant Chiara dans son coup d'œil investigateur.

Ah, déclara-t-elle, celle-là, nous ne la lui ferions pas avaler. Elle ne pouvait y croire, que deux personnes de notre trempe courussent après les tableaux de la vieille Zuanich. N'avions-nous pas lorgné les petits-fils, plutôt ? Ceux-là, ah ! oui, c'étaient des oiseaux rares, de gros oiseaux, même, à attraper au vol. Yummy yummy. Si nous nous les étions réservés pour les enchères de Florence, nous ne devions pas oublier de lui envoyer un avis ; elle se chargerait de les faire monter, monter très haut, les deux magnifiques petits membres de la famille. Bon, eh bien, au revoir, à la prochaine fois.

Chiara resta à la regarder tandis qu'elle montait, ondulante, telle une diva, le petit escalier qui conduit à la salle supérieure.

– Yummy yummy, mais tu te rends compte ? dit-elle avec une grimace. Je ne savais pas que c'était une maniaque sexuelle. Ou bien c'est seulement une pose ?

C'était seulement une pose, confirmai-je pour simplifier. Et il est un fait qu'Anita Federhen, d'après ce que je sais d'excellente source, se distingue par une fidélité canine à son mari. Sa seule et véritable manie, ce sont les spéculations sur les antiquités, auxquelles elle s'adonne avec la passion du joueur le plus endurci, le plus inguérissable. Moi, cependant, qui ai joué tant de fois à la même table qu'elle, je crois avoir aussi découvert le secret de ses sporadiques intempérances verbales, des curieux accès d'obscénité qui la saisissent parfois. Ce n'est nullement une pose. C'est une espèce de tic ou de réflexe nerveux, peut-être une tentative inconsciente pour égarer l'adversaire, qui s'empare d'elle quand l'enjeu est élevé et qu'elle a un gros atout en main. Je ne l'ai jamais entendue tenir autant de propos orduriers qu'une certaine fois où j'entrai dans une féroce compétition avec Colnaghi, Agnew, Julius Böhler, pour une nature morte hollandaise qui figurait encore dans la collection de Lady Dupree, à Tissington Hall, mais qu'en secret elle avait déjà achetée elle-même.

Cette fois-là aussi, donc, elle avait ou croyait avoir en main des as. Mais à quoi me servait-il de le savoir, si je n'avais pas la moindre idée de ce qu'était l'enjeu ?

6

La *Reine de la mer Ionienne* – qui, vue de près, est peut-être moins grande et moins blanche que ce qu'il semblait – est encore accostée au quai, devant l'obscurité des Giardini. Mais la passerelle et les amarres ont été levées, les câbles de remorquage sont tendus, et dans le salon du pont B, où l'on va servir le repas, les passagers se pressent pour regarder au-dehors par les baies vitrées. Sur la berge, quelques passants s'arrêtent pour assister au départ. Il est huit heures pile.

A bord, il y a eu un peu de tension, aussitôt après l'embarquement, à cause d'erreurs dans le tri des bagages et la répartition des cabines, mais tout s'est ensuite heureusement résolu ; des relations cordiales, même, se sont établies entre les différents groupes. Et Mr. Silvera en a profité, il y a quelques instants, pour confier provisoirement ses vingt-huit à la jeune Française toujours gaie, Mlle Valentine, qui a installé ses trente-cinq dans une rangée de cabines du même pont B. Quant à lui, il irait se reposer un moment, a-t-il dit après avoir remis à chacun l'enveloppe contenant le programme de la croisière et les formulaires à remplir pour le commissaire de bord. Il avait de nouveau son air fatigué et distrait, a remarqué Tina.

A présent, le remorqueur émet deux sifflements rapprochés, puis un troisième, alors que sur le pont B la musique de fond, qui s'était interrompue quelques instants, réattaque sur *O sole mio*. Insensiblement, le bateau commence à se détacher du quai et la proue à se tourner vers le large.

– Au revoir, Venise ! crie Mme Durand, aussitôt imitée par les autres dans leurs langues respectives.

Personne ne crie en portugais, car les deux seuls Portugais à bord sont le père de Tina, qui ne parle jamais, et Tina elle-même, qui se mire dans l'obscurité de la baie vitrée et regarde les deux petits disques de cristal rose, sertis d'un fil d'or, qu'elle a trouvés dans son enveloppe.

Que ferai-je, que dirai-je[1], comment le regarderai-je maintenant, o senhor Silvera, pense-t-elle sans avoir le

1. « *Che farò, che dirò...* » Allusion à l'air célèbre du « fil de fumée » de Butterfly. (*N.d.T.*)

courage de se retourner, de le chercher parmi la foule qui commence à refluer vers les tables.

Sur la berge encore luisante de pluie, éclairée par de rares réverbères, les curieux aussi vont se dispersant.

Le bateau, qui a tourné dans le canal, s'éloigne parallèlement aux Giardini avec ses illuminations de fête. Mais, avant même la pointe de Sant'Elena, la brume commence à l'envelopper et, quand il met le cap vers le port du Lido, il n'est plus qu'un opaque fantôme, bientôt tout à fait effacé.

Devant les Giardini, il n'y a plus personne à présent, hormis Mr. Silvera ; qui fume appuyé à la grille, et qui maintenant, après avoir jeté sa cigarette, s'éloigne lui aussi, emportant sa valise râpée.

III. Dis-moi tout de tes obscures visées

1

– Dis-moi tout de tes obscures visées sur cette ville.

– Allons donc, je parie qu'à l'heure qu'il est tu en sais plus que moi. En tout cas, je suis déjà passée chez la Zuanich.

- Et les deux rayons de soleil, tu les as vus ? Ils t'ont plu ?

– Yummy yummy.

– Ah, si j'avais vingt ans de moins !... A ta place, je les emporterais en même temps que les tableaux.

– Ceux-là, je les laisse volontiers à Palmarin. Quant aux deux garçons, il semble qu'ils soient sérieusement convoités par la Federhen.

– Pas possible !

– Elle l'a déclaré en personne devant témoins. Mais je jurerais que cela cache quelque chose d'autre. Sais-tu quand elle est arrivée, précisément ?

– Avant-hier, selon ma cousine Cosima, et elle a dit tout de suite que la fameuse collection ne valait pas le voyage.

– Donc, pourquoi est-elle encore ici ?

– Et toi ?

– Quel rapport, pour moi la collection n'était qu'un prétexte, je suis venue pour toi. Qu'est-ce que tu m'offres à boire ?

– Je ne sais pas, donne-moi une idée toi-même, rien ne me semble digne de tes lèvres.

– Un blanc quelconque, de tes domaines.

Comme un metteur en scène, Raimondo m'indiqua du doigt un petit tabouret bas, ivoire et vert pâle ; puis il passa dans le salon contigu, en revint avec deux verres à pied remplis, et s'inclina vers moi.

– Le charme le plus vertigineux. Combien vous y gagnez, vous autres femmes, à rester en situation basse.

– Ignoble machiste.

– Et qui dit le contraire ? dit-il en riant et en se touchant la nuque avec le geste gracieux qui, aux premiers gays, dut sembler caractéristique des femmes et qui, pour les hétérosexuels, est désormais caractéristique des gays.

– En tout cas, quel vin génial !

Il acquiesça, ravi, en buvant une gorgée lui aussi, puis il laissa tomber avec son petit sourire de Vénitien pédant :

– Je sais déjà, par un de mes informateurs, qu'aujourd'hui à dix-huit heures tu étais en train de prendre un Martini au Harry's Bar.

– Et tu sais déjà que demain matin, à dix heures, je partirai avec Palmarin pour...

– Non, mais je le saurai bientôt par une de mes informatrices.

– La Federhen, par hasard ? Ou ta cousine Cosima ?

– Mais non, trésor, toi-même. Allons, raconte.

– Il y a cette villa près de Padoue, d'un certain marquis De Bei, qui à ce qu'il paraît veut tout vendre pour couvrir de bijoux et de fourrures une petite amie à lui, très avide.

– Cela me semble bizarre. C'est lui qui est très avide, d'une avarice encore plus sordide que la mienne, et je ne le vois pas couvrir de bijoux qui que ce soit. Et puis, c'est quelqu'un qui sait très bien traiter ses affaires tout seul, un vrai finaud, malgré son aspect misérable. On dirait un mégot de cigarette écrasé par quelqu'un de très nerveux.

– Ma foi, je ne sais pas, on l'a vu à Cortina avec cette fille, et... mais j'en saurai plus demain matin. Maintenant, explique-moi qui vient dîner. Ou plutôt attends, c'est moi qui vais essayer de te le dire, même sans informateurs.

– Écoutons.

– Donc : un historien français qui écrit un livre sur l'utilisation de l'artillerie dans la guerre contre Chioggia ; le président du Fitzpatrick Memorial Fund qui sponsorise une grande exposition sur le tabouret vénitien ; un violoncelliste autrichien très jeune et blond, sponsorisé par toi ; et ta cousine Cosima, qui au dernier moment amènera avec elle une personnalité de passage.

– Tout faux. Tu verras un historien d'art allemand qui fait une recherche sur les modèles des peintres vénitiens de la fin de la Renaissance ; le président de la Craig Foundation, qui a sponsorisé la restauration de quelques plafonds du palazzo Priuli Tron ; un jeune chorégraphe florentin aux délicieuses boucles noires, qui est ici pour se faire sponsoriser par la Biennale un ballet pour le Carnaval ; et ma nièce Ida, qui au dernier moment amènera avec elle un romancier australien.

– Je regrette qu'il n'y ait pas Cosima. Dis-lui bonjour pour moi, parce que je ne sais pas si je pourrai la voir avant de repartir.

– Ah, mais tu devras absolument. Imagine-toi qu'elle voulait t'avoir dès ce soir, et t'arracher à moi. En contrepartie, elle te demande de participer morte ou vive à son grand dîner d'après-demain, en l'honneur de je ne sais plus quel président.

– Je lui téléphonerai, mais je ne sais vraiment pas si...

La sonnette de l'entrée retentit, et Raimondo se dirigea vers la galerie qui dominait le double escalier.

– Excuse-moi, mais mon Alvise devient de plus en plus sourd.

Laissée seule, je songeai à en profiter pour me lever de mon précieux tabouret, mais, en me voyant de profil dans une grande glace un peu inclinée, je constatai que Raimondo avait raison et je restai « en situation basse », à exhiber mon charme vertigineux.

2

– Combien de temps resterez-vous, signor Silvera ?

Le signor Silvera contemple, juste sous le râtelier aux clefs, derrière le comptoir, le calendrier mural, qui pour le mois de novembre est illustré par une reproduction de la *Leçon de géographie* de Pietro Longhi. Il regarde l'atlante à même le sol, le gentilhomme dans son fauteuil qui feuillette un volume décousu et la gracieuse dame, munie d'un compas, qui mesure les distances sur une mappemonde de table, tandis que deux caméristes apportent le café.

– Eh bien... dit-il, perplexe, je ne sais pas encore. Pas beaucoup, je crois. Cela dépend.

– C'est que nous, lundi prochain, nous fermons, explique la patronne de la pension, en écrivant le nom du client sur son registre.

C'est une femme très grosse qui parvient à peine à se mouvoir, encastrée qu'elle est dans son cagibi.

– Ensuite, nous restons fermés jusqu'à Noël.

Elle se lève avec peine pour décrocher la clef.

– Chambre 12, deuxième étage. L'ascenseur est à gauche après la petite salle. Je ne vous accompagne pas parce que...

– Je trouverai tout seul, merci.

– Si vous devez encore dîner, allez à la trattoria Due Ponti, à l'angle de la calle Due Ponti. Dites que c'est moi qui vous envoie.

– C'est très gentil, remercie Mr. Silvera en se dirigeant vers l'ascenseur.

La patronne rouvre le passeport et commence à transcrire les généralités, se demandant comment fait un juif hollandais avec un passeport anglais pour parler si bien l'italien. NOM : Silvera ; PRÉNOMS : David Ashver ; NÉ LE : 9.5.1941 ; À : Haarlem (Pays-Bas).

La chambre 12 est longue et étroite, avec un lit de fer, une armoire disloquée et une petite table branlante à côté de la fenêtre qui donne sur un canal. Mais le radiateur fonctionne et même l'eau de la douche arrive assez chaude, vérifie avec satisfaction Mr. Silvera.

Puis il ouvre sa valise, disposant méticuleusement dans l'armoire son linge, ses quatre chemises, une paire de pantalons de flanelle grise, des souliers moins élimés que ceux qu'il a aux pieds. Il extrait aussi son porte-documents et un nécessaire de toilette, qu'il pose sur la petite table, et place la valise vide au pied du lit.

Maintenant, il ira voir comment se présente cette trattoria Due Ponti, qui a l'avantage d'être si près. Ou peut-être – se demande-t-il – ferait-il encore mieux de se contenter d'une quelconque pizzeria avec un menu à prix fixe ? Les fonds d'urgence de l'Imperial Tours ne pourront pas durer bien longtemps.

3

Combien de mots peuvent bien être prononcés autour d'une table au cours d'un dîner, et plus tard, quand on passe au salon ou au jardin ? Des milliers, des centaines de milliers, peut-être un million. Une production de toute façon énorme. Avec un énorme déchet, car, si fidèle qu'elle soit, la mémoire en retient tout au plus quelques phrases, une ou deux saillies, une nouvelle, un commérage inutile à propos de Marrakech, et encore, pour un temps très bref.

Pensée déprimante : si l'on fait abstraction de la partie mémorable de la sainte cène, la conclusion à laquelle on arrive forcément est que ces treize commensaux eux aussi se seront dit en araméen une quantité de choses quelconques, insignifiantes, déjà évaporées dans le néant une heure après.

Nous étions, nous, seulement huit, à produire des mots pour la plupart italiens autour de la table de Raimondo ; et maintenant, peut-être ne m'en rappellerais-je pas même un seul, si entre-temps ne m'était venu ce désir anxieux de revenir sur mes pas, cherchant absurdement des confirmations, des indices, des prémonitions, des préfigurations. De ce point de vue, il me semble pouvoir ne pas prendre en compte l'invitation de mon voisin de droite, le président de la Craig Foundation, au grand cocktail organisé le lendemain sous les plafonds restaurés du palazzo Priuli Tron. C'était (comme l'invitation de Cosima pour le surlendemain) une de ces annonces mondaines qui sont trop abstraites, prévues, pour pouvoir jamais rien préfigurer.

De tout le reste, je conserve une image à laquelle il me vient spontanément à l'esprit de donner le qualificatif de lagunaire. Plus que je ne réentends, je revois, des crevettes au faisan, une plate étendue de banalités sur Venise, qui s'enfonce, qui remonte, qui est plus sale, ou plus « touristisée », ou plus morte, ou plus vivante qu'il y a un an, qu'il y a cinq ans. Mais il en émerge, nettes, quelques îles. La rébellion, elle aussi du reste bien banale, du protégé de Raimondo, qui entendait se distinguer du vulgaire à nos frais.

A Nairobi, disait la petite voix un peu nasale, impertinente, du chorégraphe bouclé, à Nairobi, on parlait très peu de Nairobi. Et à Madrid, Singapour ou Los Angeles, il arrivait rarement qu'un groupe de personnes réunies pour un dîner choisissent Madrid, Singapour ou Los Angeles comme sujet de conversation. Alors qu'ici, à Venise, qui après tout était une petite ville de pas même cent mille habitants, n'importe quel discours finissait toujours par revenir sur Venise.

Une ville totalement narcissique, observait quelqu'un.

Non, simplement une ville où il n'y avait pas de visiteurs de hasard, de gens venus pour des raisons qui n'eussent rien à voir avec Venise, objectait un autre.

Oui, oui, c'était bien le problème, approuvait le bouclé. C'était comme se trouver dans le hall d'une banque, d'un hôpital : on savait a priori que tous les présents étaient en train de penser comptes courants, phléboclyses, qu'ils vous parleraient exclusivement de la chute du dollar, de la montée du cholestérol. Il n'y avait pas de surprises, c'était écrit sur leur visage.

Et il fixait ironiquement les nôtres, autour de la table, un par un.

Mais s'il ne s'agit que de cela (voilà la voix conciliante de Raimondo), je peux t'organiser une soirée avec des gens qui viennent à Venise uniquement pour vendre des détergents, des montres, des téléviseurs. Ou des policiers qui comptent les jours en attendant de s'en retourner en Sardaigne. Tu seras très surpris.

Plus que les surprises (c'est ma voix, maintenant, qui s'adresse avec espoir à la nièce Ida), je trouve que ce qui manque un peu ici, ce sont les mystères : on sait immédiatement tout sur tout le monde, c'est une ville d'espions. Même si moi je ne suis pas encore parvenue à...

Mais quels espions ? m'interrompt Ida, tranchante. Tout au plus des concierges !

Ici affleure l'île du Destin, poussée à la surface par la femme du professeur allemand, une intellectuelle elle aussi, avec de grosses lunettes et un visage triangulaire non dénué d'un petit charme de grenouille. Elle a réfléchi longuement et à présent avance son jugement médité, bien qu'un peu tardif : si à Venise manque le hasard, si tout y est escompté, prévisible, voraussehbar, cela veut dire qu'il y manque le sentiment du Schicksal, du Destin.

Voix outragée de Mr. Micocci (le président de la Fondation Craig) à mon côté : mais comment, quand on ne peut littéralement faire ici un pas sans se heurter aux fils de quelque destin !

Mais c'étaient les Schicksale d'autrui, conclus depuis des siècles, dans une stupéfiante et définitive concentration. C'était justement cela qui vous donnait un sentiment angoissant d'impuissance, d'exclusion. Comment pouvait-on, à Venise, espérer se montrer jamais dans un rôle d'une quelconque importance existentielle ? Prétendre dérouler ici son modeste peloton de Fatum ? A l'évidence, le Destin avait déjà employé toutes ses ressources pour donner à cette ville son incomparable Gemüth, son âme définitive. Et il ne restait plus aujourd'hui qu'à rechercher des souvenirs, des Andeken de verre ou de dentelle à rapporter chez soi...

Je m'efforce de me rappeler ces inanités (auxquelles, confusément, je pris part), non point tant pour me mortifier que parce qu'elles me semblent contenir une série significative de coïncidences, une espèce d'avertissement, une morale : la morale de ces fables dans lesquelles l'imprudente héroïne ne prend pas au sérieux la petite vieille occupée à filer sur le seuil de sa chaumière, pour découvrir trop tard qu'il s'agissait d'une très puissante magicienne.

De cette lagune de bavardages émerge enfin pour un instant la peinture vénitienne, la plus merveilleuse de toutes. La séquence est dramatique. Quelqu'un, probablement le romancier (non pas australien, d'ailleurs, mais de Toronto), mentionne Pietro Aretino et ses nombreux ennemis. Raimondo cite parmi ces ennemis le peintre Giovanni Antonio da Pordenone, qui, selon Vasari, mourut peut-être empoisonné par le même Aretino, Jacopo Sansovino et Titien. Mr. Micocci cite le jugement de Berenson selon lequel le Pordenone, malgré les fresques dont il a couvert la moitié de Venise, reste un peintre irrémédiablement provincial. L'historien d'art allemand repousse avec chaleur cette définition et se met à expliquer pourquoi le jugement de Berenson est entièrement à revoir. Au bout de trois minutes, personne ne l'écoute plus.

Mais moi, j'étais assise à côté de lui sur un petit divan, sans moyen de fuite, j'étais bon gré mal gré une connaisseuse et une auditrice idéale, et quand ensuite je laissai échapper que, de ce peintre, j'ignorais pour ainsi dire tout, mon destin fut scellé. Le professeur continua en me faisant à propos du Pordenone ce qu'on appelle « une tête comme ça ».

Je restai à l'écouter avec componction, réprimant des bâillements caverneux, non sans un fond (ensommeillé) de sympathie. L'homme n'était pas un marchand ayant en vue d'avantageuses hausses des cotations internationales de Pordenone. Pordenone lui plaisait vraiment, le passionnait vraiment, lui semblait vraiment victime d'une injuste sous-estimation. Et peut-être avait-il raison, lui concédais-je paresseusement, peut-être le pauvre provincial esthétiquement anéanti (sinon même matériellement liquidé) par Titien & Cie, méritait-il une nouvelle appréciation, plus libre de préjugés, plus équitable.

Que me coûtait-il de lui promettre que demain matin même, c'est-à-dire non, dans l'après-midi, je courrais admirer les œuvres de Giovanni Antonio éparses à travers Venise ? Je promis, je promis, sans la plus petite ombre d'une prémonition je promis.

4

Par égard pour l'unique client, qui finit de manger à une table d'angle, la patronne et la serveuse de la trattoria Due Ponti ont réglé le son très bas. Le téléviseur, du reste, est dans la grande salle, où la lumière est éteinte et où les tables, en cette fin de saison, ne sont même plus dressées. Du film en cours, ne parviennent dans la petite salle que des vrombissements étouffés de moteurs et des crépitements intermittents, probablement des rafales de mitraillette.

Le seul autre bruit est celui du journal que Mr. Silvera,

après avoir mis de côté sa serviette, a déplié devant lui et est maintenant en train de feuilleter.

Mais peut-être la lumière est-elle insuffisante pour lire. Ou bien le journal, datant d'il y a deux semaines, ne contient-il rien d'intéressant. Mr. Silvera le replie et le remet dans la poche de son imperméable, qu'il a gardé sur lui parce que le chauffage, de son côté, n'a pas l'air de chauffer tellement. Il sort ensuite d'une autre poche un porte-monnaie usé, à plusieurs compartiments, mais ne se décide pas à appeler pour demander l'addition. De vagues accents symphoniques, après un long crescendo de coups de feu et d'explosions, font en effet penser que le dénouement est proche. Il attendra, pour appeler, que le film soit fini.

Dans le silence maintenant plus marqué est devenu audible le tic-tac d'une vieille pendule à balancier, incongrûment suspendue au-dessus du buffet de plastique.

Mr. Silvera ouvre le porte-monnaie pour en inspecter le contenu, remettre en ordre les billets et les pièces de diverses nationalités. Au cours de cette opération, il examine longuement, en la retournant entre ses doigts, une pièce apparemment en argent, mais noircie et difficile à déchiffrer, qu'il a retrouvée dans un des compartiments.

Dans la salle contiguë, d'autre part, le dénouement se fait attendre. Mr. Silvera relève les yeux pour observer le va-et-vient du balancier, suivre l'aiguille qui, sur le cadran métallique émaillé de blanc, avance minute après minute entre les chiffres noirs.

5

A mesure que nous avancions dans la nuit humide, notre petit groupe se clairsemait, se dispersait ; quelqu'un saluait brièvement et se faufilait dans une galerie, quelqu'un d'autre déviait en traversant obliquement un campo désert, quelque autre encore disparaissait au-delà d'un petit pont de fer; jusqu'à ce que, soulagcant le chorégraphe du devoir de me raccompagner à l'hôtel (et lui permettant ainsi de retourner discrètement chez Raimondo, qui a la coquetterie de respecter les vieilles apparences), je me retrouvasse seule dans la ville des pas.

C'est un son que, désormais, on n'entend plus qu'ici, et Raimondo soutient que c'est précisément pour cela (plus que pour ses beautés naturelles, ses trésors artistiques, etc.) que Venise est tellement aimée et visitée. L'inconsciente nostalgie du bipédisme, appelle-t-il cela. Et, à la vérité, ces notes si individuelles, tantôt pressées entre des murs très rapprochés, tantôt assourdies par l'eau, tantôt amplifiées par une voûte, une arcade, tantôt envahissant un vaste espace ouvert, ont toutes comme une nuance orgueilleuse : voilà, je suis là, je suis descendu des arbres, et avec ces talons je conquerrai la terre entière.

Les miens, de talons, passaient d'une gratifiante exhibition en solo à de virtuoses intégrations dans le cheminement d'autrui, à de secs duos interrompus par une soudaine ruelle sur la droite, un chœur nombreux et hâtif débouchant derrière mon dos qui me serrait de près pendant quelques instants puis se perdait le long d'un canal à gauche, un trio devant moi qui peu à peu ralentissait jusqu'à s'arrêter en quelque point du silence.

J'aimerais pouvoir penser que je songeai à Mr. Silvera, que j'eus l'intuition de son pas parallèle ou perpendiculaire au mien dans le nocturne labyrinthe vénitien. Mais je puis dire, à défaut d'autre chose, qu'à ces aimables échos épars autour de moi j'étais intensément, étrangement sensible. Je pensais à toutes les villes du monde où une femme (ou un homme, s'il s'agit de cela) qui marche seule après le crépuscule ne peut entendre de pas sans un frisson d'alarme, et j'éprouvais de la gratitude, du contentement et une excitante légèreté de bipède.

6

Le journal, à la faible clarté de la petite lampe proche du lit, n'est guère plus lisible que dans la trattoria. En première page, il y a une carte du territoire de Macao et de son arrière-pays chinois, avec la « zone économique spéciale » de Ch'ien-shan, mais cette dernière se distingue à peine. L'article explique cependant qu'à Ch'ien-shan les maisons de jeux ont été fermées pas même un mois après leur ouverture, et commente : comment douter que les Chinois fermeront aussi le Crazy Paris, où les filles s'exhibent avec, en tout et pour tout, des gants de boxe ? Reste à voir – conclut-il – si des mesures de ce genre ne seront pas aussi appliquées dans le futur au territoire de Hong Kong.

Dans les pages intérieures, il n'y a rien d'autre à lire jusqu'à la chronique de Hong Kong et Kowloon, où l'on signale le passage de Mrs. Lifton-Cole, une Anglaise qui a recueilli en Malaisie plus de 7000 ringgits (environ 2500 livres) pour le World Wildlife Fund, et se promet d'en recueillir autant à Singapour. On attend d'autre part l'arrivée du navigateur japonais Kenichi Orie, le premier à traverser le Pacifique sur un bateau à énergie solaire.

Parmi les lettres au directeur, il y a la dénonciation, de la part d'une société dont le siège est à Zurich, des mauvais traitements auxquels Djakarta soumet les indigènes de l'île de Timor.

Mr. Silvera a maintenant assez lu pour s'endormir. Il regarde encore les nouvelles économiques de la dernière page, où il remarque cet appel adressé à un certain Jorgesen : « Urgence familiale ! Téléphoner à domicile ou en Pennsylvanie. » Mais, parmi les offres d'emploi internationales, il ne trouve que celle d'une agence pour laquelle il a déjà travaillé et qui recrute des gens de belle apparence, beautiful people, pour des réceptions importantes et des cérémonies promotionnelles variées.

Il laisse alors glisser à terre le journal (qui est le quotidien de Hong Kong *South China Morning Post*) et éteint la lumière.

7

Elle aussi arrivait et repartait sans cesse, elle aussi, comme moi, était toujours ici et puis ailleurs. Et ses voyages à elle aussi, selon les mauvaises langues, étaient semés d'aventures galantes, de rencontres clandestines, qui en fait n'étaient pas du tout son genre, de même qu'elles n'ont jamais été le mien. Toutes deux « bien nées », nous avions aussi toutes deux un mari d'une vingtaine d'années plus âgé : noble romain le mien, suédois le sien. Mais là – si je m'en tenais du moins à la préface de son roman *Corinne ou l'Italie* – s'arrêtaient les analogies entre votre servante et Mme la baronne Anne-Louise-Germaine de Staël, née Necker.

Elle, pour disgracieuse qu'elle fût, était une femme célèbre, un écrivain illustre, dotée d'une très forte personnalité et d'une intelligence supérieure. Alors que la mienne, de personnalité, allait s'alanguissant, étendue seule comme je l'étais dans ce vaste lit ; et mon intelligence tendait à la déconcentration, commençait à sauter les lignes et à confondre les paragraphes.

J'étais tombée sur le livre ce matin, en faisant tourner un présentoir de volumes de poche à l'aéroport de Genève, et j'en avais lu quelques pages dans l'avion. Maintenant, je l'avais repris en attendant de téléphoner de nouveau à Rome, à mon mari, qu'à huit heures je n'avais pas trouvé – il était sorti dîner – et qui, un moment plus tôt, n'était pas encore rentré.

Étant donné qu'aucune femme, comparant sa vie à celle

d'une autre femme, ne renonce à fouler celle-ci aux pieds autant que possible, je pensais par exemple quelle championne de la jérémiade devait être cette Mme de Staël, pour faire dire à son Benjamin Constant exaspéré : « Elle me fait me sentir toujours nécessaire et jamais suffisant. »

Tandis que moi...

Mais la comparaison était injuste. Dans ma vie, il n'y avait jamais eu que des Benjamin Constant mineurs, de tout repos, avec lesquels le problème de la réciproque nécessité ou suffisance ne se posait même pas. Ma supériorité, si j'en avais une, résidait dans les rapports entre mon mari et moi, si différents de l'acrimonieuse et impossible cohabitation des époux de Staël. Avec mon mari nous cohabitions parfaitement, quand nous cohabitions, dans son confortable palazzo de Rome ou, l'été, dans celui de ma famille à Viterbe. Pour le reste, ayant chacun notre travail et nos intérêts, il nous suffit de rester en affectueux contact dans la mesure du possible.

Je regardai l'heure, décidai que j'essaierais de téléphoner de nouveau à la demie, et, laissant tomber l'introduction, je m'enfonçai (je tentai de m'enfoncer) dans le premier chapitre : où le protagoniste, Lord Nelvil, brûlant d'envie de visiter l'Italie, se préparait à quitter Édimbourg pour Rome.

Mais l'auteur se perdait en digressions, le protagoniste en prises de conscience, et les préparatifs n'en finissaient plus. Au point que bientôt, je me retrouvai en train de décoller pour mon propre compte sur le vol BA 054/AZ 281, un vol que du reste je prends souvent et qui arrive à Fiumicino à quinze heures quarante-cinq.

– Look, look, the Côte d'Azur, the Pyramids, the Ionian Sea, the Sistine Chapel ! criaient autour de moi les passagers, parmi lesquels Lord Nelvil lui-même et d'autres nobles écossais, anglais, espagnols, penchés vers les hublots. Mais Mr. Silvera et moi échangions des sourires complices, clignions de l'œil vers l'hôtesse aux larges hanches, laquelle n'était d'ailleurs autre que la Federhen et accumulait les gobelets de carton en une précaire, très haute colonne maintenant sur le point de s'effondrer…

Je redressai le livre qui était en train de me glisser des mains et repris avec obstination ma lecture. Je voulais savoir où en arriverait Mme de Staël, avec ses éternels « or donc » tout à fait semblables aux « à propos » de Palmarin.

« Ah » était le seul mot que m'eût adressé Mr. Silvera, et cette unique syllabe me revenait tout à coup à l'esprit comme pleine de signification, en comparaison avec la vide prolixité du roman.

Où pouvaient-ils être à cette heure (presque la demie, l'heure de téléphoner), les vociférants touristes accompagnés par ce chef de groupe incongru, aux mains si belles et au profil de médaille ? Je les avais entendus se prévaloir de droits sur toutes les îles de l'Adriatique et de la mer Ionienne, et de la mer Égée jusqu'au Bosphore, el Bosforo, the Bosphorus… Et lui, le reverrais-je jamais, le mystérieux Silvera ? Jamais, évidemment, natürlich, of course…

Ou peut-être si, tiens, un jour à Rome, en visite avec son groupe justement dans notre palazzo, montant le grand escalier sévère, look, look, Mr. Silvera, the urns, the frescoes ! Mais la maîtresse de maison n'est jamais là, elle est toujours par monts et par vaux pour son travail, ou du moins c'est ce qu'elle dit, car en réalité qu'est-ce qui l'y oblige, avec tout l'argent qu'elle a ? Même son mari doit se le demander, bien qu'elle lui téléphone toujours de tous les endroits où elle va, d'Édimbourg, de Genève, de Corfou, de la mer Ionienne, look, Mr. Silvera, look : elle s'est endormie ! She's fallen asleep ! A la page 16.

IV. Mes dernières heures normales me semblent

1

Mes dernières heures « normales » me semblent, maintenant, infiniment lointaines ; j'y repense comme si je regardais des photos d'enfance dans mon album de famille. Est-ce moi, cette femme qui boit dans son lit une tasse de thé très fort, et rappelle en même temps Rome pour tenter de parler à son mari (qui à nouveau n'est pas là, et a fait dire qu'il ne rentrerait pas avant ce soir) ? Est-ce moi qui parle avec Londres, puis reçois le coup de téléphone de Palmarin (pas de villa pour aujourd'hui, un malheureux contretemps, mais on pourrait en reparler ce soir au cocktail de la Craig Foundation) ? Est-ce moi qui réagis par une grimace à cette procrastination ambiguë, pour ne pas dire hautement suspecte ? Moi, vraiment moi, qui fais dégringoler les journaux du lit, en pensant : mais quel ennui, quelle perte de temps, maintenant qu'en ferai-je, de ces heures vides ?

Une question impardonnable, à Venise. Mais je n'ai jamais su utiliser à mon avantage les pauses, les temps morts. Ils m'impatientent, ils me perturbent. Je connais quantité de gens qui fonctionnent de façon contraire, qui conçoivent la vie comme une affaire joyeusement interstitielle, savent tirer le suc de l'occasion inespérée, sautent sur l'instant qui fuit. Mais, comme ma vie consiste à rechercher continuellement, à reconnaître, et si possible à saisir au vol la rareté, l'exception, il est peut-être inévitable que je me trouve désorientée, incapable d'une quelconque initiative, lorsque la tension se relâche.

Tout cela pour dire que je sortis ensuite de l'hôtel poussée par la honte – mais avec le vague remords de n'être pas restée dans ma chambre à écrire au moins deux lettres indispensables – et me mis à marcher au hasard au milieu des pigeons, en traînant, métaphoriquement parlant, la jambe. En réalité, il me semblait difficile d'adapter ma démarche, en général résolue et rapide, à cette insolite condition de femme inoccupée.

En pareil cas, ce qui se présente de soi-même est la ressource des vêtements ; un demi-travail cela aussi, dans la pratique, car la motivation en est bien rarement une allègre disposition aux achats : la plupart du temps, la chose se réduit à une espèce de vérification fiscale hérissée de calculs et de comparaisons. Se sont-elles rallongées ? Se sont-elles raccourcies ? Le rouge revient. Le gris a disparu.

D'abord les mannequins de quelques stylistes renommés autour de la place Saint-Marc, et de là, évidemment, un petit tour aux Mercerie, l'enfilade de ruelles la plus commode du monde pour le lèche-vitrines. Si l'on pense à la fatigue de passer d'un trottoir à l'autre, je ne dis pas de la Cinquième Avenue, mais même seulement de Bond Street ou du faubourg Saint-Honoré, c'est vraiment le Paradis des Dames. En se tenant au centre, on peut avoir simultanément sous les yeux les sacs à main de ce côté-ci et les chaussures de ce côté-là, les fourrures à droite et la lingerie à gauche, avec les prix et le reste. Qu'ont inventé Harrod's, les Galeries Lafayette, que n'avaient déjà mis en pratique les marchands vénitiens ?

Je pensais, pas après pas, des choses de ce genre, changeant machinalement les lires en dollars, les dollars en livres, les livres en francs suisses. Une robe du soir insensée. Un cardigan aux poches bizarres. Une veste superbe. Un bracelet pas vilain.

A l'intérieur d'un magasin de dentelles, j'entrevis le nez de la Federhen, impressionnant de profil, penché sur le comptoir à flairer quelque chose. Elle aussi inoccupée, donc, et en tout cas pas à Padoue avec le traître Palmarin. Tranquillisée, comme si nous avions conclu entre nous un armistice tacite, je me laissai absorber plus avant dans les Mercerie, entre ces vitrines qui se reflétaient les unes les autres, dans ce rutilant face-à-face d'étalages, où cependant demeure, comme sous un « remords » d'artiste, une très lointaine coloration de marché oriental.

Des pas par milliers. A un moment donné, je me trouvai en train de suivre une femme qu'il me semblait connaître ; en effet, c'était la (jolie) femme du professeur allemand qui, hier soir, chez Raimondo, m'avait persuadée de la sublimité de Pordenone. Elle balançait deux considérables sacs en plastique portant les noms de deux boutiques, l'un noir et l'autre couleur citron, s'approchait et s'éloignait des vitrines, tantôt zig et tantôt zag, avec l'air d'une personne qui sait exactement ce qu'elle veut, le trouve, le paie, et l'emporte triomphante à Munich. J'étais tout près de l'arrêter pour lui demander ce qu'elle s'était acheté, saisie moi aussi de cette fièvre qui passe généralement pour de la curiosité féminine et qui est bien plutôt la terreur de n'avoir pas su « voir » la jupe suprême, le châle absolu.

Je finis par ne rien acheter, comme il était du reste prévisible depuis le début, et, passant de la Merceria de S. Zulian à celle de S. Salvador, je suivis passivement le flot jusqu'au campo S. Bartolomeo, un endroit curieux, éternellement rempli de désœuvrés de tous âges qui restent là, debout, à bavarder et à jaser comme dans les comédies de Goldoni, dont le monument les domine. Ce jour-là, du reste, il faisait chaud, un beau soleil paraissait, et un café avait ressorti une douzaine de tables, déjà toutes occupées.

Je me rappelle irrévocablement ces personnages de fresque. Trois évidents avocats vénitiens. Une petite famille touristique qui excavait des glaces. Deux adolescents, une paille dans leur verre. Une femme mal fagotée, peut-être de Mestre ou d'une île quelconque, en train de passer un savon à une fillette maigrichonne. Et en cherchant au-delà d'un cercle de Japonais rieurs, au-delà d'un couple nordique austère ou épuisé, mon regard se trouva finalement rencontrer le sien.

* * *

Ce fut ainsi, de la manière la plus insidieuse, c'est-à-dire sans rien qui pût me faire penser à une coïncidence extraordinaire, à un « signe », à une intervention particulière du destin, ce fut ainsi que je le revis.

Il se leva promptement, avec l'ombre d'une inclination du buste et le soupçon d'un geste d'invite (chacun de ses mouvements – mais cela, je le notai plus tard – avait comme la qualité embryonnaire, peut-être symbolique, de quelque chose dont on ne saisissait pas s'il était à peine commencé ou sur le point de finir, de s'évanouir).

– Vous cherchiez une place ? dit-il en italien.

Il se tenait à trois ou quatre mètres de distance et paraissait vraiment très grand au milieu de ces gens assis.

– Mais vous ne deviez pas être à Corfou ? lui demandai-je sans bouger.

– Ah... fit Mr. Silvera.

Parfois, je pense que sans ce « ah » très spécial, en équilibre entre l'évasivité et le regret, rien ne serait arrivé. Et, dans mes moments de plus grande abjection, j'ai tenté de le reproduire devant un miroir : le ton, mais aussi le regard lagunairement vague, l'imperceptible haussement des sourcils, la légère rotation de la main qui l'accompagnaient. Ah... Je voudrais comprendre le pourquoi de son effet irrésistible, à cette simple syllabe. Une question surtout d'éloignement, me semble-t-il ; comme si la voyelle soupirée affleurait de Dieu sait quels grondements océaniques, était l'ultime résidu sonore de Dieu sait quels lointains vacarmes. L'écho d'une parole désormais indéchiffrable. Une évocation d'ombres énigmatiques.

Mais je dois prendre garde, ne pas exagérer, ne pas charger le tableau, comme souvent (de l'avis de son fan de Munich lui-même) faisait Pordenone. En toute sobriété, je dois préciser que l'effet de ce « ah » n'était pas si romantique, sur le moment, ni ce sentiment de mélancolie si promptement perceptible, contagieux. C'était aussi, j'eus l'occasion de le constater, une pause d'esquive, sinon bel et bien l'ironique prélude à un mensonge.

Lorsque je fus assise auprès de lui, il m'expliqua que sa tâche consistait seulement à accompagner les passagers de l'Imperial Tours jusqu'au bateau et à les installer sains et saufs à bord. Après quoi, il pouvait s'en retourner à Londres.

– Et ensuite vous recommencez du début, vous repartez pour Venise avec un autre groupe ?

– Pour Venise. Pour Madrid. Ou pour Bali. Cela dépend.

– Une belle vie, commentai-je automatiquement.

– Et comment, dit Mr. Silvera avec un sourire.

Sur quoi je me rendis compte : primo, que j'avais proféré une banalité ; secundo, que cette banalité était condescendante, blessante ; tertio, que Mr. Silvera devait être un personnage très différent, immensément différent, d'un quelconque minable employé touristique. Ce fut une certitude instinctive mais absolue, presque une fulguration. De laquelle s'ensuivait nécessairement la question que je ne devais plus cesser de me répéter : mais alors, qui est-il ?

– Moi aussi, je suis toujours en voyage, dis-je. Cela devient plutôt lassant, à la longue.

– Que faites-vous ?

– Je suis une sorte d'antiquaire volante, je travaille pour une salle de ventes anglaise.

– Une belle profession, commenta Mr. Silvera, très sérieux.

– Et comment.

Le premier regard, le premier baiser, la première nuit d'amour ne sont rien en comparaison du premier éclat de rire partagé. C'est cela, le contact décisif, le vrai tournant. Même si, bien entendu, ce que je pensai alors fut un simple : sympathique, le Silvera.

Lequel, pendant ce temps, après avoir commandé mon café, avait extrait une pièce d'un vieux, curieux porte-monnaie, et me la tendait sur la paume de sa longue main.

– Qu'est-ce que c'est ? demandai-je.

– Vous y connaissez-vous par hasard aussi en monnaies anciennes ?

– Non, non, la numismatique est une branche à part, c'est Mr. Armitage qui s'en occupe.

– Je voulais seulement avoir une idée de ce qu'elle peut valoir, selon vous.

Je pris la pièce avec réticence parce qu'en un instant tout était changé ; j'avais devant moi un infime escroc, un aigrefin qui saisissait au vol l'occasion offerte par la riche dame de passage, qui s'apprêtait à me raconter la triste histoire de sa vie. Voilà qui il était en réalité, Mr. Silvera. Naïf, de surcroît, pour ne pas dire stupide, s'il pensait que je pouvais être dupe. Une pitié.

– Comme monnaie, elle semble belle, dis-je en la retournant.

Elle avait un diamètre de deux ou trois centimètres et était barrée d'une croix sur le revers, tandis que l'image de l'avers était peut-être celle du lion de Saint-Marc avec son livre. Mais l'argent, certainement de bas alliage, était trop noirci pour qu'il fût possible de distinguer autre chose.

– Et vous ne savez pas même ce que c'est ?

– Je le sais très bien, répondit Mr. Silvera. C'est un demi-ducat vénitien d'argent, appelé « demi-écu de la croix » et mis en circulation vers 1650. Faux.

De nouveau, tout se renversa.

– Une contrefaçon ? Et vous vous l'êtes fait refiler, comme un de vos touristes ?

L'ex-escroc sourit :

– Non, non, déclara-t-il. Je ne l'ai pas achetée. Je l'avais avec moi depuis longtemps, et pour autant que je sache c'est une pièce d'une certaine rareté, à présent. Un faux, mais un faux d'époque, frappé par des faussaires de 1650. Vous le savez mieux que moi, le temps finit par donner de la valeur à n'importe quoi.

J'imitai doucement le ton et l'attitude d'un commissaire-priseur :

– Base de candélabre, copie romaine d'un original grec. Mise à prix : 5000 livres.

Une pitié, oui, mais qui n'excluait pas le respect. Un aigrefin, oui, mais qui n'était pas dénué d'une certaine subtilité. Il était en train d'essayer de me refiler l'imitation moderne d'une contrefaçon ancienne. Le faux d'un faux. Il rendait à tout le moins hommage à mon intelligence, par ce double saut de la mort. Bravo pour le Silvera.

– Et vous voudriez la vendre.

– Ma foi, je me le demandais.

Je tâchai de l'encourager dans cette voie classique, jusqu'au carrefour qui sous peu nous séparerait avec une mutuelle satisfaction : lui, avec ce que je lui aurais permis de s'acheter, disons, une opportune paire de chaussures neuves, et moi avec le plaisir d'avoir pu le lui offrir sans l'humilier.

– Pour vous, elle doit avoir aussi une valeur sentimentale, avançai-je, compréhensive.

– A dire vrai, non. Je l'avais seulement... trouvée, je ne sais plus où.

– Et combien pensez-vous en tirer ?

– Justement, je ne sais pas. Peut-être vaut-elle très peu de chose. Si vous la voulez...

– Mais, moi non plus, je ne sais pas combien vous en offrir.

– Alors je vous en fais cadeau.

Très gênée, embarrassée aussi par la pièce que je tenais dans la main droite, j'allais saisir mon sac, ne doutant pas que le « cadeau » fût en substance une invitation à lui rendre la pareille, un engageant (mais hélas pas très heureux) « Donnez-moi ce que vous voulez. » Mais lui m'arrêta d'un geste qui voulait dire « De grâce, n'y songez pas », et je ne sus plus que faire.

– Et pourquoi voulez-vous m'en faire cadeau ? demandai-je.

– Comme cela.

Le jeu était de nouveau changé, mais, jusque dans ma stupeur, je savais toutefois que ces rapides métamorphoses n'avaient rien de délibéré, ne visaient nullement à m'impressionner, à me déconcerter, à me mettre en situation d'infériorité. Excluant en outre que Mr. Silvera appartînt à la tragique catégorie de ceux qui veulent se rendre intéressants, il ne restait qu'une explication : c'était moi qui ne parvenais pas à comprendre quelque chose.

– En souvenir, précisa-t-il.

Je remis la pièce dans sa main, et, impulsivement, je lui dis ce que jamais je ne dirais, que je n'avais jamais dit à un parfait étranger :

– Vous n'avez pas l'air d'avoir beaucoup d'argent.

– En effet, admit Mr. Silvera. Mais, pour quelque temps encore, cela me suffira.

Nous nous regardâmes. Je me rappelle ma presque euphorique absence d'embarras comme le signe d'un autre tournant. Je me rendais compte d'avoir manqué aux règles les plus élémentaires, avec mon observation lourdement personnelle et monstrueusement dépourvue de tact ; et pourtant les choses, avec Mr. Silvera, avaient déjà pris un tour qui faisait que tout me semblait licite, facile, normal, véniel, pardonné.

– Voici ce que nous allons faire, proposa-t-il. Jetons-la en l'air : si vous gagnez, je la garde, et vice versa. Croix ou lion ?

– Lion.

La pièce vola un bref instant, retomba sur le dos de sa main.

– Croix, dit Mr. Silvera. Elle est à vous.

– Merci. C'est une très belle monnaie.

Et c'est ainsi que je manquai à une autre règle des plus élémentaires : ne jamais accepter de cadeaux d'un inconnu, jamais, jamais.

2

Mr. Silvera ne sait que penser de cette rencontre, il ne saurait dire à quoi s'attendre de la part de cette inconnue. A la rigueur, il ne devrait s'attendre à rien. Il a quitté hier soir son emploi itinérant et les promiscuités qu'il comporte, sans autre programme immédiat que de s'accorder un répit, une trêve. Et ces vacances vénitiennes (dont il sait seulement qu'elles sont abusives, et qu'elles ne pourront durer que très peu) devraient aussi lui apparaître comme une heureuse occasion de rester seul.

Mais il y a aussi, en lui, un certain désir d'abandon, l'aspiration à une passivité légère et mécanique, comme celle d'une écorce de liège dans un canal : flottante, affleurante, disponible compagne tantôt de gondoles, de motoscaphes, de caisses de fruits à la dérive, tantôt de murs décrépis, de marches rendues visqueuses par les algues. Voilà pourquoi ce petit imprévu du campo S. Bartolomeo lui semble agréable. Le hasard de la rencontre paraît accordé à sa condition d'homme pressé et instable, d'homme de hasard lui-même, en quelque sorte. Ou, mieux encore, d'homme de surface. D'individu, veux-je dire, accoutumé à prendre (et à laisser) comme elles viennent les personnes qu'il croise sur sa route vagabonde.

Mais l'impulsive offrande de la pièce pourrait cependant signifier quelque chose, indiquer une certaine préférence, un minimum de choix de sa part. Un choix qui remonte sans doute à ce premier, très bref rapprochement dans l'avion. Même alors n'avait pu lui échapper ce qu'il y a d'heureux dans les relations entre les pommettes, le nez, le menton, les lèvres, le front, les yeux de la femme à présent assise de trois quarts à ses côtés. Globalement : sa beauté. Portée (cela aussi est tout de suite évident) comme un châle très léger qu'on a laissé glisser sur le dossier de la chaise, et oublié là.

Cela non plus n'explique pas tout, pourtant. En particulier, cela n'explique pas pourquoi Mr. Silvera, qui à un certain point devrait quand même penser à saluer et s'en aller, reste au contraire sur le campo S. Bartolomeo et s'intéresse à Giovanni Antonio da Pordenone (un peintre du Cinquecento sur lequel la dame a amené la conversation, l'ayant « découvert » depuis peu). Ce qui le retient sont les manières aisées, ouvertes, dégagées de sa compagne occasionnelle, qui donne à son tour l'impression de pouvoir interrompre d'une minute à l'autre ses divagations, pour se lever, saluer et disparaître à jamais parmi les denses ruelles de Venise.

Très important, en somme, est le peu d'importance qu'a dès le départ revêtu la rencontre. Mais il y a encore autre chose. Il y a un fait dont il ne s'est pas rendu compte jusqu'ici, et qu'il voudrait maintenant tenter de lui expliquer...

L'inconnue perçoit dans son regard une certaine proportion d'inattention.

– Je vous ennuie, avec mon Pordenone ? s'enquiert-elle.

– Non, non, au contraire.

– Alors pourquoi me regardez-vous ainsi ? dit-elle sans coquetterie.

– J'appréciais, explique Mr. Silvera avec un sourire fin comme un brin d'herbe, le fait que vous êtes unique.

– Vraiment !

– Je ne le disais pas par galanterie. « Unique » au sens littéral. Seule. Single.

– Mais je suis mariée.

Mr. Silvera secoue la tête, explique que là n'est pas la

question. Les femmes auxquelles il a affaire dans son travail peuvent être belles ou laides, jeunes ou vieilles, sympathiques ou odieuses, mais elles sont en tout cas toujours plus d'une. Jamais moins de six ou sept, quelquefois douze, quinze... Et peu à peu, à force de les fréquenter ainsi, on finit par avoir une idée collective, plurielle, de ce qu'est une femme.

– Une créature... multiple ?

– Exactement. Comme une de ces déesses indiennes, vous savez ? Avec vingt-quatre bras rougis, cinquante-cinq ongles au vernis écaillé, deux douzaines de chevilles gonflées, une quantité de bas filés.

L'unique rit.

– Un monstre, en somme, résume-t-elle.

Elle regarde ses dix ongles impeccables, que Raffaellino lui-même lui envierait, et rit encore. Elle serre l'un après l'autre ses poignets, comme pour s'assurer qu'ils sont seulement deux.

– Et donc, vous m'appréciez pour la pure et simple raison que je n'ai pas plus de deux bras et d'une seule tête.

– Très belle, et admirablement coiffée, acquiesce doucereusement Mr. Silvera.

– Ah, cela, vous n'auriez pas dû le dire, proteste-t-elle. D'abord j'étais unique, et maintenant vous me faites replonger dans votre groupe, avec toutes ces malheureuses obsédées par les permanentes et les bigoudis.

– Je voulais vous servir un instant de miroir, s'excuse-t-il. Mais si, pour vous, votre coiffure n'a aucune importance...

Elle se tourne davantage vers lui et porte la main à ses cheveux, les ajuste de quelques petites tapes précises, avec l'air de quelqu'un qui se regarde dans la glace.

– Soit, admet-elle, les cheveux aussi ont de l'importance. Mais je suis du genre intellectuel, pour moi Pordenone passe avant tout.

– Ce n'est que trop juste, approuve Mr. Silvera, sortant à nouveau son porte-monnaie parce que le serveur est venu se faire régler le café.

Et tout, pendant un instant, reste en équilibre, comme si la pièce de tout à l'heure était parvenue seulement maintenant au sommet de sa parabole. Et puis, voilà, l'un des deux doit avoir gagné de nouveau (bien qu'on ne voie pas clairement qui), car l'inconnue s'entend par hasard proposer une visite au cloître de Santo Stefano, décoré de fresques par Pordenone vers 1530.

– Je ne le savais pas, je ne l'ai jamais vu.

– Ce sont des allégories, des putti, des personnages bibliques... Plutôt mal en point, à vrai dire.

– Et vous y conduisez vos touristes ?

– Jamais. Ce ne sont pas des choses adaptées au pluriel.

Ils se lèvent et se mettent en route parmi les bigarrures de la cité, flottant côte à côte, mais comme si d'une minute à l'autre un bidon vide, une rame, un poteau peint en bleu pouvaient les séparer facilement, définitivement.

3

Ce n'est pas une impulsion de type, disons, sentimental qui me fait reparcourir mentalement, presque mètre par mètre, ce demi-kilomètre, environ, séparant le fatal campo S. Bartolomeo de l'énigmatique cloître de Santo Stefano. Mon principal motif est encore de comprendre, vérifier, relever chaque détail. Que ne donnerais-je pas pour que la CIA, le KGB nous aient tenus sous constante surveillance, filmant secrètement, à l'aide de leurs caméras dissimulées, chacun de nos mouvements, enregistrant chacun de nos gestes, de nos regards, de nos expressions, en sorte que maintenant, assise dans une petite salle à demi obscure, je puisse faire passer et repasser le document au ralenti. Autour de moi, une équipe d'experts aux yeux d'acier et aux gros cigares me poserait des questions brusques et cruciales.

– Pourquoi, dans les deux cents premiers pas, tournez-vous plusieurs fois la tête vers lui ?

– Par simple courtoisie. Il était en train de parler, et je...

– Ce n'est pas vrai ! Regardez vous-même : ici... ici... et encore ici, ni vous ni le nommé Silvera ne parlez. Lui marche les mains dans les poches de son vieil imperméable, en prenant soin d'éviter les passants, et ne prononce pas un seul mot.

– Ce doit être parce que j'étais intriguée par sa manière de se mouvoir au milieu des gens. Vous voyez ? Il tient la tête haute, regardant loin devant lui, et il parvient pourtant à ne toucher personne. Son pas est ferme, régulier, mais avec de millimétriques capacités d'écart qui le maintiennent toujours à distance des autres. Ou peut-être sont-ce les autres – vous voyez ? – qui s'écartent de lui, qui le contournent comme un écueil au milieu d'un fleuve.

– Et vous prétendez que c'est cela qui a éveillé vos soupçons ?

– J'ai seulement dit que cela m'a intriguée. Cela m'a fait songer que c'était quelqu'un d'habitué à traverser la foule, je l'ai imaginé en train de marcher, fluide et intangible, parmi les ruelles d'un souk.

– Une idée évidente, étant donné le métier qu'il faisait.

– Mais j'ai imaginé... le contraire. J'ai pensé qu'il faisait ce métier, si étrange pour lui, justement parce que...

Les experts me scrutent de leurs yeux d'acier, mâchonnant leurs gros cigares, mais aucun ne vient à mon secours, aucun ne m'aide à mieux m'expliquer. Ils soupçonnent qu'un encouragement de leur part à préciser, à définir cette première et très vague « imagination » serait pris par moi pour une confirmation. Et il est clair qu'ils n'ont pas tort. Il est clair aussi qu'aucun n'est disposé à rien me confirmer.

– Du reste, s'esquivent-ils, pourquoi parmi les ruelles d'un souk ? Pourquoi pas parmi les comptoirs de Marks & Spencer ou de la Rinascente ?

– Je ne sais pas. Sur le moment me sont venus à l'esprit des endroits comme Bagdad, Antioche, Smyrne, plutôt.

– Et pas un ghetto ? D'Amsterdam, de Cracovie, de Venise même ? Là aussi il y avait des labyrinthes de ruelles, une foule multicolore.

– Le ghetto de Venise, il m'en a parlé lui-même plus tard. Il m'a dit que ç'avait été le premier à porter ce nom, et qu'il avait donné son nom à tous les autres, à cause d'un ghetto, c'est-à-dire d'une fonderie, qu'il y avait de ce côté.

– Un guide touristique consciencieux, commentent mes examinateurs en indiquant l'écran, où « le nommé Silvera », tandis que nous traversons le rectangulaire campo Manin, ne manque pas de me désigner du doigt le monument de bronze au grand patriote, et, à gauche, la calle della Vida, par laquelle on accède au palazzo Contarini del Bovolo avec son fameux escalier.

Leur ironie est trop facile, trop grossière pour m'intimider.

– Parlons clair, dis-je. Je ne nie pas que le but « touristique » de la promenade était un prétexte au départ. Je ne conteste pas que cette visite à un cloître de médiocre intérêt architectural, avec des fresques d'un peintre de second ordre, et délabrées de surcroît, impliquait une bonne dose de feinte : de sa part en me la proposant, et de la mienne en l'acceptant. Mais en ce qui me concerne...

– Ce qui vous concerne ne nous intéresse pas, chère madame. Les raisons pour lesquelles vous avez accepté la proposition ne sont que trop évidentes. Et banales, si vous nous permettez. Non, la vraie question n'est pas celle-là et vous le savez très bien. La question est : n'avez-vous pas songé que les raisons de Silvera pouvaient être d'un autre ordre ? Ne vous êtes-vous pas demandé si cette feinte galante n'était pas une feinte en elle-même, et si lui n'avait pas d'autres buts ? N'est-ce pas justement cela (ne nous regardez pas, nous, regardez le film), le doute qui se lit dans vos yeux, calle della Màndola ?

Sur l'écran, la ruelle grouillante que nous suivons est en effet la calle della Màndola. Mais je ne dirais pas que dans mes yeux se lise un doute particulier. Je viens de refermer la bouche et mon expression est plutôt interrogatrice, comme si j'avais posé une question. A laquelle maintenant, me prenant le bras pour me guider à travers la foule, Mr. Silvera répond par des phrases brèves et un peu distraites, entre l'embarras et l'ironie, dirait-on, à en juger par le mouvement des lèvres et par ses sourires, plus fins, plus en brin d'herbe que jamais. La main qui me tient délicatement le coude s'en détache de temps à autre pour esquisser un geste, prolonger la perplexité d'une syllabe : « Ah... »

Un normal, pour ne pas dire banal, nœud à la gorge retarde ma réponse aux experts qui m'interrogent :

– Vous souvenez-vous de ce qu'il était en train de vous dire ?

– Non... Ou peut-être que si, je crois que si... Durant notre conversation au café, je ne lui avais pas fait les compliments d'usage sur son impeccable italien, posé les questions d'usage sur la façon dont il l'avait appris, etc. Mais j'avais essayé de passer de l'italien à l'anglais, puis au français (les seules langues que je parle sans problème), avec la vague intention de le contraindre à se découvrir, à s'exposer en quelque sorte. Une tentative absurde, étant donné que je ne savais même pas quelle était sa langue maternelle. Le néerlandais, ou l'allemand, ou peut-être le portugais ? J'ai fini par le lui demander chemin faisant, et c'était, je crois, alors que nous passions devant une boutique de vieux livres.

Le film, se déroulant rapidement en sens inverse, nous reporte devant l'ancienne librairie de la Màndola, où, en vitrine, sous une pancarte indiquant FOREIGN BOOKS, des volumes abandonnés par des générations d'étrangers s'amoncellent en piles poussiéreuses et polyglottes.

– Oui, confirmé-je, en désignant nos images réfléchies dans la vitrine et mon geste vers la pancarte, c'est là que je le lui ai demandé. Je lui ai demandé, aussi, quelles autres langues il parlait. Mais il m'a répondu de manière évasive. Sa famille était très composite, à ce qu'il m'a dit ; il avait grandi dans différents pays, auprès de parents qui parlaient un peu toutes les langues ; et, avec son talent pour l'imitation (il m'a raconté qu'il avait été quelque temps acteur, dans une petite troupe de Brooklyn en tournée sur l'East Coast), il avait fini par devenir rather babelic, c'est ainsi qu'il s'est exprimé : plutôt babélique.

La pellicule a recommencé à tourner dans le bon sens, et nous nous trouvons maintenant au débouché de la calle sur le campo Sant'Angelo, avec l'église de Santo Stefano à l'arrière-plan. Mon accompagnateur a l'air d'avoir conclu son explication.

– Et c'est ainsi qu'il a réussi à ne pas vous dire qui il était, d'où il était, ni ce qu'il faisait vraiment. N'est-ce pas votre avis ?

– J'ai reconnu moi-même qu'il avait répondu de manière évasive, dis-je avec impatience (tandis que Mr. Silvera attire mon attention sur le très haut campanile de Santo Stefano, probablement pour m'informer qu'il est le plus penché de Venise). J'ai reconnu aussi que, cette comédie touristique, nous la jouions à deux, et, bien que mes banalités ne vous intéressent pas, je puis ajouter qu'elle m'amusait. J'étais amusée par l'idée d'avoir un professionnel à ma disposition exclusive : pris à mon service comme un gondolier, pour ainsi dire. Et même, un instant... seulement un instant, que ce soit bien clair... il m'est venu à l'esprit qu'à la fin de sa prestation, j'aurais très bien pu le rémunérer. Au fond, j'avais déjà une dette envers lui à cause de la pièce, pour fausse qu'elle fût. Et j'étais certaine qu'il ne se serait pas froissé, qu'il ne se serait pas senti humilié, parce que je le tenais pour un homme au-dessus de certaines choses.

– Une belle phrase, qui décrit parfaitement un habile filou, un type habitué à se faire entretenir par les femmes avec l'air de leur accorder qui sait quel privilège. Au reste, quant à sa compétence en tant que guide...

La malveillante allusion reste en l'air. Nous sommes arrivés à Santo Stefano et, au moment où nous franchissons le haut portail de style gothique flamboyant (de l'atelier de Bartolomeo Bon), le document s'interrompt.

* * *

La porte donnant sur le cloître, dans la nef de gauche, était fermée et le sacristain n'était pas là, nous annonça un très vieux prêtre de passage, écartant les bras en signe d'impuissance. Mr. Silvera connaissait toutefois une autre entrée. Le cloître, m'expliqua-t-il, était celui de l'ancien couvent attenant à l'église, à présent occupé par des bureaux du Génie militaire, et, s'il se rappelait bien, on pouvait entrer aussi par ce côté-là.

Il se rappelait parfaitement. Nous ressortîmes sur le petit campo Santo Stefano, traversâmes de nouveau le canal Sant'Angelo et, en tournant à droite, nous trouvâmes devant les marches d'un autre portail, du Cinquecento celui-là, mais avec des plaques annonçant des bureaux contemporains (dont un, remarquai-je, pour les dommages de guerre). Un militaire et deux civils en sortaient, une employée entrait avec une brassée de dossiers. Nous entrâmes nous aussi sans difficulté.

Le cloître était carré et architravé, à froides colonnes ioniques de la Renaissance, avec un ancien puits au milieu. Je regardai l'un après l'autre les quatre côtés. Dans le passage derrière les colonnes, les murs étaient nus, tachés d'humidité, décrépis ici et là. Au-dessus des colonnes, séparées par des mètres de plâtre jaunâtre, deux rangées de fenêtres. L'une d'elles était à demi ouverte ; il en provenait un cliquetis de machine à écrire.

Je vérifiai de nouveau alentour, remarquai deux poubelles, un balai appuyé au mur. Mais nulle fresque, ni rien qui pût rappeler une fresque, n'était visible sur aucune des surfaces du cloître de Santo Stefano.

Un téléphone sonna, dédramatisé, appauvri par la distance. Je me tournai, perplexe, vers Mr. Silvera.

– Ah... dit-il.

4

Plus déçu qu'étonné, Mr. Silvera ne propose pas la moindre explication de son erreur, n'essaie en aucune façon de la justifier. En fait (comme il l'avoue à sa compagne, plus embarrassée que lui), des gaffes de ce genre, il en fait souvent : il est brouillon, récidiviste et impénitent.

– Mais cette fois, dit-il tandis qu'ils retournent vers la sortie, je donne pour de bon ma démission de chef de groupe.

Passé le portail, une fois descendues les quatre marches, il se tourne vers elle, avec l'air de se préparer à la saluer.

– Je vous demande sincèrement pardon. Vous voyez, en tout cas, ce qui arrive quand on prend des guides non autorisés ? Si nous nous rencontrons une autre fois, il faudra que nous soyons plus prudents tous les deux.

– Mais, écoutez... dit-elle.

Elle a fait passer automatiquement son sac de sa main droite à sa main gauche, mais ne se résout pas à dire au revoir. Elle considère l'ogivale façade Quattrocento du palazzo Duodo, le va-et-vient des gens sur le pont des Frati, un groupe de pigeons sur le parapet. Elle finit par faire un pas, puis un autre, en direction du pont.

– Mais écoutez, reprend-elle en l'obligeant à la suivre, ces fresques, si elles ne sont pas ici, elles doivent pourtant être quelque part ? Nous pouvons toujours les chercher. De toute façon, votre groupe, c'est moi, et votre démission, je ne l'accepte pas. Je vous offre plutôt un verre de vin, une « ombra », comme on dit ici, avec un ou deux sandwiches parce que j'ai faim, dans cette espèce de bistrot qui est là derrière, dans la calle dei Frati. Vous savez qu'à sa place, autrefois, il y avait l'ancienne scuola di Santo Stefano ?

Mr. Silvera se couvre le visage des mains, rit, la reprend par le coude.

– Mais vous voulez vraiment gagner sur toute la ligne, dit-il.

* * *

Les « ombre » ont en fait été deux, d'un blanc bien glacé, idéal par le temps qu'il s'est mis à faire. Au-dessus du campo Morosini, la vaste place où ils se promènent maintenant, il n'y a plus un seul nuage ; le monument de marbre à Niccolo Tommaseo luit sous un soleil éblouissant. Il fait chaud comme en été.

– Et il n'est pas encore midi, remarque la dame qui n'est plus une inconnue, qui s'est présentée dans les formes par son prénom, son nom et même son diminutif « pour les amis ».

Mr. Silvera, quant à lui, s'est présenté comme David Ashver Silvera. Lui, de diminutifs ou de surnoms (mais là, peut-être a-t-il hésité un instant ?), avec sa vie migratoire, il n'en a jamais eu, il n'a jamais eu le temps d'en avoir.

S'arrêtant au milieu du campo, elle pose son sac aux pieds de Tommaseo et ôte sa veste pour la jeter sur ses épaules.

– A l'heure qu'il est, dit-elle, votre bateau doit être arrivé pour le moins au Pirée. Imaginez quelle splendeur, là-bas, avec ce temps !

Mr. Silvera réplique que le temps, le temps atmosphérique bien entendu (the weather, traduit-il, non pas the time), est immatériel.

– Vous voulez dire insignifiant ? le corrige sa compagne. Immatériel, pour nous, n'a pas le même sens qu'en anglais.

Les pièges de l'italien, s'excuse-t-il ; on voit vraiment qu'il n'est pas dans un bon jour. Quoi qu'il en soit, et sans vouloir la rejeter parmi les touristes ordinaires, ne trouve-t-elle pas elle aussi que cette affaire du temps bon ou mauvais est devenue obsédante ? Tout le monde est là suspendu au baromètre ou au thermomètre, tout le monde fait une fixation sur le bulletin météorologique comme si c'était une question de vie ou de mort, et malheur si l'on annonce des nébulosités ou des précipitations.

– Alors que la pluie peut être très belle, dit-il, et très beaux le vent, les nuages, le brouillard. Vous ne trouvez pas ?

Elle sort de son sac une grande paire de lunettes de soleil et les chausse. Elle lève la tête pour le regarder avec attention, tandis qu'ils se remettent en route.

– Soit, à bas les baromètres, lance-t-elle, se laissant guider comme une aveugle vers l'ombre de la calle dello Spezier.

Dans la calle del Piovan, elle s'arrête de nouveau pour observer Mahomet II, qui observe, lui, le château de Scutari, en bas relief sur la façade de la scuola degli Albanesi.

– Pourtant – elle y repense –, je ne sais pas, peut-être que, pour une femme, cette histoire de soleil est différente. Nous sommes davantage comme des animaux.

– Ah – il a ri –, mais cela ne vous donne pas le droit de dire du mal de la pluie !

– Dieu m'en garde. Ni du brouillard. Je voulais seulement dire que le tourisme, le temps libre n'ont pas nécessairement de rapport avec ma préférence pour une matinée comme celle-ci.

Mr. Silvera a profité de la nouvelle halte pour ôter son imperméable, qu'il replie avec soin.

– Si vous y êtes comprise, une matinée comme celle-ci est parfaite dans tous les cas, déclare-t-il avec une ostensible galanterie, en lui reprenant le bras. Il est inadmissible que je vous fasse faire de la conversation sur le temps comme un manuel Berlitz.

Elle se met à rire :

– Vraiment, c'est moi qui ai commencé.

Quittant le soleil du campo S. Maurizio, ils rentrent dans

l'ombre d'une ruelle, puis d'un campiello et ressortent dans le soleil devant S. Maria Zobenigo, dite aussi del Giglio. Le grand hôtel au fond à droite est le sien, dont elle se repent maintenant doublement d'avoir parlé pendant la collation.

D'une part, il s'est agi d'une véritable gaffe, absolument stupide, dont elle a déjà rougi quand lui, en retour, a dû nommer un petit hôtel inconnu (ou une misérable pension, probablement) du côté de S. Giovanni in Bragora. Mais, à présent, il y a aussi le risque que, en chef de groupe infiable qu'il est, il la raccompagne gentiment à l'hôtel et la plante là avec maintes salutations. Il est assurément du genre à le faire, pense-t-elle, piquée, tout à coup froissée par son détachement obstiné, par ses compliments opiniâtrement conventionnels.

Mr. Silvera oblique effectivement à droite, vers l'hôtel, là-bas au fond, qu'elle essaie de ne pas regarder.

– Il s'appelait *Basilissa tou Ioniou*, figurez-vous, lui dit-il sur un ton intime, presque de complicité, comme s'il lui faisait finalement une vraie confidence. La *Reine de la mer Ionienne* !

– Le bateau pour Corfou ?

– Pour Corfou, Patras, Athènes, Salonique, et ainsi de suite... Mais, quant à mon groupe, il n'est pas vrai que je devais le confier à un autre guide.

– Je ne comprends pas, dit-elle étonnée, levant les yeux et se retournant pour le regarder. Vous voulez dire...

Elle est interrompue par le piétinement d'une petite foule, qui débouche, compacte et pressée, de la ruelle en face. Et, au même moment, elle s'aperçoit que la main, qui serre maintenant plus familièrement son bras, est en train de la pousser justement dans cette direction et non pas vers l'hôtel, qui est plus à gauche.

La ruelle conduit à l'embarcadère de S. Maria del Giglio, où accostent les vaporetti de la ligne 1.

– Venez, dit Mr. Silvera, lui frayant un chemin parmi les gens à peine débarqués qui se pressent encore dans l'étroit passage.

Quand ils atteignent l'embarcadère, le vaporetto est reparti, mais un autre arrive de la direction opposée.

– Pour Saint-Marc et le Lido, annonce le contrôleur.

– Venez, répète Mr. Silvera, en la guidant sur la passerelle, puis vers une rangée de sièges libres à l'avant. Cela ne vous ennuie pas si vos cheveux s'emmêlent un peu ? demande-t-il lorsqu'ils sont assis. J'avoue que le but de l'embarquement, c'est un peu cela. Je tiens à vous voir décoiffée.

– Ah. Alors tous ces compliments sur ma splendide coiffure étaient faux ?... Mais ça n'a pas d'importance. Ce que je vous demandais était... Vous avez dit que vous ne deviez pas les confier à un autre guide, vos passagers. Cela signifie que, sur cette *Basilissa*, vous auriez dû vous embarquer vous aussi ?

– Oui. A vrai dire, je m'étais même déjà embarqué, je les avais installés et tout. Mais, au dernier moment, ç'a été plus fort que moi ; j'ai repris ma valise et je suis descendu.

Le vaporetto s'est détaché de l'embarcadère. Elle regarde la triple façade de l'hôtel défiler sur la gauche, tandis que le vent de la course commence à lui ébouriffer les cheveux, et pense que cette ligne 1, « Piazzale Roma-Lido », est en réalité en train de l'emporter très loin ; beaucoup plus loin que n'importe quel port de l'Adriatique, ou même de la mer Ionienne ou de la mer Égée...

Assis à côté d'elle dans sa souple veste de tweed, avec ses épaules un peu courbées et son net profil de médaille, Mr. Silvera lui réapparaît exactement tel qu'elle l'a vu hier pour la première fois, sur le vol Z 114, entouré de son groupe bavard.

– Un groupe particulièrement affligeant, m'a-t-il semblé ? plaisante-t-elle, intriguée, mais sans oser en demander davantage.

Lui, maintenant, a un air plus libre, plus gai, comme si son aveu d'écolier qui a fait l'école buissonnière l'avait soulagé d'un poids.

– Non, non, les pauvres, pas du tout ! Du reste, ils ne

changent jamais, vous savez ? Ils sont toujours tous comme des gamins.

– Et des gamines. Il y en avait une, derrière vous, qui ne vous quittait pas des yeux.

Ils rient tous les deux. Tenant une main sur ses cheveux, tandis que le vaporetto file vers la riva della Salute, elle indique de l'autre main, devant elle :

– Look, look !... The Salute, the Dogana, the San Giorgio Maggiore !... Look, Mr. Silvera !...

– The bacino di San Marco, annonce-t-il quand la ligne 1, continuant son zigzag à travers le canal, les ramène vers la riva degli Schiavoni.

Il se tourne pour la regarder et lui prend délicatement le poignet pour lui faire ôter la main de ses cheveux.

– Mais vous me voulez vraiment complètement dépeignée, proteste-t-elle. Après tout il y a des conventions, entre personnes qui se sont présentées depuis... depuis combien de temps ? demande-t-elle, cherchant à regarder sa montre sans libérer son poignet.

– Le temps, dit Mr. Silvera, est immatériel.

* * *

Ils sont descendus à la station de l'Arsenal, ils marchent en suivant les quais silencieux ct presque déserts du canal S. Martino, puis un dédale de ruelles qui les ramènent inopinément en arrière, sur le campo Bandiera e Moro. Elle observe que, dans ce quartier, on finit toujours par revenir vers ce campo, quand on ne connaît pas bien le chemin. Mr. Silvera reprend un moment sa fonction de guide, pour lui apprendre qu'autrefois le campo s'appelait « della Bragola ». Le nom est par la suite resté à l'église, mais transformé en Bragora.

– S. Giovanni in Bragora, en effet, dit sa compagne.

Mais elle le savait bien, ils le savaient bien tous les deux qu'en débarquant à l'Arsenal ils viendraient du côté de S. Giovanni in Bragora. Où, bien qu'il soit compliqué à retrouver, à ce qu'il semble, se trouve le petit hôtel dans lequel il a pris une chambre, hier, en abandonnant la *Basilissa.* Ils se remettent en route par la calle del Pestrin, puis de nouveau vers S. Martino.

– Ah, voilà, vous voyez ? C'est là, fait-il en tournant dans une ruelle.

La ruelle se termine par des marches verdâtres qui descendent dans l'eau d'un étroit canal. A droite, il y a une porte d'entrée éraflée avec une pancarte : PENSIONE MARIN.

– Vous voyez ? Vu du dehors, c'est en très piteux état, mais à l'intérieur ce n'est pas si mal... annonce-t-il tandis qu'ils entrent. Dans la petite salle, il y a même un divan et de vieux fauteuils, une étagère avec de vieux livres.

– Ah, bien.

La patronne, coincée derrière la caisse, lève à peine les yeux quand son client d'hier soir vient reprendre la clef. Dans la petite salle, il n'y a personne.

– Il y a même un ascenseur, dit-elle d'une voix qu'elle ne se souvenait plus d'avoir.

Dans la chambre, elle pose son sac sur le lit et va vers la fenêtre : elle regarde, en bas, le canal solitaire et la façade délabrée, parsemée de touffes d'herbe et de fragments de marbre encore encastrés entre les briques.

– Pas mal du tout, vraiment, dit-elle sans se retourner, appuyée de dos à Mr. Silvera qui lui a ôté sa veste et à présent, avec délicatesse, lui retire ses lunettes.

V. Bien qu'ayant comme on dit un certain

1

BIEN QU'AYANT, COMME ON DIT, UN CERTAIN tempérament, j'ai toujours été une femme plutôt réservée, circonspecte, fort loin d'être facile à « connaître » au sens biblique du terme. C'est pourquoi le fait de m'être, comme on dit encore, « donnée à lui » – donnée deux heures d'affilée, dans cette misérable petite chambre, sur ce lit très étroit –, alors qu'il n'y avait pas même deux heures que je le connaissais, aurait dû me sembler inouï. La fin du monde, ni plus ni moins.

Et je ne dis pas que la situation ne m'apparaissait pas ainsi, que je ne le pensais pas, tandis que nous retournions vers la riva degli Schiavoni. J'étais même tellement plongée dans cette stupeur que ce fut seulement lorsque, sortant des ruelles, nous nous retrouvâmes sur le campo Bandiera e Moro que je pris conscience d'une chose encore plus étrange. Nous marchions en nous tenant par la main, constatai-je abasourdie, attendrie, incrédule. C'est-à-dire, pas exactement en nous tenant : c'était lui qui, marchant un peu en avant, m'entraînait par la main comme une petite fille. Mais c'était une chose incroyable tout de même, une situation dans laquelle jamais je n'aurais songé pouvoir me trouver avec personne d'autre ; et voilà qu'avec lui elle m'avait paru aussitôt si normale que je n'y avais même pas prêté attention. Je me mis à rire.

– Hey, you !

Nous avions commencé de parler anglais, après la chose, parce que passer au tutoiement était difficile, mais que se vouvoyer aurait été vraiment curieux.

Je lui montrai, quand il se retourna, nos mains entrelacées et tous les gens qui auraient pu nous regarder, quand bien même personne, à ce moment, n'en faisait rien.

Je n'avais plus quinze ans, expliquai-je. Peut-être en avais-je même un petit peu plus de trente.

– So what ? répondit-il sans s'arrêter.

Si ce n'était que cela, lui devait en avoir plus de deux mille. Et puis après ?

– Mais écoute... dis-je.

Et s'il ne s'était pas arrêté pour m'étreindre et m'embrasser, là, debout, en plein milieu du campo Bandiera e Moro ou della Bragora, peu importe, je n'aurais pas compris non plus que j'étais passée au *tu*.

Peut-être quelqu'un nous regarda-t-il vraiment, cette fois, mais je ne peux pas dire que je me sentis gênée. Je me sentais très belle, au contraire. Un peu défaite, peut-être, mais très belle. Ils pouvaient bien regarder tant qu'ils voulaient.

A San Francesco della Vigna, trois heures sonnèrent. Il y avait un étal de fruits au coin de la calle del Doge.

– Tu m'en achètes ? demandai-je.

– Yes, madam. Tout ce que tu veux. Des pommes, des mandarines, du raisin ?

– Du raisin.

– Du raisin pour la belle dame, dit-il à la marchande.

– Belle dame, très beau raisin, dit la marchande de fruits en pesant deux très blondes grappes.

Nous les lavâmes à la fontaine et débouchâmes sur le quai encore ensoleillé, puis nous allâmes nous asseoir sur les marches de Santa Maria della Pietà. Devant nous, l'île et le campanile de San Giorgio brillaient, nets, avec élégance ; le Lido, sur la gauche, allongeait son ruban mince, estompé ; l'eau et le ciel étaient en perle, le raisin exquis. D'une file de gondoles qui entraient dans le canal dei Greci, nous parvinrent des accords de mandoline.

Mon Dieu, pensai-je soudain, mais alors, tout cela ne serait-il pas arrivé par la faute de... ? A cause du charme que... ? Parce que nous sommes à... ?

Impossible. Si jeune et si belle que je me sentisse, je n'avais plus, ou n'avais pas encore, l'âge mental de céder aux séductions de Venise-perle-de-la-lagune, Venise-cité-des-amants, Venise-inspiratrice-de-Byron-Browning-Ruskin-Turner-Bonington-Barrès-Mann-D'Annunzio, sans compter Bernard Berenson. Surtout, ce n'était pas mon genre.

La preuve en était, me dis-je en pensant aux futiles discussions de la veille chez Raimondo, que je ne me sentais même pas encline à pleurer sur Venise-envahie-par-les-masses-et-transformée-en-pizzeria, sur Venise avec son débordant Harry's Bar et ses fêtes postiches, ses expositions incongrues ou effroyables, son indécent carnaval de récupération.

J'étais, en somme, une professionnelle qui venait souvent à Venise pour son travail, sans préjugés ni illusions sur la ville ; et qui par le seul fait du hasard avait, justement ici (mais, à Gallarate ou à Bethnal Green, étais-je sûre que les choses se seraient passées de la même façon ?), perdu la tête pour quelqu'un.

Je regardai le quelqu'un pour qui je l'avais perdue.

– Je pensais... dis-je.

Je voulais lui parler de Bethnal Green, mais il se tourna pour me sourire une seconde trop tard. Il avait cessé de grappiller son raisin et était en train de fixer des yeux, avec un air qui me glaça, une grosse vedette amarrée non loin de nous. J'eus la sensation précise qu'il songeait à s'en aller le jour même : sur ce bateau peut-être ou sur un autre, ou en train, ou par un quelconque avion, mais à s'en aller.

Loin de moi ?

Seule l'extraordinaire gentillesse avec laquelle il me sourit me donna le courage de plaisanter.

– Je pensais aux gondoles. Je me demandais si, dans notre cas, nous ne serions pas légalement tenus d'en prendre une. Ici, sur certaines choses, on ne transige pas.

– Eh bien, dit-il, il nous faudra risquer l'amende. Parce que moi, au contraire, je pensais à prendre ce bateau-là.

Je déglutis avec effort.

– Avec moi ?

– Et avec qui d'autre ?

– Mais je... Mais quand part-il ? Où va-t-il ? Tu le sais ?

– C'est écrit là, dit-il en indiquant un kiosque à côté du ponton. Et, du reste, qui sait ? Si, au lieu d'une gondole, nous le prenons, peut-être nous tiendra-t-on quittes quand même.

Sur le kiosque était écrit : SERVICE DE LA LAGUNE. LIGNE 25 VENISE-CHIOGGIA. Une pancarte, plus bas, annonçait le prochain départ pour quinze heures vingt. La vedette s'appelait je ne sais plus comment.

* * *

– Tu n'auras pas froid ?

– Mais non, on est très bien.

Nous étions assis sur le pont supérieur, mais du côté de la poupe, et le vent de la course nous arrivait amorti, tiède, sous un ciel et sur une eau plus perlés que jamais. Le soleil resplendissait à mi-hauteur, du côté de Fùsina. Des filles en bain de soleil agitèrent les bras pour nous saluer depuis la piscine de l'hôtel Cipriani alla Giudecca, tandis que le bateau, après s'être glissé par le canal della Grazia, prenait de la vitesse en direction de la lagune ouverte.

– Avec ces Services de la Lagune, dis-je, nous faisons du chemin ! Mais pour rentrer ?

Je lui parlai du cocktail au palazzo Priuli, où je ne devrais pas arriver trop tard. Il me dit qu'au retour on pouvait prendre le bac pour Pellestrina, puis le car jusqu'au Lido, s'il se rappelait bien. De cette manière, on allait beaucoup plus vite, m'expliqua-t-il.

– Et ensuite ? me décidai-je à demander après un silence.

– Après le Lido ?

– Non. Après le cocktail. Nous nous revoyons ?

Il tourna un moment les yeux vers moi, mais les baissa ensuite de nouveau sans rien dire. Je fouillai un peu dans mon sac, à la recherche de mes cigarettes. J'en allumai une.

Entre l'île de la Grazia et celle de San Clemente, au croisement de deux canaux, il y avait quantité de mouettes posées de toutes parts, sur les poteaux et les pieux baliseurs. Au passage du bateau, elles prirent leur envol et se mirent à nous suivre toutes ensemble, avec de petits cris rauques.

– David ?... hasardai-je.

Il prit une cigarette de mon paquet et resta à la retourner sans l'allumer, regardant les mouettes, qui tantôt volaient très haut, tantôt descendaient jusqu'au ras de l'eau avec de larges virages, de brèves remontées, des écarts imprévus.

– Je ne sais pas, dit-il. Peut-être vaudrait-il mieux que nous ne nous revoyions pas, non ? Ni ce soir, ni... Mais, maintenant, cela me semble une chose insupportable.

– A moi aussi... Et en même temps je ne voudrais pas que nous ne nous soyons pas rencontrés, que nous ne soyons pas ici à présent.

Il me reprit la main.

– Ne pas être ici serait la chose la plus insupportable de toutes, dit-il avec son gentil sourire.

Nous laissâmes encore derrière nous Santo Spirito. Le bateau filait maintenant en pleine lagune, et le vent de la course s'était fait plus fort. Le soleil descendait. Sur notre pont, le petit nombre de touristes qui restaient prirent encore quelques photographies – de l'eau, des mouettes, de la lointaine côte du Lido – puis s'en allèrent un par un, en descendant le petit escalier.

– Tu es sûre de ne pas prendre froid ?

– Non, mais je préfère rester en haut.

Il voulut de force que j'enfile son imperméable, passa son bras autour de mes épaules. J'allumai une autre cigarette et la sienne. Nous restâmes sans parler jusqu'à Poveglia et au canal de Malamocco, aux maisons des Alberoni. A l'entrée du port, nous croisâmes un pétrolier qui sortait dans l'Adriatique.

– Ta reine, dis-je, ou basilissa, que sais-je...

– La *Reine de la mer Ionienne* ?

– Oui. Tu ne m'as pas dit, en somme, pourquoi tu l'avais quittée. Tu as seulement dit : « Ah... », comme tu dis toujours, mais en fait...

J'avais fait le geste vague qu'il avait quand il disait : « Ah... », et il se mit à rire, m'étreignit. Nous finîmes par nous embrasser, ce qu'on appelle éperdument, jusqu'au-delà de San Pietro in Volta. Quand nous nous désenlaçâmes, le vent et le bruit des moteurs s'étaient affaiblis, les mouettes n'étaient plus là, la moitié du soleil avait disparu sous l'eau. Toute la lagune à notre droite, jusqu'aux îlots les plus lointains et aux derniers miroirs d'eau morte, s'était colorée de vert bronze et d'or, d'ocre, de rouge profond...

– Look... dis-je à voix basse, look...

J'avais fait le même parcours à diverses reprises, en motoscaphe, et jamais je n'avais vu pareille merveille. Je regardai, retenant mon souffle. Tandis que le disque finissait de disparaître, je me demandai absurdement « à combien il serait monté », si l'on avait pu le vendre chez Fowke's, un coucher de soleil comme celui-ci. Cent milliards ? Mille ? Je pensai aussi que de David, l'obscur et désargenté compagnon que j'avais à mes côtés, je l'avais eu pour rien : comme la monnaie de ce matin.

– Thank you, dis-je, Mr. Silvera. Merci pour le merveilleux coucher de soleil. Danke schön.

– Bitte schön ! fit-il gaiement. Avec le coucher de soleil, j'ai eu plus de chance qu'avec les fresques.

– Mais cela aussi a été une chance. Si les fresques avaient été là, nous serions peut-être encore là-bas à contempler Pordenone. Tu ne crois pas ?

– Non, mais nous aurions manqué le bateau, dit-il dans un retour à sa typique, un peu désuète galanterie, et je n'aurais pu t'admirer, toi, dans ce cadre. Ce coucher de soleil aussi te va magnifiquement.

Dans le très long canal de Pellestrina, la vedette avançait lentement, en un silence presque parfait. Nous frôlions les maisons et les jardins potagers de la berge. A droite, la procession des pieux baliseurs et une fantastique enfilade d'épaves – barcasses et chalands hors d'usage, pontons de bois pourri, vieux bateaux à demi sombrés – limitaient les fonds de pêche. Puis, tandis que les couleurs, lentement, s'assombrissaient et s'éteignaient, l'île se réduisit à l'étroite, obscure bande de sable flanquée par les Murazzi. Quand nous arrivâmes à Chioggia, les fanaux du port étaient déjà allumés du côté de la mer et du côté de la lagune. Nous traversâmes le bassin pour accoster contre la petite place Vigo, avec son ancienne colonne.

* * *

A l'hôtel sur la placette, où nous prîmes le thé, le serveur nous confirma que nous pourrions rentrer à Venise par le bac de Pellestrina et le car. Mais il n'y avait pas de départ tout de suite, et nous ne pourrions être à Venise avant huit heures et demie.

– A moins de prendre un motoscaphe, ajouta-t-il.

– A moins de rester ici, dis-je quand il se fut éloigné. Nous pourrions acheter une brosse à dents, dîner et dormir ici.

Je le dis à moitié pour plaisanter, mais il aurait suffi du moindre encouragement pour me faire téléphoner à Chiara et lui dire de veiller à tout, de s'occuper de tout elle-même, et que je reviendrais le jour suivant.

– Cela ne te dérangerait pas que je paie ? dis-je encore. Je sais que tu ne peux pas te le permettre.

Cela ne le dérangerait aucunement, répondit-il gentiment, mais il ne voulait pas que par sa faute je manquasse un rendez-vous professionnel. Nous nous retrouverions plus tard, à sa pension, où il retiendrait une chambre plus grande pour nous deux. Je voulais bien ?

Oui, bien sûr...

Bon, il allait faire demander le motoscaphe.

Il rappela le serveur et fit téléphoner pour le motoscaphe, que nous allâmes prendre sur le môle de la placette.

– Alors, dit-il tandis que le matelot m'aidait à monter, je t'attends chez moi. Viens quand tu veux.

Je me retournai consternée.

– Tu ne viens pas avec moi ?...

– Non, excuse-moi. Je prendrai le bac et l'autocar.

– Mais comment ?... Pourquoi ?...

– Parce que je dois... Parce qu'il vaut mieux que... C'est un peu l'histoire de la *Reine de la mer Ionienne*.

Le matelot nous regardait avec curiosité, attendant pour monter lui aussi et détacher l'amarre.

– Mais tu ne me l'as jamais expliquée, l'histoire de la *Reine de la mer Ionienne* !

– Ah... dit-il avec son geste vague et son sourire en brin d'herbe.

Puis il resta là, me saluant de la main, tandis que le motoscaphe m'emportait.

2

Mr. Silvera marche dans Chioggia et, bien qu'il attende l'heure où l'autocar le ramènera au Lido, sa démarche n'a rien d'oisif ni de dilatoire, son pas reste celui de quelqu'un qui n'a pas de temps à perdre. Le rythme pourrait rappeler celui d'anciennes infanteries en marche vers un front encore lointain, ou bien le cheminement patient, obstiné, d'une foule de pèlerins vers des sanctuaires au-delà des montagnes, des fleuves, des forêts. Mais il y a en Mr. Silvera une tout autre souplesse, et du reste il est impossible de l'imaginer encadré par ces régiments ou perdu dans ces multitudes. On le voit plutôt dans une position marginale, étrangère : un personnage isolé et au second plan, qui se trouve faire le même chemin, mais en suivant un parcours à lui, parallèle, à travers la campagne.

La rue principale de Chioggia est peut-être longue d'un kilomètre. Mr. Silvera marche sous les basses arcades, où, avec l'odeur du poisson, de la mer, stagne une file presque ininterrompue de boutiques aux vitrines éclairées. Des mamans accompagnées de leurs trois enfants, des couples de jeunes filles, des vieux mal rasés entrent pour leurs petits achats, ressortent avec des baguettes de pain, des cahiers, de la viande hachée pour le chien.

Cet humble fourmillement du soir ne laisse jamais insensible Mr. Silvera, en quelque lieu qu'il lui arrive de l'observer. Il sait parfaitement que la chose ne sera jamais à sa portée, et pourtant, dans ces moments-là, il s'accorde, sous la forme non d'un désir mais d'une fragile, fugace rêverie, une modeste existence ancrée dans une modeste petite ville, peu importe qu'elle soit en Italie, au Mexique, en Finlande, en Ukraine. S'arrêter, se terrer, n'être plus repérable pour personne, se glisser pour toujours dans un engrenage d'événements minuscules, descendre acheter le lait, parler avec le marchand de fruits, apporter sous le porche le petit sac des ordures.

Deux jeunes fiancés, s'ils ne sont pas déjà mari et femme, sortent en discutant avec animation d'un magasin qui expose à l'extérieur de gros rouleaux de moquette aux couleurs variées. Au creux d'un bar très étroit, des hommes en bonnet de laine boivent et bavardent. D'une pharmacie violemment blanche à force de néon et de plastique sort une femme qui, au bout de quelques mètres, entre dans la boutique sans enseigne d'un cordonnier. Il y a là un petit poêle électrique allumé, à côté de l'étagère où s'alignent les chaussures ressemelées.

La femme extrait de son cabas une paire de mocassins éculés et les dépose à l'envers sur le comptoir. Le cordonnier les examine d'un air incertain, dit quelque chose à la femme, se lève enfin pour venir prendre dans la vitrine une semelle de caoutchouc noir à sillons en diagonale. Son regard croise un moment celui de Mr. Silvera, qui s'est arrêté pour regarder. Puis, sa main saisit aussi un autre modèle de semelle, de caoutchouc plus épais, à dessin antidérapant fait de petites croix.

Mr. Silvera donne un coup d'œil, comme de salut, à ce qui reste dans la vitrine – quelques brosses, des lacets, des semelles de liège – et se remet en route de son pas coutumier.

3

Naturellement, le cocktail était le plus élégant, le plus brillant, le plus réussi qu'on eût jamais vu. Des dames très belles et très sympathiques, des messieurs distingués, très intelligents et très spirituels, se promenaient par les somptueux salons, levant parfois les yeux, avec un intérêt feint, vers les plafonds restaurés, mais plus souvent, avec une admiration sincère et une envie mal dissimulée, les posant sur moi.

Un rire gazouillant et sonore me suivait de groupe en groupe, et bien que je me rendisse compte que sa source n'était autre que moi-même, ma gorge dénudée ne semblait plus contrôlable. Ou, mieux, c'était moi qui n'avais nulle intention de la contrôler.

Ivre d'amour, songeai-je, tandis que je prenais mon second bellini du plateau d'un serveur errant. Et allons-y, un intarissable gazouillement.

Je voltigeais souvent, comme par hasard, devant telle ou telle des immenses fenêtres, regardant les lumières des palazzi, en face, et leurs reflets troublés dans le canal. Cette eau au-dessous de moi était peut-être la même qui, peu d'heures auparavant, s'ouvrait devant la proue du bateau pour Chioggia, et à un certain moment j'étais prête à interrompre Mr. Micocci pour lui demander si les laboratoires de la Craig, qui était une firme d'industrie chimique, n'avaient pas découvert un moyen de distinguer, de reconnaître ces molécules si stupidement semblables.

Je rencontrais et re-rencontrais tout le monde, dans ce tourbillonnement d'ondes, dans cette valse que j'étais seule à percevoir. Là, au fond, le chorégraphe bouclé, caravagesque, en compagnie d'une jeune Africaine de haute taille aux cheveux de flamme ; dans le coin opposé, le romancier de Toronto en conversation avec deux ecclésiastiques ; et Chiara qui venait à ma rencontre dans un nuage bicolore, vert et rose, répandu jusqu'à terre.

– Une véritable fleur, lui dis-je, enthousiaste, elle te va divinement, je ne te l'ai jamais vue, mais pourquoi une robe longue ?

– C'est parce que, ensuite, nous dînons chez les Fragiacomo. Tu viens aussi ? Quand j'ai dit à Linuccia que tu étais là, elle m'a tout de suite...

– Je ne peux pas, gazouillai-je, j'ai une autre obligation.

Et même, je voudrais bien me dépêcher de parler à Palmarin pour cette histoire de Padoue ; il m'a dit que, ce soir, je saurai si...

– Rien du tout, répondit Chiara ; je l'ai déjà vu, moi, et il dit que pour demain, c'est impossible. Peut-être après-demain, sinon la semaine prochaine. Mais il n'a pas voulu entrer dans les détails et il s'est échappé tout de suite ; j'ai eu l'impression qu'il ne tenait pas du tout à s'expliquer avec toi.

Je haussai les épaules.

– Forcément. Si c'était une de ses habituelles histoires en l'air, à présent il a honte de le reconnaître. Ou bien tu penses toujours qu'il y a la Federhen au milieu ?

– Je ne sais pas, peut-êtrc que non. En revanche, j'ai su une autre chose curieuse : il paraît que...

Mais demain ?... Après-demain ?... Ces mots prononcés un instant plus tôt, filtrant à travers mon euphorie, avaient commencé de résonner sinistrement dans mon cerveau. Et du coup je n'écoutais plus, je ne gazouillais plus. De glorieux prélude à *Ma nuit avec Mr. Silvera,* la valse s'était transformée en un tourbillon qui m'entraînait vers un terrifiant demain (ou après-demain, ou la semaine prochaine) *sans* Mr. Silvera.

Je regardai autour de moi, éberluée, égarée ; je sursautai en sentant une main se poser sur mon bras.

– Mais qu'as-tu donc ? demanda Chiara. Tu ne te sens pas bien ?

– Non, non – je tentai de me reprendre –, je dois seulement avoir bu un bellini de trop, et comme cela, à jeun... Mais toi, excuse-moi, quelle est la chose curieuse que tu me disais ?

Elle me disait, répondit-elle, avoir su que la Zuanich avait reçu une proposition concrète de Palmarin, mais que Palmarin agissait seulement comme intermédiaire. La collection, en réalité, c'était la Federhen qui l'achetait, pour la revendre peut-être au Brésil ou dans quelque autre pays, puisque la Direction des beaux-arts ne s'opposait pas à l'exportation.

Le devoir professionnel me fit mettre de côté mes problèmes pour réfléchir à ce développement. Qui toutefois n'était curieux que jusqu'à un certain point. Car il est vrai qu'au-dessous de certains niveaux de qualité la peinture italienne se vend mieux en Italie, qu'elle soit exportable ou inexportable. Mais aux niveaux les plus bas, la situation se renverse à nouveau. Pour des croûtes comme celles de la Zuanich, qui avaient l'avantage d'être des croûtes authentiques, « d'époque », à l'étranger on pouvait avancer des attributions plus fantaisistes et demander des prix bien plus élevés, à condition de ne pas s'en faire trop scrupule. Et à ce que j'en savais, comme je le dis à Chiara, les scrupules n'avaient jamais étouffé la Federhen.

– Cela, je le crois sans peine, quelqu'un qui parle de cette façon ne doit avoir honte de rien, commenta Chiara avec réprobation.

Je dressai l'oreille.

– De quelle façon ?

– Mais comme hier, non ? Et si tu entendais les grossièretés qu'elle dit ce soir !... Parce qu'elle est là aussi, naturellement.

Le soupçon renouvelé, la certitude, même, que la Federhen était en train de tenter quelque gros coup me rendirent inopinément toute mon euphorie. Rien n'était jamais dit, garanti, prévu d'avance, toute possibilité qui s'ouvrait en fermait une autre et inversement... Carpe diem, ou plutôt carpe noctem, pensai-je en me levant pour me mettre en chasse d'un troisième bellini, malgré les avertissements de Chiara et d'Uwe qui nous avait rejointes, arborant un de ses cols roulés rouges de peintre néo-quelque-chose. Et, en traversant la foule, j'étais de nouveau débordante de sympathie pour tous, y compris la Federhen et surtout le fuyant Palmarin, qui tout à coup se révélait à moi dans sa véritable, lumineuse essence : un Ange du Seigneur. Car si ce matin déjà il ne s'était pas défilé, si je l'avais suivi à Padoue, au lieu de m'en aller oisivement par les Mercerie... Folâtre et heureuse, je me trouvai prise dans un nouveau tour de valse, qui, au passage entre deux salons, me fit entrer en collision avec le professeur allemand.

– Très cher Pordenone !

Pendue joyeusement à son bras, je lui racontai avoir passé la matinée à admirer des fresques du Maître, toutes superbes, mais que par erreur j'étais allée en chercher aussi dans le cloître de Santo Stefano, où il y avait maintenant des bureaux mais où il n'y avait jamais eu de fresques.

– Ah, mais vous ne vous trompiez pas du tout, les fresques y étaient bien, autrefois, me dit-il, complimenteur et aussitôt enthousiasmé.

C'étaient des putti, des allégories, des personnages bibliques, m'expliqua-t-il. Seulement, en 1965, on les avait détachées, parce qu'elles tombaient complètement en décrépitude, et du reste cela n'avait aucun sens de les laisser là, à la Trésorerie principale de Venise. Elles se trouvaient à présent à la Ca' d'Oro.

Détachées en 1965, pensai-je. Cela signifiait que David était venu dans ce cloître plus de vingt ans auparavant, et certainement pas en tant que guide, mais que pour quelque raison il n'avait pas voulu me le dire. Voilà pourquoi il avait admis avec tant de hâte son « erreur ». Ou bien avait-il vraiment cru s'être trompé de cloître ? Il y avait un détail, me rappelai-je, qui, effectivement, ne correspondait pas, du moins selon le très pointilleux Herr Professor.

– Je croyais... essayai-je de dire.

Mais l'épouse-grenouille s'approchait, déjà alarmée par mes effusions. C'était celle qui ne croyait pas au hasard, aux ressources du destin, et qui s'en allait, lancée à travers les Mercerie, en sachant déjà exactement ce qu'elle achèterait.

En lui restituant son précieux Pordenone, j'étais sur le point de lui confier que, même à Venise, le destin pouvait intervenir, que tout n'était pas perdu, fini, conclu pour toujours. (Si, sur mon précieux Silvera, je ne savais rien ou presque, si même, comme je me le répétais, à tout moment je découvrais en savoir moins, qui m'empêchait de m'abandonner aux espoirs les plus fous plutôt qu'à la terreur ?) Mais, au-delà d'une enfilade de Japonais, je vis surgir le soleil d'un énorme chapeau blanc, et voltigeai prestement jusque-là : jusqu'à la Federhen, que j'étreignis avec effusion.

– Mmm, tout en blanc, admirai-je.

– Mmm, tout en gris, admira-t-elle.

J'allais lui confier qu'en dessous également je portais de la lingerie de soie grise, silver-grey, et que mon plus grand problème était, par instants, le suivant : plairait-elle ou non à Mr. Silvera ? Le problème que je voulais soumettre à la sympathique Anita était cependant autre, bien qu'il eût aussi un rapport avec l'argent.

– Tu t'y connais en monnaies anciennes, il me semble ?

– Moi, en monnaies ? Mais je suis surtout une ornithologue, an ornithologist, eine Vogelkennerin ! dit-elle, prenant à témoin une collègue allemande et une fille américaine avec qui elle était en train de grignoter.

– Non, plaisanterie à part, je sais que tu t'en es toujours plus ou moins occupée.

Je tirai le demi-écu de mon sac.

– Jette un coup d'œil à ceci, s'il te plaît.

Elle sortit à son tour une loupe ronde, mais, au lieu de l'approcher de la pièce, elle se mit à m'examiner un œil.

– Oh, oh, je vois un homme... I see a man... articula-t-elle et traduisit-elle au profit des deux autres, sur le ton d'une devineresse penchée sur sa boule de cristal. Je vois un lit... Je vois une splendide partie de baise.

– Non, sérieusement, dis-moi ce que c'est, interrompis-je en me sentant, incroyablement, rougir.

Elle me scruta avec un petit sourire rusé. Puis, ayant examiné la monnaie, elle me confirma qu'elle était fausse mais ancienne, et d'une certaine valeur justement parce que fausse.

– Comme bon nombre de choses en ce monde, ma fille ! pontifia-t-elle.

Et, avec un clin d'œil à ses acolytes, elle déclara que je devais rester très prudente, être very careful, avec mon mystery man : parce que les hommes pensaient à une seule chose, ne voulaient qu'une seule chose, de nous autres...

Elle fit une pause, un nouveau clin d'œil.

– Et heureusement ! s'écria-t-elle en éclatant d'un grand rire et en me frappant sur le séant avec sa loupe. Heureusement !

Je l'embrassai de nouveau, la remerciai diffusément, et à ce moment je lui aurais accordé avec joie la priorité du choix sur toutes les collections, sur le mobilier de toutes les villas non seulement des environs de Padoue, mais de l'entière Vénétie, de l'entière Toscane.

* * *

En réalité, j'aurais accordé n'importe quoi à n'importe qui, pensais-je en continuant mon tour. Une sorte de dédoublement, un implacable syllogisme comme ceux qui vous viennent en rêve, me donnait deux certitudes simultanées et parfaitement compatibles : j'aurais pu faire l'amour avec le premier venu, justement parce que le faire avec David était une chose sans comparaison, sans commune mesure, sans aucun rapport avec cette rudimentaire activité.

Même avec Uwe ? Mais oui, même avec le pauvre Uwe, qui, du haut de son col roulé rouge, était en train de me raconter qu'il s'était depuis peu consacré à la gravure, manière noire. Même avec le dégingandé directeur des Beaux-Arts, que Chiara, concevant quelque inquiétude, quelques soupçons, traînait derrière elle pour le glisser prudemment entre moi et son Uwe.

– Voilà les fêtes qui me plaisent, disait, amer, le directeur. Les fêtes pour l'art que l'on sauve et qui reste à Venise. Vous autres, si l'on vous laissait faire, vous emporteriez jusqu'aux plafonds, aux pavements ; ici, il ne resterait même pas les pigeons.

– Et ce ne serait d'ailleurs pas grand mal, on n'en peut plus de ces abominables sales bêtes, riposta Raimondo qui transitait en ce moment à un mètre de nous et continua en souriant à droite et à gauche.

– Mais la collection Zuanich ? demandai-je. J'ai entendu dire qu'éventuellement vous la laisseriez exporter.

– Eh bien, il y a une limite à tout, dit en riant le directeur. Des choses pareilles, même, il faudrait donner une fête si quelqu'un les emportait !

Le dîner chez Cosima ! songeai-je tout à coup. J'avais promis à Raimondo que je ferais mon possible pour y aller, le lendemain soir, et qu'en tout cas je l'avertirais en temps utile : c'était quelqu'un qui tenait à ces dîners (toujours en l'honneur de quelque personnage – selon elle – éminentissime) comme à la prunelle de ses yeux, elle les organisait avec un soin de maniaque... Et voilà que je n'avais pas encore donné signe de vie, ne lui avais pas téléphoné pour lui dire ou oui ou non. Je devais la prévenir immédiatement que... Je me mis en quête d'un téléphone, car ici, au cocktail, elle n'y était sûrement pas, elle était déjà plongée dans d'infinis préparatifs et d'infinies discussions avec Cesarino, son vieux maître d'hôtel...

Je finis par trouver un téléphone au comptoir du vestiaire, je composai son numéro, et au ton grave de Cesarino je compris que mon appel avait été attendu avec une impatience et une angoisse croissantes. Mais, à Cosima, il n'y eut pas moyen de dire non. Qui ne disait mot consentait, dit-elle, et elle m'avait déjà incluse d'autorité ; si je la trahissais, tout était fini entre nous.

– Mais alors, finis-je par dire, écoute, voilà...

Dans une soudaine inspiration, j'avais pensé qu'il fallait aussi encourager le destin, l'engager, le contraindre en quelque sorte ; c'était cela, le fondement véritable de la conjuration du sort. Sachant que je devrais l'emmener avec moi, le Destin me laisserait David pour le moins jusqu'à demain soir, par égard pour Cosima sinon pour moi.

– Cela pose un petit problème, répondit Cosima, mais enfin, une place libre, je peux encore la trouver... Mais par simple curiosité : affaires ou...

– Affaires, affaires, mentis-je précipitamment. Et, quant à la place, mets-le où tu veux, à côté de qui tu veux.

– Mais d'où vient-il, quelle langue parle-t-il ?

– N'importe quelle langue, tu n'as qu'à choisir.

En raccrochant, je me trouvai devant la Federhen qui renfilait un grand manteau immaculé de dominicaine.

– Mystery man ! Dangerous man ! m'avertit-elle, un doigt levé, en s'éloignant vers le grand escalier.

D'autres s'en allaient et d'autres arrivaient. Je regardai ma montre, puis de nouveau le canal, sous les vastes fenêtres, me demandant où était en ce moment le car bringuebalant de Chioggia. Je voyais, peut-être à mi-chemin de la très longue langue de terre, les phares jaunes avancer péniblement entre des nuées, des roselières, de rares masures obscures, et je m'imaginais assise aux côtés de Mr. Silvera, qui se tenait blotti contre une des fenêtres, les yeux clos. Ou peut-être fixait-il le dos du chauffeur en blouson de cuir noir, ou peut-être regardait-il le lointain halo de Venise, où j'étais, moi, qui levais mon verre, portais un toast au mystery man.

4

A l'extrémité de Pellestrina, là où le bac a débarqué quelques automobiles et de rares passagers, l'esplanade de la tête de ligne est déserte. Le car est en retard.

– Pourvu qu'ils ne soient pas en grève, dit un des voyageurs locaux, posant à terre son chargement de paniers.

Selon un prêtre en soutane, qui porte en bandoulière une sacoche râpée, et une paysanne qui regrette de n'avoir pas emporté sa bicyclette, il peut y avoir eu des difficultés à Malamocco : à Malamocco, on peut perdre jusqu'à une demi-heure, à cause des manœuvres de transbordement.

– Surtout s'il y a du brouillard, admet l'homme qui craint une grève.

Sous la sombre barrière des Murazzi, la tête de ligne est éclairée par un unique réverbère, outre les fanaux du bac resté en attente contre le môle. Mais de la route qui se perd dans l'obscurité vers le nord, c'est seulement un bruit de moteur qui signale finalement l'arrivée du car dont les phares ont de la peine à émerger de l'ombre aussi longtemps que le véhicule n'a pas atteint l'esplanade.

Mr. Silvera, qui s'est tenu comme toujours un peu à l'écart du groupe, attend que tous les autres soient montés pour reprendre sa valise et...

Mais non, cette fois il n'a pas de valise, s'aperçoit-il. Le geste lui est venu spontanément, à cause de ces mille autres fois où il a voyagé sur des cars comme celui-là, montant à des stations ou à des têtes de lignes perdues comme celle-là.

Et cette impression lui reste tandis que, à travers la fenêtre poussiéreuse, il suit l'alternance d'épaississement et de dissipation du brouillard tout le long du trajet, avec la succession des arrêts aux divers croisements, ponts, villages, petits ports...

San Vito ? Porto Secco ? San Pietro in Volta ?... N'est-ce pas plutôt Dobromierz, Stanowiska, Kluczewsko ?... Ou bien Kifissa, ou Tambouk ?... Ou San Pedro de Mojos ?... Les noms se démultiplient et se confondent, comme sur une carte routière où l'on aurait accumulé les détails au point de la rendre indéchiffrable. Et Mr. Silvera, pendant un moment, ne sait plus où il va : s'il est en train de retourner vers la femme qu'il a rencontrée aujourd'hui et qu'il devrait retrouver bientôt, ou s'il n'a pas déjà repris son voyage interrompu.

5

– On t'a vue ! me soufflait Raimondo à l'oreille.

– Vraiment ? gazouillai-je.

– Qui est-ce ?

– Une pièce exceptionnelle.

– Authentique ? Signée ?

– Sans signature, mais tout ce qu'il y a d'authentique.

– Je m'informerai, sois tranquille. Et, à moi, tu sais que tu peux te fier, je ne me laisse pas raconter des balivernes, comme Palmarin.

– Ne me dis pas de mal de Palmarin, c'est un homme très précieux, tu ne sais pas combien.

– Ah, ah ! C'est lui qui te l'a présenté ?

– Pas du tout. Personne ne me l'a présenté. C'est moi qui me suis présentée toute seule.

– Et il est présentable ? Tu me le présenteras à moi aussi ?

– Demain soir chez Cosima.

– Mais qui est-il, que fait-il ?

– Oh, c'est quelqu'un qui circule, qui voyage…

Et, tout en disant cela, je le vis au comptoir de la pension Marin en train de rendre sa clef, de payer, look, look, Mr. Silvera is leaving, il s'en va dans la nuit, is going away !

– Au revoir, bredouillai-je, déjà retournée.

– Mais qu'est-ce qui te prend, pourquoi toute cette hâte ?

– Je te le dirai demain chez Cosima.

– Oui, mais attention, entre-temps, moi, je poursuis mon enquête ! J'ai le droit de te surveiller… cria-t-il par-dessus mon épaule.

– Surveille, surveille donc tant que tu veux.

Mais il pouvait être déjà trop tard, pensais-je en descendant précipitamment le grand escalier. Un homme tel que lui, sans obligations, sans attaches, sans travail (ou avec des obligations, des attaches, un travail que je ne connaissais pas), pouvait disparaître littéralement d'un moment à l'autre : pour les quelques malheureux objets qu'il avait à mettre dans son unique valise...

Deux motoscaphes se balançaient contre le quai, mais ils étaient réservés à d'absurdes personnages officiels, à de stupides autorités. J'étais sur le point de me lancer à la nage dans les noirs abîmes quand arriva un taxi, qui déchargeait d'autres invités.

Je souris au chauffeur comme, dans la fresque de Pisanello, la princesse de Trébizonde sourit à saint Georges qui vient de la sauver du dragon. Je lui demandai de m'arrêter, d'abord, un moment à mon hôtel.

– A vos ordres, dit militairement le saint chevalier.

Dans ma chambre, je fourrai au fond d'un sac une chemise de nuit, mon nécessaire de toilette et quelques autres effets, pour le cas où David m'aurait proposé de repartir à l'aube Dieu sait où. Avec Mr. Silvera, tout était possible. Je redescendis en coup de vent.

– Pension Marin, derrière San Giovanni in Bragora, plus ou moins. Savez-vous où elle est, précisément ?

L'homme tint conseil avec d'autres saints, réunis à l'embarcadère de l'hôtel, en des tons murmurants de Conversation sacrée. Mais je me rendis parfaitement compte que de temps à autre, ils me regardaient curieusement.

– Une pension Marin, de ce côté, il y en aurait bien une, me rapporta saint Georges en revenant. Sur le canal de Santa Ternità.

– Oui, dis-je, c'est là que je dois aller.

Le canal n'était pas précisément celui de Santa Ternità, mais un autre, à demi obscur, qui s'en détachait entre des murailles sans quais. Ce fut moi qui découvris les marches conduisant à la ruelle.

– Voilà, c'est ici.

Le saint attacha son cheval à un anneau fixé au mur et m'aida à descendre, avec un coup d'œil dubitatif à l'entrée de la pension et un autre, de franche désapprobation, à mes escarpins d'argent.

– Attention aux marches, madame, tenez-vous bien à la rampe.

Il me tendit mon sac, il me remercia, je le remerciai. En entrant dans la pension, je me sentis plus princesse de Trébizonde que jamais, entre un chevalier qui s'en allait et un autre qui m'attendait dans son château.

Mais au comptoir, où il n'y avait personne, je sentis mon sang se glacer en voyant la clef du 12 pendue au râtelier. Il était resté à Chioggia, pensai-je, tandis que les mots « une femme dans chaque port » s'encastraient, soudains comme la foudre, dans mon cerveau. Ou bien il était vraiment venu reprendre sa valise et s'en était déjà reparti.

« Et il n'a laissé aucun message ?

– Aucun, madame. »

La cruauté de ce dialogue imaginaire me fit saisir impulsivement la clef et courir à l'étage supérieur.

6

Pour une femme en robe de cocktail et sombrement appuyée à la fenêtre au fond d'une chambre très étroite, il n'est pas facile, quand l'espace qui la sépare de la porte est occupé par un lit, une armoire, une table et deux chaises, de « voler dans les bras » d'un homme qui survient. Mais c'est précisément le phénomène auquel assiste, ou, mieux, dans lequel se trouve immédiatement entraîné, Mr. Silvera lorsqu'il rentre. Et l'on comprend que, dans une situation de ce genre, les éclaircissements de l'affaire (depuis le retard du car pour le Lido jusqu'au fait que lui, tandis qu'elle montait dans sa chambre, était déjà à l'étage au-dessus avec la patronne, en train d'en choisir une plus grande pour tous les deux) soient remis à plus tard.

Quant au transfert de la chambre 12 à la chambre 15, il est renvoyé aussi. Les deux chaises sont plus que suffisantes pour y jeter les vêtements et – progressivement – la lingerie de soie silver-grey, que la faible lueur à côté du lit enrichit de valeurs clair-obscurales et tonales inattendues.

* * *

Mais, depuis tout cela, un certain temps s'est écoulé. Les éclaircissements (moins nombreux et précis qu'elle l'eût désiré) ont été apportés, les effets rassemblés, le transfert effectué, peu avant que le campanile de San Francesco della Vigna sonnât minuit. Puis, dans le vaste lit de la nouvelle chambre, d'autres questions ont été posées et éludées, d'autres tendresses échangées, une dernière cigarette fumée dans l'obscurité. Et c'est le solitaire coup d'une heure qui se répand maintenant sur le quartier du Castello. Les deux fenêtres de la chambre 15, ouvertes plus haut au-dessus du canal, laissent entrevoir de paisibles cimes d'arbres contre un ciel brumeux, que la lune vient à peine de commencer à éclairer.

– Je le sais, bien sûr. Moi aussi, je devrai repartir. Mais tu ne m'as pas encore expliqué...

Rien, en réalité il n'a rien pu lui expliquer, pense Mr. Silvera en écoutant glisser le temps dans la légère, calme respiration de la femme qui dort à ses côtés. Il lui a seulement dit qu'il avait quitté ses touristes et abandonné son métier de guide parce qu'il était fatigué ; parce qu'il n'en pouvait plus des trains et des autocars, des bateaux et des avions ; parce que lui aussi, de temps en temps, avait besoin de s'arrêter quelque part.

Mais s'il en était ainsi, a-t-elle objecté, pourquoi avait-il voulu monter tout de suite sur un autre bateau et courir à Chioggia ?

Ah, mais avec elle, c'était différent.

Alors pourquoi n'avait-il pas voulu rentrer avec elle en motoscaphe ?

Parce que, a-t-il fini par lui dire, il avait espéré rencontrer une certaine personne qui...

Une personne ? Quelle personne ? A Chioggia ?

A Chioggia ou au Lido. Une personne dont dépendait la possibilité, pour lui, de s'arrêter encore quelque temps à Venise. De rester encore quelque temps avec elle.

Mais alors, il dépendait toujours de l'agence ? Elle avait cru comprendre que... En tout cas, si c'était une question d'argent, elle...

Non, l'argent était la dernière de ses préoccupations, pour l'argent il pourrait toujours se débrouiller. La seule chose qui ne dépendît pas absolument de lui était le temps qu'il pourrait rester à Venise.

Et ensuite, où devrait-il aller ?

Il ne savait pas. Cela non plus ne dépendait pas de lui.

Mais ils pourraient toujours se revoir, n'est-ce pas, à Venise ou ailleurs ? Elle aussi était toujours en route. Ils pourraient...

Oui. Oui, peut-être. Mais ce serait difficile. C'était pour cela qu'il lui avait fait cadeau de cette monnaie : comme d'une sorte de porte-bonheur pour tous deux.

* * *

Il la lui avait offerte, réfléchit Mr. Silvera alors que le campanile sonne une heure et demie, comme une de ces pièces qu'on jette dans les fontaines de pays lointains, de villes lointaines, avec l'espoir de revenir. Mais il l'avait aussi avertie qu'elle était fausse.

VI. Je m'éveillai sans vague à l'âme

1

Je m'éveillai sans vague à l'âme ni langueur, tout à fait lucide. Et, aussitôt, je me rendis compte que l'émotivité de la nuit ne m'avait pas quittée, ne s'était aucunement évanouie, mais, après avoir accompli une sorte de rotation astronomique, me présentait maintenant sa face diurne, c'est-à-dire pratique, disposée aux compromis utilitaires, tout en gardant le même pouvoir absolu sur moi. A peine avais-je ouvert les yeux que, déjà, elle me dictait sa règle fondamentale : ne pas perdre une seule minute, ne pas gâcher un seul instant.

Très lucide, je fis un peu le bilan de la situation.

De l'homme qui dormait auprès de moi, avec un souffle imperceptible, je continuais, dans la lumière méfiante du matin, à ne savoir rien, sinon ceci : qu'il devrait repartir dans peu, très peu de jours, et qu'ensuite nous ne pourrions nous revoir que très difficilement. La seule autre information – ou promesse – que j'avais pu lui arracher était que nous aurions de toute façon le temps de nous dire adieu, qu'en aucun cas il ne partirait sans m'avertir.

Quant au mystère qu'il y avait derrière tout cela, j'avais déjà épuisé, sinon toutes les hypothèses imaginables, tout au moins les plus plausibles : à commencer par celle qu'il n'y eût aucun mystère, et que David Silvera fût, simplement, un homme décidé à ne se laisser accrocher par aucune femme. Ou qui, au contraire, était déjà irrémédiablement accroché par une autre. Ou qu'il se trouvât embourbé dans quelque affaire, commerce, trafic de nature douteuse. Ou qu'il fût tout de bon (pour romanesque, trop fantaisiste que l'idée me parût) un agent des services secrets israéliens en mission, et attendît ici, à Venise, quelque chose ou quelqu'un : un signal, un appel, un ordre.

En tout état de cause, de ces hypothèses ou de toute autre qui pouvait me venir à l'esprit, je savais très bien qu'il n'y en avait pas même une seule que je pourrais vérifier. A l'évidence, mon mystery man n'aimait pas parler de lui, peut-être pour la simple raison que, comme beaucoup d'hommes, il trouvait ennuyeuse et superflue toute explication de détail ; et je n'allais certes pas me mettre à le harceler de questions indiscrètes. Non seulement cela, mais, ces questions, je devais absolument éviter de me les adresser à moi-même. Savoir, ne pas savoir, qu'est-ce que cela changeait ? Vaine curiosité, pure perte de temps.

Alors qu'il n'y avait pas une minute à perdre. La grande question qui se posait à présent était plutôt : comment le ralentir, l'exploiter au maximum, le temps ? Très lucide, je voyais deux possibilités.

La première était l'île déserte, au sens où nous aurions quitté ces murs nus et déprimants pour aller nous cloîtrer entre ceux de mon hôtel, dans une suite à deux chambres avec salon communicant, qu'il serait facile de transformer en Tahiti, en Bora Bora, en l'une de ces îles abandonnées de la lagune où Chiara aurait voulu s'installer avec son Uwe. Ne jamais sortir, pas de journaux, et dire au standard de ne passer aucun appel téléphonique. Totalement présents et disponibles l'un pour l'autre, jour et nuit, minute après minute, tant que cela durerait.

Mais, hormis qu'il pourrait trouver un peu asphyxiant ce tête-à-tête de naufragés et que le rôle de la nymphe Calypso adorante et accaparante ne me convainquait pas tout à fait, le danger était de nous précipiter de l'île du paradis dans la cellule des condamnés à mort, où tous deux n'eussions rien fait d'autre que tendre l'oreille au tic-tac lancinant de la pendule, aux pas du bourreau.

Beaucoup moins angoissante était l'autre solution, décidai-je. Faire comme si de rien n'était, ignorer le temps, ou, mieux, l'utiliser comme un sac vide et élastique, l'emplir autant que possible de faits, de choses partagées. Fût-ce de souvenirs.

Quand je sortis en frissonnant de la douche, il était réveillé et se tenait appuyé sur un coude.

– Bien dormi ?

– Très bien, merci.

Voilà comment il fallait faire. Et avec la même désinvolture, tandis que je me glissais à nouveau tranquillement dans ma soie grise, je lui dis qu'un double domicile me semblait, étant donné les circonstances, très incommode et très désavantageux ; je lui proposais donc de nous transporter dans mon hôtel, qui était, entre autres choses, plus central et mieux chauffé.

Il ne cilla pas.

– Excellente idée, dit-il.

Il se leva et, nu, vint m'embrasser légèrement, un peu détaché de moi, me tenant avec délicatesse par un bras.

– Tu es plein de cicatrices.

En un certain sens, je le regardais pour la première fois.

– Et comment, une vraie passoire, répondit-il en souriant. Il m'est arrivé un peu de tout, des opérations, des accidents, des flèches empoisonnées...

Il y en avait une, près de l'aisselle gauche, que j'avais déjà vue, touchée. Et une autre aussi, comme une parenthèse au-dessus du nombril. Mais il en avait une troisième, bien marquée sur le flanc droit. Et, quand il se détourna pour aller vers la salle de bains, j'en remarquai encore une sur un mollet et une autre entre les omoplates. Je n'avais pas la moindre compétence en la matière, mais je pensai – lucidement – à des blessures de guerre. Et, malgré mes bonnes résolutions, recommencèrent les questions, les conjectures.

Quelle guerre ? Mais c'était évident : l'interminable guerre israélo-arabe. Le sergent Silvera tapi derrière une dune du Sinaï. Le lieutenant Silvera se penchant de la tourelle d'un char d'assaut parmi d'arides collines libanaises. Et, tout autour, une grêle d'éclats d'obus et de balles. A moins que, s'il était l'agent secret Silvera, il ne s'agît de cicatrices de la guerre clandestine contre les terroristes. Kalachnikov à l'aéroport de Rome. Bombes à la synagogue d'Amsterdam. TNT à Paris. Encore l'aéroport de Rome. Et lui qui se jetait à terre et tirait de derrière un bidon à ordures.

J'allai impulsivement vers le tabouret branlant sur lequel était posée sa valise, j'en frôlai les angles râpés, puis le courage me manqua pour la fouiller. Et, du reste, qu'aurais-je fait, que lui aurais-je dit, si j'avais trouvé un pistolet sous ses chemises ? Savoir, ne pas savoir, peu importait...

Je glissais dans l'attendrissement, je m'asseyais sur une chaise, je saluais cette chambre minable, le lit défait, les deux lampes coniques au-dessus du chevet, les deux tapis « persans », l'armoire qui avait été « moderne » trente ans plus tôt. Je souriais, émue. Et puis, tout à coup, je ne souriais plus, je me relevais, agitée. Toute la chambre, avec les objets qu'elle contenait, prenait une autre signification : l'hôtel misérable et écarté pouvait être le choix délibéré d'un homme en danger, qui se dérobait, se cachait. Et moi, idiote, qui me proposais de le tirer de son refuge, de l'emmener au cœur de Venise, en pleine lumière, en pleine foule, immédiatement repérable par n'importe quel tueur, grand comme il était. Pouvait-on être plus obtuse, plus irresponsable ?

Quand il sortit de la salle de bains, enveloppé dans son peignoir blanc à nids d'abeilles, je ne parvins pas à le regarder en face.

– Je pensais... je ne sais pas, mais peut-être vaudrait-il mieux que nous restions ici, non ?

– Pourquoi ?

Il avait des pieds maigres, élancés, très beaux comme ses mains. Enserrés dans des sandales de cuir, je les imaginais se déplaçant sur une vaste mosaïque bleue, blanche, noire, or.

– Je voulais dire dans le sens où ici, c'est plus tranquille, beaucoup plus intime, et si tu préfères...

– Ne serait-ce pas toi qui préfères ? Pour des raisons impudemment sentimentales ? demanda-t-il avec un sourire.

– Non, non, et si c'était le cas je n'aurais pas honte de le reconnaître. C'est seulement parce que, ici, il y a moins de monde, et si par hasard cela ne te convient pas de te faire voir par les rues...

– Il vaut mieux qu'on ne te voie pas avec moi ? C'est cela que tu veux dire ?

– Non, non, que vas-tu penser ?

Les équivoques surgissaient comme du panier de Cléopâtre les aspics. Voilà à quoi cela menait d'avoir une aventure avec un inconnu. Je m'avançai pour l'embrasser, l'étreindre. Je m'arrêtai. Les étreintes ne servent pas à dissiper certains nuages.

– Écoute, dis-je.

– Oui ?

Je me sentais plus nue que lui, sans retenue, sans style, indécente.

– Je ne te le demande pas par curiosité, ce n'est pas que je veuille m'immiscer, tu comprends ?

– Je comprends.

Je poursuivis, serrant les dents :

– Je voudrais seulement savoir : y a-t-il quelqu'un qui te cherche ? Dois-tu te cacher ? Voilà.

– Ah, fit la forme blanche de Mr. Silvera, se découpant contre de très lointains horizons.

De la distance où il se trouvait, son regard se fixa

tranquillement sur l'armoire, les petits fauteuils marron, le lit. Une épaule sortait de son peignoir comme une demi-vérité.

– Il n'y a pas de gens qui m'en veuillent précisément, je n'ai pas d'ennemis, constata-t-il à la fin de son examen. Venise serait de toute façon trop petite pour m'y cacher, n'importe qui me trouverait tout de suite. Et puis, hier, nous avons fait les touristes toute la journée, sous les yeux de tous.

– C'est vrai, je n'y pensais pas.

Un homme traqué ne restait pas le nez en l'air à chercher les fresques de Pordenone.

– Sais-tu que je les ai découvertes ensuite ?

– Quoi ?

– Les fresques. Elles étaient là, tu avais raison, à ceci près qu'en 1965 on les a détachées, elles sont maintenant à la Ca' d'Oro. Mais toi, quand les as-tu vues ? En 1965 ?

– Oui, je crois, plus ou moins.

– Pourtant, tu as quand même fait une erreur, maintenant que j'y pense. Dans ce cloître se trouvent les bureaux de la Trésorerie principale.

– Et alors ?

– Toi, tu disais que c'étaient ceux du Génie militaire.

Il me fixa, comme s'il était sur le point de me dire quelque vérité décisive : par exemple, que je devenais une gamine à chaque instant plus envahissante, plus impertinente.

Ce fut moi qui prononçai, riant coupablement, ma vérité décisive :

– Il n'y a pas une minute à perdre. Nous devons nous transporter chez moi et puis courir tout de suite à la Ca' d'Oro.

– D'accord, dit-il. Courons donc où tu veux.

– Ah, et puis ce soir... Écoute, hier je t'ai laissé, mais ce soir, si tu m'aimes, reste avec moi. Nous devrions aller ensemble à...

– Un autre cocktail ?

– Un dîner. Tu feras comme si tu étais avec tes touristes. Je t'en demande trop ?

– Non, non. Et puis, si je t'aime, je dois bien dîner avec toi ?

Voilà, finalement il me l'avait dit, je le lui avais dit, nous nous l'étions dit, pensai-je avec un indicible transport. Le temps portait ses fruits.

Il laissa glisser à terre le peignoir humide et commença de recouvrir rapidement ses cicatrices de guerre, de paix, peu importait.

2

Dans son austère uniforme vert bouteille à double rangée de boutons dorés, qu'en d'autres temps aurait pu porter un fidèle serviteur de la monarchie des Habsbourg ou du tsar de toutes les Russies, le portier Oreste Nava se tient debout derrière le comptoir, les bras un peu écartés, le bout des doigts appuyé sur le long plan d'acajou.

C'est sa pose professionnelle, acquise, ou plutôt conquise, en presque un demi-siècle de carrière dans les grands hôtels d'Europe, d'Amérique et même (Singapour, pendant trois ans) d'Extrême-Orient. Mais c'est une pose qui, depuis quelque temps, a commencé à le fatiguer, à lui faire paraître de plus en plus désirable le jour où il se retirera, avec une sœur qui est veuve, dans un petit village de la Riviera ligure. Son squelette n'est plus ce qu'il était jadis.

Rien d'ailleurs, n'est plus comme autrefois, réfléchit Oreste Nava en suivant machinalement les allées et venues d'une fillette de cinq ou six ans qui sautille, silencieuse, concentrée, entre les vastes tapis du hall. Autrefois, il y aurait eu une nurse, une governess, une schwester, une tante célibataire pour la faire cesser ; alors que, maintenant, il n'y a plus qu'un père qui lit le journal dans un fauteuil, là-bas, et s'en lave les mains.

La fillette suit toujours le même parcours zigzagant, un étroit sentier où le pavement découvert laisse voir ses grandes dalles de marbre rouge et blanc. Elle sautille sur un pied, les poings fermés, la tête basse, et ne voit pas le couple du 104 qui vient de déboucher de derrière une colonne, s'est arrêté pour regarder une affiche du théâtre de la Fenice et lui coupe la route.

La collision est inévitable, prévoit Oreste Nava sans lever le petit doigt. Le couple du 104 est formé par un présentateur de télévision connu et sa petite amie du moment, une fille bouffie, vulgaire, glissée dans une paire de bottes invraisemblables. Quand la fillette le heurte, le gros boudin perd l'équilibre et tombe à la renverse contre son compagnon, qui le soutient avec peine en laissant tomber dans cette situation critique sa cigarette allumée. Des lèvres excessives de la fille jaillit un violent sifflement : « Espèce d'imbécile ! »

Luigi, le jeune chasseur qui se tient près de trois Arabes assis, immobiles, sur un divan, se met à rire et regarde en direction d'Oreste Nava, qui lui renvoie un coup d'œil de glace.

Des choses comme cela ne font pas rire. Des choses comme cela ne devraient pas arriver. Elles n'arrivaient pas, avec la clientèle d'autrefois. Mais Luigi, quoiqu'il soit un garçon vif et plein de bonne volonté, ne peut le comprendre. Ce n'est pas sa faute si tous les exemples, les modèles, les termes de comparaison se sont perdus, et s'il n'est point d'école hôtelière, de cours d'informatique, d'ordinateur qui puisse les remplacer.

Oreste Nava pense confusément que ce serait à lui de faire le travail de l'ordinateur, à lui qu'il incomberait d'appuyer sur les touches de la mémoire, d'expliquer, d'enseigner, de transmettre son expérience de presque un demi-siècle ; et il est saisi d'un douloureux découragement, qui fait s'abaisser les coins de sa bouche, quand il a l'intuition diffuse qu'il lui manque les mots pour exprimer, les concepts pour formuler ce qui, à ses yeux, est pourtant si clair. Ni Luigi ni quiconque ne saura jamais quelles images, et combien, passent sur son écran mental lorsqu'il parle d'« autrefois ». Ce très épais, très riche album que constitue son passé n'aura de valeur pour personne, il disparaîtra pour jamais sur la Riviera ligure avec lui.

Les trois Arabes se lèvent à l'arrivée d'un quatrième. La fillette, vexée, est allée s'asseoir à côté de son père. Le vieux mari du 216 descend doucement le grand escalier et se met à attendre sa femme, résigné, les mains dans les poches. De l'ascenseur central sort le couple du 421, lui avec sa casquette anglaise, son pardessus en poil de chameau jeté sur les épaules, elle arborant vingt kilos de bijoux authentiques, une veste de renard rouge, un pantalon noir. Et des souliers en crocodile !

Oreste Nava laisse tomber encore davantage les coins de sa bouche. Outre son sac à main, lui aussi en crocodile, la femme tient un autre sac, de plastique noir, démesuré mais à l'évidence très léger, portant la griffe dorée d'un styliste à succès (qui d'ailleurs vient souvent ici de Milan, un bel exemple de la nouvelle classe, lui aussi). Elle doit avoir regretté un achat, elle va sans doute rapporter un vêtement, l'échanger.

Oreste Nava voit le jeune Luigi prêt à s'élancer pour l'aider en portant le sac, et aperçoit au même moment, qui rentre dans l'hôtel, l'« antiquaire » du 308, décoiffée, lumineuse, et toujours vraie dame, vraie princesse, une consolation en cape grise par-dessus une courte robe de cocktail grise. Elle est suivie d'un homme de haute taille portant une valise, se tourne pour lui dire quelque chose et va à la réception, tandis que le plouc pseudo-anglais du 421 s'écarte à son tour de la femme en renard et s'avance lui aussi vers la réception. Le renard et l'homme à la valise restent immobiles face à face, séparés par trois grands tapis.

C'est l'affaire d'un instant. L'inexpérimenté Luigi hésite, calcule, mesure. Oreste Nava le voit évaluer le vieil imperméable, la vétuste valise râpée, l'air usé du nouveau venu. Il voit la réponse émise par l'ordinateur de l'école hôtelière : pauvre type, sorte de secrétaire occasionnel ou de subalterne plus humble encore, possible parasite, aucun intérêt. Et il voit Luigi bondir vers le renard, se saisir du sac en plastique avec le sourire prescrit de déférence attentionnée.

Imbécile, mais non ! voudrait lui crier Oreste Nava, qui en ce même instant a vu au contraire...

Mais qu'a-t-il vu, exactement ? Il est difficile de l'expliquer, à Luigi, à quiconque. L'homme a posé la valise et regardé autour de lui, il regarde Oreste Nava de la manière à peine amusée, à peine curieuse, de quelqu'un qui est déjà venu là, qui reconnaît, qui *se rappelle.* Impossible de prouver, à Luigi ou à quiconque, qu'il lui a vraiment adressé ce millimétrique signe de salut, cette parcelle de sourire ; mais Oreste Nava a enregistré l'un et l'autre, infailliblement, et en connaît la signification. Cet homme, quel qu'il soit, est de ceux qui sont chez eux partout, ici ou sous un pont de la Seine, dans un club de Piccadilly ou dans un wagon bringuebalant des chemins de fer indiens ; qui peuvent se passer de tout, ne se plaignent jamais de ce qu'il pleut ou qu'il fait trop chaud ; ne font pas de scènes parce que le gin-and-lime est tiède ; n'élèvent jamais la voix, vous demandent un service et vous glissent un pourboire avec cet infime haussement des épaules, ce sous-entendu entre l'ironique et le presque affectueux – impossibles à prouver l'un et l'autre – de ceux qui sont accoutumés à considérer la vie comme une loterie dans laquelle les rôles pourraient fort bien être intervertis.

Non pas un homme du monde, mais un homme de ce monde, qui n'a rien à prouver : lui aussi possesseur d'un très riche album, précieux, unique, et lui aussi conscient qu'il ne servira à personne, qu'il disparaîtra à jamais dans un village sur les bords de la Méditerranée, de la Baltique, de l'océan Indien. Un homme qui sait. Un homme d'autrefois.

Luigi, qui n'a rien vu, rien compris (mais ce n'est pas sa faute), est encore au garde-à-vous près de la porte, tenant le grand sac noir et brillant, tandis que déjà le renard donne des signes évidents d'intolérance, piétine, impatient, dans ses souliers de crocodile. Quand la princesse revient de la réception, que l'homme soulève sa valise et s'apprête à se diriger vers l'ascenseur, Oreste Nava sort impulsivement de derrière le comptoir, et, en deux bonds rapides et néanmoins dignes, présente au couple sa double rangée de boutons dorés.

– May I help you, sir ? demande-t-il avec l'air de confirmer un devoir réciproque.

Et il tend la main vers la vieille valise qu'il appellerait, s'il avait les mots pour s'exprimer, la valise de son passé, de tous les passés.

– Ah, remercie l'homme avec son sourire imperceptible.

3

Au-delà de son luxe, la suite est effectivement confortable, accueillante, et manifester son appréciation ne coûte pas le moindre effort à Mr. Silvera. On attend de lui qu'il soit content de cette installation, et lui, balançant une jambe dans un fauteuil du salon intermédiaire, sourit, content en effet, tout comme il ferait en trouvant refuge sous des arcades par un jour de pluie ou sous un platane par un jour de touffeur.

Mais il ne tarde pas à s'apercevoir que ses bonnes dispositions à l'égard du contingent, de l'immédiat, ne sont pas pour le moment partagées. La femme qui se trouve avec lui, et qui pourtant a eu l'idée de ce transfert logistique, ne semble pas aussi satisfaite, fait montre d'une certaine agitation, d'un certain malaise : elle vague de côté et d'autre, touche, déplace, comme si elle ne savait plus bien que faire de lui, d'eux ; ou bien regrettait ce qui maintenant lui paraît un choix imposé par elle, craignant de lui avoir donné le sentiment qu'elle l'a forcé, contraint. On ne peut non plus exclure qu'elle retourne en même temps dans sa tête de nouveaux soupçons, de nouvelles questions anxieuses concernant le passé et le futur.

Quoi qu'il en soit, Mr. Silvera n'ignore point qu'en des moments comme celui-ci toute honnête tentative pour démêler l'écheveau conduirait immanquablement à des enchevêtrements ultérieurs, encore plus inextricables que les anciennes disputes entre talmudistes. Et, puisque Mr. Silvera n'est ni le rabbin Hillel, qui établit les sept règles de la raison, ni le rabbin Yossef ben José de Galilée qui les porta à trente-deux, il préfère s'aventurer dans la direction opposée et miser sur la salutaire simplicité du quotidien, voire du domestique.

N'y a-t-il pas à Rome, s'enquiert-il distraitement, un mari plus ou moins en attente d'un coup de téléphone ?

Sa suggestion suscite une stupeur écarquillée, de laquelle, sitôt après, surgit une muette marée de gratitude, d'admiration, d'extatique transport. La proposition d'adjoindre le mari – le monde réel, normal – à ce territoire feutré, précairement suspendu entre l'être et le non-être, a obtenu un plein succès. Le mari est appelé, trouvé chez lui, on le passe, il est affectueusement interrogé sur des questions d'insomnie, de sinusite, d'autres encore, presque talmudiquement diététiques. Il est ensuite mis au courant de tout ce qui, hormis Mr. Silvera, se produit à Venise.

Mr. Silvera balance tranquillement sa longue jambe. Il se rend compte que ce minutieux récit téléphonique n'est en aucune manière entaché d'hypocrisie, ne vise nullement à dissimuler l'indicible ; au contraire, par son ardeur, sa richesse de détails, ses précisions, ses nuances, ses conjectures, il est identique, dans sa forme sinon dans sa substance, à un enthousiaste et quelque peu prolixe discours amoureux, il en constitue en quelque sorte une fidèle transposition. Personne n'est trompé, personne n'est exclu de l'intime et domestique chaleur de ce conseil de famille à trois.

Du flux narratif de l'épouse, qui, de temps à autre, lui jette de limpides regards de bonheur, Mr. Silvera apprend ainsi, en même temps que l'époux, les premiers détails relatifs au grand dîner de ce soir chez Cosima (Tu sais, Cosima, la cousine de Raimondo ?) et l'histoire complète de la collection Zuanich : depuis la déconvenue qu'elle a constituée pour tous, jusqu'au sordide épilogue vers lequel elle s'avance maintenant. Par l'intermédiaire de l'intrigant Palmarin, c'est la Federhen (Tu sais, la sournoise Federhen ?) qui achètera pour une misère cet assemblage de croûtes afin de le disperser ensuite à l'étranger sous Dieu sait quelles attributions. Une affaire discrète, de ce point de vue.

Mais alors pourquoi (doit avoir demandé le mari) n'essaie-t-elle pas de la faire elle-même, cette affaire discrète ?

Mais parce que, chez Fowke's, certaines choses ne se font pas.

Et d'ailleurs, pour la Federhen, tout cela ne sert probablement que de couverture à une affaire bien plus grosse, un « coup » avec des milliards à la clef, à en juger par un curieux indice.

Suit la diffuse explication du curieux mais infaillible indice, et l'hypothèse que le « gros coup » soit lié à la villa de Padoue. A moins que la villa aussi ne serve que de couverture, ne soit qu'une fausse piste concertée avec le frauduleux Palmarin ? Il serait beau de pouvoir le découvrir, de déjouer les sinistres desseins de la rivale. Mais comment faire ?

Oui, en théorie on pourrait épier la Federhen, pour vérifier avec qui elle est en contact, mais ce n'est pas le carnaval, il paraîtrait curieux de se promener masqué, et puis, les contacts, il est si facile de les maintenir par téléphone, n'est-ce pas ? L'idéal, certes, serait d'avoir à sa disposition un véritable espion, un professionnel très expert, par exemple israélien, on dit que ce sont les meilleurs services secrets du monde, c'est cela, exactement, le Shin Beth ou le Mossad. Mais, à défaut, il y a toujours Chiara avec ses relations, il y a Raimondo avec ses « tournées » cancanières, il y a Cosima, toute crédule qu'elle soit, et facile à mettre dans sa poche...

En somme, il n'est pas dit que tôt ou tard – mais de préférence tôt – on ne parvienne à venir à bout d'un mystère au fond assez simple. Quelqu'un, à Venise, dans quelque palazzo, ou mansarde, ou soupente, ou îlot perdu, a quelque chose d'exceptionnellement important, d'exceptionnellement précieux à vendre. Tout est là. Maintenant, il convient donc de se démener, et par conséquent de se dire au revoir, de se recommander mutuellement d'éviter le surmenage, les excès, les heures indues et les mets indigestes. Se dire au revoir à nouveau. Raccrocher.

Mr. Silvera s'étire voluptueusement dans son fauteuil.

S'est-il beaucoup ennuyé ?

Pas du tout. Au contraire, il a suivi avec un vif intérêt le compte rendu du problème.

Un beau problème, non ? Un beau mystère. Quelle opinion s'en est-il faite ? Peut-il avancer quelque hypothèse, suggérer une ligne d'enquête qui, à partir des obscénités de la Federhen, permette de remonter à la cachette, au lieu secret où se trouve le « gros coup » ?

Mr. Silvera garde les yeux mi-clos, ses longues jambes étendues devant lui et croisées à hauteur des chevilles.

– Quant à moi, je ne m'entends pas à ces choses, dit-il, et sa voix semble pousser une plume suspendue dans l'air ; mais il vaudrait peut-être la peine d'aller contrôler de nouveau cette collection tant méprisée.

– Alors qu'elle a déjà été contrôlée et recontrôlée par quantité de spécialistes, y compris ceux de la Direction des beaux-arts ? Cela fait presque une semaine qu'on peut la visiter, qu'elle est là sous les yeux de tous.

– Justement. Parfois les meilleures cachettes...

– La fameuse histoire de la lettre volée ?

Oui, aussi, mais ce n'était pas à cela qu'il pensait. Le fait que la vieille propriétaire fût sur le point de vendre pour si peu, et que ce fût la sournoise Federhen qui achetât, lui a fait venir à l'esprit la fameuse histoire du rabbin Schmelke.

– Tu sais, dit-il, le rabbin Schmelke de Nikolsburg ?

– Non. Dis-moi tout de suite.

Ce rabbin, donc, explique Mr. Silvera, avait l'habitude de jeter des sous par la fenêtre à tous les mendiants qui passaient. Si bien qu'un jour où il n'avait pas de sous il fouilla dans les bijoux de famille et jeta à un vieux une bague qui lui tombait sous la main. Si bien que sa femme lui fit une scène terrible, car la pierre de la bague valait une fortune. Si bien que le rabbin Schmelke se montra de nouveau à la fenêtre et se mit à crier qu'on retrouvât le vieux. Et, quand on l'eut retrouvé, il lui cria : « J'ai appris maintenant que cette bague vaut une fortune ! Prends bien garde de ne pas la vendre pour trop peu ! »

Une histoire extraordinaire, dit avec une admiration et un extatique transport renouvelés la femme qui se trouve au côté de Mr. Silvera.

Si bien qu'en définitive, avec la double bénédiction d'E. A. Poe et du rabbin Schmelke, on laissera tomber la Ca'd'Oro avec ses admirables fresques de Pordenone, et on retournera plutôt à la petite porte d'entrée en chêne avec ses impressionnants portiers (lesquels, qui sait, sont peut-être eux-mêmes de connivence avec la Federhen et Palmarin aux dépens de la vieille Zuanich), pour vérifier à nouveau si, parmi ces toiles de rebut, ne se cache pas un Titien.

4

C'est moi qui remarquai le clou, mais je ne peux certes m'en faire gloire. Si cela avait dépendu de moi, je ne me serais aperçue de rien. Mon idée, du reste, en retournant dans cette salle glaciale, parmi les sombres croûtes de la collection, n'avait pas été vraiment de chercher le chef-d'œuvre caché. Il pouvait d'ailleurs bien y être, et ma très vive sympathie pour le rabbin Schmelke me faisait espérer qu'il y fût. Seulement, la seule chose digne d'être examinée, dans l'obscurité et à la lumière, de l'intérieur et de l'extérieur, restait pour moi Mr. Silvera. Il était comme un tableau d'auteur inconnu, mais de qualité exceptionnelle, que l'on m'aurait confié pour que je l'étudiasse, m'efforçasse d'en reconnaître l'époque et l'école et d'arriver à l'exacte attribution. Mais combien de temps encore pourrais-je le garder ?

Nous trouvâmes seulement l'un des petits-fils : l'autre se promenait par la ville avec sa petite amie arrivée de Milan, nous expliqua le tondu en venant nous ouvrir. Je me le rappelais plus beau, plus yummy yummy, et sa fraîcheur me fit à ce moment penser à un pied de laitue, mouillé de rosée, insipide. Il nous accompagna jusqu'à la salle sans fenêtres, alluma les deux spots et nous laissa seuls. Il devait, dit-il, redescendre travailler.

C'était un indice d'innocence, fis-je remarquer à David. S'il y avait eu quelque chose que nous ne dussions pas découvrir, le garçon serait resté avec nous, pour contrôler chacun de nos mouvements et de nos regards.

Mais il se pouvait que ni lui ni son frère ne sussent rien. Comme il se pouvait, au contraire, que cette démonstration d'insouciance fût étudiée expressément pour dissiper tout soupçon.

– C'est vrai aussi, admis-je.

Nous parlions à voix basse, tels des agents secrets du Mossad, mais surtout par jeu. David lui non plus ne semblait pas prendre trop au sérieux notre inspection. Quant à moi, je restais d'avis que la chose la plus sérieuse à faire (et que je fis), dans ce repli solitaire et silencieux, était de me serrer passionnément contre Mr. Silvera.

Chemin faisant, j'avais découvert une Venise bien évidente

et, pourtant, à moi – et à l'austère *Cicerone* de Burckhardt, aux froides *Pierres* de Ruskin, aux hâtives *Listes* de Berenson – entièrement inconnue. Une Venise aux multiples anfractuosités, petites arcades, recoins obscurs, minuscules campielli déserts, calli presque secrètes, desquels il aurait été criminel de ne pas profiter, à mesure que nous avancions, pour étreindre passionnément Mr. Silvera. Ces lieux isolés étaient là tout exprès, comprenais-je enfin. Et je m'expliquais la réputation que s'était faite Venise, au cours des siècles, d'être une cité propice aux amours dans les lieux publics.

– Bien que ceci soit un lieu privé, remarquai-je en reprenant sobrement mes distances.

Qui sait, commenta-t-il, si quelqu'un avait jamais pensé à rédiger un guide touristique, à établir un plan de la ville de ce point de vue ? *A Kissing Map of Venice*, la carte vénitienne des baisers, ou quelque chose de ce genre. En quatre langues, avec des itinéraires divers et un, deux, trois astérisques selon le degré de suggestion des lieux. Ç'aurait été un succès assuré.

Je retournai vers lui pour l'étreindre plus passionnément que jamais.

– C'est comme un tic, m'excusai-je, je ne peux pas m'en passer. Et, du reste, nous gaspillons stupidement notre temps : nous pouvions rester tranquillement à l'hôtel.

Il se dégagea, leva une main.

– Il y a un temps pour s'embrasser, trancha-t-il bibliquement, et un temps pour regarder les tableaux.

– Le rabbin Schmelke de Nikolsburg le disait ?

– Probablement. Ou sinon lui, Rabbi Jacob Isaac, le voyant de Lublin.

– Mais tu es religieux ? Tu pratiques la Bible ?

– Autrefois, je la pratiquais assez.

– Mais tu es aussi observant, orthodoxe, tu ne travailles pas le samedi, et ainsi de suite ?

Je le lui demandai comme je lui aurais demandé s'il jouait aux échecs ou s'il préférait le thé chinois au thé indien. Mais cela s'avéra une de ces questions que je n'aurais pas dû lui poser, car, après une pause incertaine, il se limita à me dire en souriant que, passant par Leyde, une fois, il était allé trouver Spinoza à Rijnsburg.

– Je comprends, dis-je.

J'avais seulement compris qu'il ne voulait pas me répondre, étant donné que sur Spinoza j'en savais encore moins que sur Pordenone avant que ne me l'eût expliqué le mari de l'épouse-grenouille.

– Eh bien, courage, dis-je en jetant un coup d'œil autour de moi, commençons le contrôle.

* * *

Les peintures étaient toutes sur toile et aucune n'avait de cadre (elles devaient les avoir perdus lors du fameux déménagement de 1917), en sorte qu'il ne me fut pas difficile de les détacher de leurs vieux clous rouillés pour jeter un coup d'œil aussi au revers. Une toile de lin de haute époque – comme celle de l'hypothétique Titien ou même du Palma l'Ancien que nous recherchions – se distingue immédiatement d'une toile de chanvre du dix-huitième, si elle n'a pas été rentoilée ; il en va de même pour un châssis, s'il n'a pas été remplacé.

Pendant que je me consacrais à cet examen technique, David avançait en touriste libre, regardant pour son propre compte comme je le lui avais demandé ; ce n'est qu'une fois son tour achevé qu'il devait me dire si l'un des tableaux, pour une raison ou pour une autre, avait éveillé ses soupçons. Je ne voulais l'influencer en aucune manière, lui avais-je dit sans lui donner d'autre explication. Je ne pouvais lui avouer que je comptais sur son flair d'inexpert exactement comme, au casino, le « systémiste » malchanceux se fie superstitieusement au débutant.

Mais était-il du reste tellement inexpert, Mr. Silvera, si vingt ans plus tôt il était déjà ici, à étudier les fresques de

Santo Stefano ? Je le regardais passer d'une croûte à l'autre, paysages, portraits, sujets bibliques ou mythologiques, d'un air malheureux qui était en parfait accord avec l'ennui dégagé par les tableaux, leur nullité et leur grossièreté concentrées. Et je dus me faire violence pour ne pas tout planter sur-le-champ, courir l'embrasser de nouveau, l'emmener de là.

J'étais en train de raccrocher un *Jugement de Pâris* d'une totale improbabilité – dans le sens où Pâris, devant trois femmes comme celles-là, aurait dû à l'instant tourner les talons et s'en aller –, quand je m'aperçus que David, au contraire, ne bougeait plus d'un endroit où il s'était déjà arrêté depuis un moment déjà. Avait-il découvert quelque chose ?

Je tournai à peine et précautionneusement la tête, pour ne pas le déranger dans sa contemplation. Ce qu'il regardait était un portrait en buste et de dimensions réduites, environ 40 × 30 cm, duquel, d'où je me tenais, je ne pouvais distinguer qu'un blême visage sur fond obscur, et une sorte de tache jaunâtre en bas à gauche. Il me revint alors à l'esprit que le sujet du portrait était un jeune homme déjà à demi chauve, aux traits lourds, enveloppé d'un manteau sombre, et que nous avions remarqué, Chiara et moi, surtout pour la fruste et amateuriste lignosité de la draperie. La tache en bas à gauche était le champ d'or d'un blason nobiliaire inconnu de moi, avec au milieu, si je me rappelais bien, deux épis croisés. Rien d'autre que je pusse me rappeler ne justifiait la halte prolongée de David. Lequel, au bout d'un certain temps, passa au tableau suivant – une pompeuse, grotesque *Sainte Famille* –, mais revint ensuite au *Portrait de gentilhomme* et le regarda encore un moment, avant de terminer son tour.

Quand il revint à mes côtés, j'étais presque arrivée moi aussi au tableau « suspect ».

– Découvert quelque Titien ? demandai-je.

– Je crains que non. Découvert quelque toile flamande ?

– Aucune. Et toute la collection, à la revoir, m'a paru

encore plus infâme qu'hier. Je ne comprends pas ce que la Federhen peut espérer en tirer, même en l'emportant à l'étranger.

– En effet. Mais alors pourquoi l'achète-t-elle ?

– Seul le rabbin Schmelke le sait. Mais, toi, n'as-tu vraiment rien remarqué de spécial ?

Ce fut peut-être cette insistance, ou le fait que je ne pouvais m'empêcher de tourner les yeux vers le portrait, qui lui fit comprendre que j'avais remarqué sa curieuse halte. Sans cela, je me demande encore s'il m'eût rien dit.

– Ma foi, donne peut-être un coup d'œil à ce jeune homme, suggéra-t-il.

J'allai décrocher le tableau et le regardai, le retournai, l'examinai dans tous les sens. Toile et châssis étaient de l'habituel dix-huitième tardif, sinon même du début du dix-neuvième, et pour la facture il était même pire que les autres. Quant au personnage, émergeant à peine du fond sombre, il n'avait rien de particulier hormis la lourdeur des traits, accentuée par une cicatrice au menton et deux verrues sur la lèvre supérieure. Le grand manteau dans lequel il était gauchement drapé aurait pu être de n'importe quelle époque. Et les deux épis sur champ d'or ne correspondaient à aucun blason que je connusse.

– Étrange, dis-je.

– Tu trouves aussi ?

– Non, étrange, voulais-je dire, que tu sois resté si longtemps à le regarder. Mais pourquoi ? T'avait-il semblé... titianesque ? demandai-je, embarrassée.

Je me rendais compte, tout d'un coup, qu'avec ma confiance dans son flair d'inexpert je l'avais trop encouragé, lui faisant faire en définitive piètre figure. Je tâchai de me rattraper.

– Il est vrai que le manteau pourrait même être du Cinquecento, mais...

– Non, dit-il, embarrassé lui aussi, ce n'est pas qu'il m'ait paru titianesque ou autre chose. C'est qu'il me semble faux. Peint récemment, veux-je dire.

Je le regardai abasourdie, je regardai le tableau, je levai les yeux par hasard vers le mur d'où je l'avais décroché, et c'est à ce moment que j'aperçus le clou.

Ou, mieux, non pas vraiment le clou, qui était vieux et rouillé comme les autres, mais le fait qu'il n'y avait pas autour de lui, comme des autres, cette auréole de rouille que tout vieux clou laisse avec les années sur tout vieux mur.

Un clandestin ! pensai-je, rougissant non plus d'embarras, mais de honte. Inexpert ? Allons donc ! Authentique ou faux que fût le tableau, David était allé tout droit au seul élément vraiment douteux, vraiment anormal de la collection.

Décrochant aussi la *Sainte Famille* et les autres toiles qui restaient, je vérifiai que le seul clou sans auréole était celui du *Gentilhomme,* et je m'aperçus que l'empreinte sur le mur était elle-même différente. Quelqu'un s'était donné la peine d'éclaircir le crépi derrière le tableau, mais la différence sautait aux yeux. Il ne faisait aucun doute que le personnage aux verrues se trouvait là depuis fort peu de temps.

– C'est bel et bien un clandestin, dis-je.

– C'est-à-dire ? demanda David.

Je dus lui expliquer (car il nia en rien savoir) que, lorsqu'une collection plus ou moins noble et ancienne était mise en vente, on en profitait souvent pour y glisser, « clandestinement » donc, des éléments de tout autre provenance. Mais qui pouvait avoir eu intérêt à glisser parmi les autres croûtes une croûte pareille ?

A moins que...

Soudain excitée, je me représentai la Federhen et Palmarin qui, avec la complicité du tondu, suspendaient parmi les lugubres toiles de la collection Zuanich un Titien authentique, pour le camoufler ainsi aux yeux de la Direction des beaux-arts et pouvoir l'exporter officiellement avec le reste.

Cela n'aurait pas été un cas sans précédent, dis-je en réexaminant le tableau à la lumière du spot.

Et, un instant plus tard, je rougissais de nouveau, car, en appuyant avec l'ongle sur un angle de la surface peinte, j'avais eu la preuve irréfutable qu'il ne s'agissait ni d'un authentique Titien ni d'une authentique croûte, mais bien d'un authentique « faux peint récemment », comme avait dit David. Quoique les craquelures d'un prétendu Settecento parussent parfaitement véritables, la pression de l'ongle avait laissé une marque sur la surface encore molle, peinte tout au plus quelques semaines auparavant.

– Mais toi, bredouillai-je, honteuse, humiliée, et passant d'une admiration sans bornes à de nouveaux soupçons, eux aussi sans bornes (le Mossad, les idées romanesques, allons donc ! Mr. David Silvera, l'ex-guide touristique, l'ex-acteur ambulant, l'ex-commis voyageur en bijoux de fantaisie n'était-il pas en réalité un super-expert envoyé secrètement à Venise par quelque grand musée américain ?), mais toi, comment t'en es-tu aperçu ?

– Ah... répondit-il, comme il était prévisible.

* * *

Plus tard, alors que nous rentrions à l'hôtel et qu'il avait eu tout le temps d'inventer une de ses histoires, il m'expliqua avoir reconnu dans le jeune homme chauve un certain Fugger, rencontré par lui à Venise en une autre occasion ; et qu'il en avait évidemment déduit la fausseté du tableau. Mais il n'avait pas la moindre idée de la raison pour laquelle il avait été ajouté à la collection.

Quant à l'avertissement de rabbi Schmelke, eh bien, me dit-il, contrit, même les rabbins peuvent se tromper.

VII. Le couple corpulent des Hambourgeois

1

Le couple corpulent des Hambourgeois du 219 – qui conserve même à Venise l'habitude du frühstück à douze heures trente – est de retour, les yeux un peu brillants en raison du pinot gris et de l'abondance de bigoli ingérés. Ayant retiré sa clef, il s'apprête au petit somme poméridien qui lui servira, également, à cuver l'excès de Titien et de Tintoret admirés jusqu'à n'y plus voir. Le jeune Luigi court appeler l'ascenseur dans l'espoir d'un pourboire, ne reçoit rien, se tourne en grimaçant vers Oreste Nava et se frotte l'index avec le gras du pouce pour signifier par antiphrase la sordide avarice de ces deux-là.

Le portier répond en écartant les bras juste ce qu'il faut pour indiquer la résignation. Mais il sait bien que, pour ces nouvelles générations, la résignation n'existe pas : ou vainqueurs immédiats du trophée, ou abjects perdants. Ou le ricanement arrogant du triomphe, ou le pleurnichement rageur de la déception.

C'est à lui, Oreste Nava, qu'incomberait d'expliquer que la résignation n'est pas une vieillerie à l'usage des curés et des bonnes femmes, mais l'art infiniment délicat de se mouvoir entre les rudes extrêmes du tout et du rien, le seul yoga capable de développer l'intelligence, le seul karaté permettant de mûrir, et donc de poursuivre au milieu des coups de bâton qui de toute façon vous pleuvront sur le dos le long du chemin. Et, en outre, de regarder, le moment venu, la mort, sans vraiment, de terreur, faire dans ses pantalons.

Mais ce sont là des concepts complexes, ramifiés, qui, traduits en paroles par Oreste Nava, auraient à ses propres oreilles un son bien peu persuasif : celui d'une confuse prédication de vieux gaga.

Par le grand escalier descend la dame française du 128, qui porte replié sur son bras un vêtement pesant et spectaculaire, un manteau de mouton blanchâtre, brutalement tanné, long jusqu'à terre, qui conserve à l'intérieur le cuir écru et les flocons de laine emmêlés de l'animal. Un autre animal à fourrure très noire (de l'ours ?) a été utilisé pour l'énorme col châle qui couvre entièrement les épaules et une grande partie du devant. Une chose nordique, arctique, totalement inadaptée au climat local et à la taille réduite, minuscule, de la propriétaire ; laquelle à présent, tandis que Luigi lui tient la porte, soulève à grand-peine le monumental objet et commence à se glisser à l'intérieur. Luigi se précipite à son aide, mais la femme le repousse, hargneuse, conduit toute seule à son terme la chancelante opération, trotte, nanifiée, jusqu'à la porte et s'en va. Luigi regarde autour de lui avec circonspection, puis se serre – juste un instant – le biceps gauche avec la main droite et lève brusquement l'avant-bras pour suggérer le stupre sodomitique.

Mais c'est lui qui l'a cherché, pense Oreste Nava, c'est lui qui a gravement manqué de tact, qui n'a pas compris que la dame du 128 doit avoir emporté à Venise sa barbare houppelande contre l'avis d'un mari, d'une fille, et que maintenant, s'étant rendu compte de son erreur, elle mourrait plutôt que de l'avouer, fût-ce à elle-même. Toute offre d'assistance ne fera donc que souligner sa ridicule mortification et sera accueillie comme est accueilli par un boiteux susceptible le geste du bien-intentionné qui veut lui donner le bras.

Un Luigi ne peut comprendre de semblables nuances. Il est trop jeune et trop inexpérimenté pour saisir quelque nuance que ce soit, à vrai dire. Il voit le monde comme un melon d'eau, dont il sait distinguer les couleurs élémentaires, le vert, le rouge, le noir, le blanc, les tranches plus ou moins épaisses, et rien d'autre. Il le démontre encore une fois quand la princesse romaine et son insolite compagnon rentrent à l'hôtel, se font remettre deux messages téléphoniques (pour elle) et remontent à la suite 346. A l'instant où les portes de l'ascenseur se referment silencieusement sur eux, Luigi fléchit le bras droit, la paume de la main en avant, les doigts repliés, et le meut d'avant en arrière comme un piston, pour signifier une énergique activité de baise.

Mais qui le lui a dit, qu'en sait-il ? répond Oreste Nava en agitant sa main ouverte devant ses yeux, afin de suggérer l'éloignement d'une mouche importune. Incapable de voir au-delà de son propre membre, le pauvre garçon n'a pas le moindre soupçon qu'à certains moments de la vie, dans certaines situations, entre certaines personnes, « cette chose-là » peut devenir « autre chose ».

Quelle chose, exactement ? Difficile, très difficile, et même impossible à dire. Le front d'Oreste Nava se ride, ses lèvres s'entrouvrent en un platonique sourire, sa mémoire fouille parmi de très anciennes vibrations, de rares velours musicaux, de brillantes toiles d'araignée, des reflets dans l'eau, des parfums, des constellations. A certains moments, avec certaines femmes (pas plus d'une, de deux), « cette chose-là », on avait l'impression de la faire avec les cieux et les océans, avec l'univers entier, les planètes, les comètes, les étoiles filantes. Oui, et qu'y prenaient part aussi les fourmis, les feuilles, les rochers. Baiser, allons donc ! C'était tellement autre chose que d'une certaine façon cela devenait tout bonnement superflu, il n'y avait même pas besoin de le faire. Et, en même temps, les femmes (une, deux au maximum) avec lesquelles il n'y avait nul besoin de le faire étaient aussi les seules avec qui le faire valait vraiment la peine... Mystères insondables, énigmes à faire tourner la tête.

Oreste Nava tourne la paume vers le haut, réunit le bout de ses doigts, et sa main oscille de bas en haut pour signifier la commisération, exprimer une platonique et dédaigneuse interrogation : mais, nom de nom, qu'est-ce que tu peux y comprendre, toi ?

2

C'était déjà – sans nulle équivoque – la maison, le foyer : home sweet home. Une fois ouverte la porte sur le salon, sur sa claire composition de coussins cadres dossiers tapis œillets roses, immergée dans une lumière solidement diurne, à peine tamisée par les longues tentures légères, l'impression d'un retour à la maison fut des plus nettes.

Je me laissai tomber au fond d'un fauteuil à fleurs, poussai sur mes talons pour faire glisser mes chaussures de mes pieds et dis avec sincérité :

– Je suis morte.

Avec sincérité, au sens où après avoir décroché, retourné et raccroché toutes ces toiles, avec de surcroît ce résultat ambigu, je me sentais étourdie et, oui, véritablement fatiguée.

Mais la sincérité est affaire d'astronomes, d'astrophysiciens, elle s'enfonce toujours plus loin, comme les nébuleuses et les galaxies. Observé au télescope, mon abandon d'épouse qui s'écroule épuisée dans le premier fauteuil venu aurait peut-être révélé un halo de théâtralité, et, la phrase même « Je suis morte », je ne jurerais pas ne l'avoir point choisie et prononcée à la manière d'une incantation, d'une invocation magique adressée au temps. Déchiffrée, elle aurait sonné ainsi : fais-moi sentir comment serait, au bout de dix, de vingt ans, la vie en commun avec David.

Remuant voluptueusement mes orteils libérés, je me dis que le temps pouvait aussi me porter secours, se faire mon complice. Après tout, le petit voleur de minutes savait aussi s'avérer un généreux agent de dilatation, si en un peu plus de trois heures il avait transformé cet anonyme appartement d'hôtel en un lieu déjà familièrement mien, nôtre. A partir de quoi, je lui demandais de me faire éprouver le sentiment de la stabilité, de la durée.

La première mesure à prendre était évidente.

– Et maintenant, voyons s'ils nous montent quelque chose pour nous restaurer, qu'en dis-tu ?

– Certes, dit David. Unc riche nature morte.

Un petit repas à la maison, en pantoufles. Voilà ce que conseillait à ce moment l'astucieux appareilleur de souvenirs, l'habile metteur en scène de notre futur immédiat.

– Tu n'as pas un chandail à te mettre, quelque chose ? suggérai-je pour parfaire la scène.

Il me regarda un peu surpris, s'en alla dans sa chambre. Il avait fini par ne pas me dire si, fréquentant l'équivoque Spinoza, il s'était ou non éloigné des préceptes de la cuisine casher ; par sécurité, je commandai une nature morte de saumon, omelette, crudités les plus variées possible, fruits frais et noix. Un doute : le saumon était-il un poisson sans écailles ? Je repris le téléphone. Mais non, quelle idiote, il en avait, il en avait. Je raccrochai et me hâtai d'aller passer des vêtements « pour la maison ».

En réalité, je n'avais avec moi rien d'adéquatement négligé, déformé, et mes deux petits cardigans n'avaient pas même un pli. Impossible en tout cas d'entrer en compétition avec le chandail de David, presque transparent aux coudes, avec ses deux poches qui bâillaient et le troisième bouton suspendu à un fil. Un triomphe de longévité.

– Cela va bien comme ça ?

– Parfait.

Nous nous assîmes l'un en face de l'autre, et de mon côté,

toujours hantée par l'idée du temps, j'essayai de dilater la scène vers les années à venir, de la remplir d'innombrables parcelles de vie encore virtuelle. J'essayai de poser sur David un regard postamoureux.

– Vraiment, il faudrait un peu te rhabiller des pieds à la tête, constatai-je d'un ton dépassionné.

Ses yeux remontèrent le long de son pantalon usé, il tira sur le bouton pendant du chandail, le considéra en soupirant.

– Oui, je n'ai jamais le temps de m'en occuper. Ou peut-être est-ce seulement de la paresse.

– Cela, tout à l'heure, je te l'arrangerai.

– Mais je sais le faire tout seul. Je sais faire beaucoup d'autres choses de ce genre. Raccommoder. Cuisiner. Repasser. Même rapiécer les chaussures. Un parfait homme d'intérieur.

Et un parfait vagabond, pensai-je, un parfait soldat, un parfait prisonnier.

– As-tu jamais été marié ?

– Autrefois, il y a des siècles... dit-il avec l'air de fouiller dans un passé bel et bien vieux de millénaires.

Et il glissa dans les brumeuses intermittences de l'anglais pour préciser :

– But no, not really... sort of... There were difficulties.

– En attendant, il me vient en tête une autre difficulty, remarquai-je en riant. Pour ce soir, tu n'as rien à te mettre.

– C'est vrai, c'est vrai, je ne suis pas présentable... Mais je peux rester ici à t'attendre.

– Jamais de la vie. Sinon, je n'y vais pas non plus.

– Mais n'as-tu pas insisté pour me faire inviter ?

– Précisément, j'ai insisté, c'est pourquoi, sans toi, je n'y vais pas.

– Tu peux trouver une excuse, dire que j'ai dû partir à l'improviste.

– Non, j'inventerai une excuse pour moi aussi. Ou bien, demain, je lui dirai que je croyais que c'était pour demain, que je me suis trompée de jour, ou quelque autre chose. De toute façon, Cosima est une sotte.

– Je ne vois pas quel est le rapport avec la sottise de Cosima.

– Je sais, elle n'a aucun rapport, mais laisse-moi dire.

Je projetai dans le futur ce grumeau d'irritation, cette cellule infinitésimale de querelle conjugale. Se multiplierait-elle monstrueusement jusqu'à nous rendre impossible la vie commune ? Je m'efforçai de me figurer des repas hargneux, des dîners de monosyllabes, de petites toux. Et peut-être la chenille venimeuse de la rancœur qui remonte la mémoire par gibbeuses saccades reviendrait-cllc jusqu'ici pour ensuite nous jeter au visage : déjà cette première fois, à Venise, j'aurais dû comprendre que tu es, que tu n'es pas, que tu as, que tu n'as pas… Et l'amour pulvérisé, une antique tombe pillée par des voleurs.

– Non, non, par pitié.

– Quoi, non ?

Mais le serveur arriva avec son chariot, et l'on ne raconte pas un voyage aux Enfers devant un étranger. Pendant que le garçon dressait silencieusement la petite table de jeu entre les deux fenêtres, j'évoquai avec un frisson d'autres futiles discordes : à propos d'une clef égarée, d'un retard, des spaghetti adorés par moi mais non par David. Un continuel, usant va-et-vient de papier de verre.

Quand nous nous mîmes à table, j'avais complètement perdu l'appétit, j'apercevais dans un télescope le cosmique dégoût d'une longue routine matrimoniale.

– Qu'as-tu ?

– Rien.

A femme nerveuse, mari obtus. Jusqu'à nos paroles qui prenaient les couleurs avilies de la moisissure… Mais j'avais poussé le jeu trop avant. Mon silence hostile éclata dans un rire.

– Non, inutile, ça ne marche pas. Occupons-nous de cette belle nature morte. C'était un jeu stupide.

– Le mari et la femme, hein ? dit David. Comme les enfants.

– Eh bien, j'ai tenté de faire tenir vingt ans en vingt minutes, je voulais nous voir tous deux comme un de ces vieux couples qui restent ensemble par inertie, à se quereller constamment pour des motifs futiles.

– Mais il y a aussi les couples qui ne se querellent pas, après vingt ans.

– Pire encore, ils se supportent. Non, je crois que, malheureusement, le temps...

– No, Time... m'interrompit-il.

– No time ? Pas de temps ? traduisis-je.

– Non, dit-il, après « no », il y a une virgule, et « Time » avec une majuscule : « No, Time, thy pyramids... » C'est une sorte d'apostrophe, d'invective contre le Temps et ses pyramides, faites seulement pour nous rappeler que nous ne sommes pas immortels, que pour nous tout change et s'abolit.

Il concentra son regard sur le seau contenant la bouteille, puis le releva vers moi, mais comme s'il ne me voyait pas ; ou, plutôt, avec l'air de m'introduire sur la pointe des pieds dans les recoins d'un théâtre poussiéreux, de m'installer dans l'angle de quelque fresque sombre et solennelle, connue de lui seul.

– Mais moi, dit le poète, je ne changerai jamais : « No, Time, thou shall not boast that I do change... »

Sa voix étouffée, distante, qui semblait exhiber ironiquement une dentelle jaunie dans un coffret, un bijou retrouvé par hasard, me donna presque le frisson. Et, simultanément, très violent, aveuglant, un ictus de jalousie.

« Non, Temps, tu ne pourras pas te vanter que je change... »

Je pris cela comme une déclaration d'amour éternel, à moi galamment dédiée. A ceci près que je n'étais pas, ne pouvais être la première femme à qui Mr. Silvera faisait l'hommage de cette belle citation. Je sentis l'acteur, le séducteur. Il ne me vint pas à l'esprit que ces vers pouvaient avoir un autre sens, cacher un aveu.

– De qui est-ce ? Shakespeare ? Milton ?

– Shakespeare. Un de ses sonnets amoureux.

Bravo pour le sigisbée, à qui les pyramides du temps ne faisaient ni chaud ni froid, à qui il était facile de promettre l'amour et la passion in saecula saeculorum amen. Avais-je demandé le sentiment de la durée ? Le voilà qui, tout prêt, me servait son Shakespeare fumé.

La certitude de n'être pas, de ne pouvoir être, pour Mr. Silvera, la seule femme, unique et définitive, me sembla la chose la plus terrible qui me fût arrivée de toute ma vie.

– Qu'as-tu ?

J'étais sur le point de répondre « rien », avec l'accessoire haussement d'épaules, mais mieux valait dire la vérité.

– Je suis jalouse.

– Ah, dit Mr. Silvera. Quelle perte de temps.

Toujours le temps, avec ses mensongères pyramides.

C'est alors que je commis ma seconde erreur. Poussée par la peur folle qu'il se mît à me raconter (à ma folle demande) ses amours passées et présentes, je pris moi-même la parole tumultueusement, du saumon jusqu'aux noix.

De ce que je dis, il ne m'est resté qu'un souvenir confus et désespérément négatif, celui d'une nageuse affolée qui lutte contre le courant. Le « tout » que je voulais exprimer se réduisit à quelques opinions incongrues sur un *Roi Lear* vu à Coïmbre, sur Mme de Staël, sur une fête que j'avais donnée le mois précédent à Rome, outre un petit nombre de laborieuses anecdotes touchant à mon enfance : la mort d'un petit chien noir, une tante anglaise qui dormait dans un box à côté de ses chevaux, une compagne d'école nullement intéressante qui me faisait des méchancetés ne méritant pas plus d'intérêt.

Je réentends ma voix babillarde qui parle de moi, qui se précipite au hasard, sans ordre, sans harmonie, sans sens. Cela, une femme capable d'entrer en compétition avec toutes les autres femmes, de défier les pyramides ? Cela, une vie ?

Mais ce que je ne puis absolument me pardonner est que, par mon soliloque, je l'empêchai pratiquement de parler. C'était le moment. Les pyramides étaient le signal, le premier pas, j'en suis sûre. Si j'en avais eu l'intuition, si j'étais simplement restée silencieuse, il se fût enfin ouvert à moi. Et non – comme il le fit quelques heures plus tard, pour mon humiliation in saecula saeculorum – à cette sotte, cette idiote de Cosima.

3

Le café a été bu, le chariot retiré par le serveur, quelques coups de téléphone de routine ont été donnés. Assis dans ce qui (c'est elle qui l'a décidé) est déjà « son » fauteuil, Mr. Silvera feint de lire un journal.

Pyramides ou pas pyramides, cette lutte obstinée contre le temps lui semble vaine et contradictoire. Elle veut opposer les splendeurs d'un amour foudroyant, bouleversant comme un vers de Shakespeare, aux inévitables opacités d'une relation stable ; et néanmoins, comme lui (mais son cas est différent, la « stabilité », pour lui, est l'exception), elle se sent attirée par ces mêmes opacités : elle les provoque, les met en scène, elle ne sait pas renoncer aux petits riens affectueux de l'habituel, du permanent. Elle veut la tranquillité proche de l'ennui d'un après-midi de novembre à la maison ; elle veut le froissement rassurant des feuilles du journal, les anecdotes de la chronique citadine.

– Des gondoliers corrompus, lui communique-t-elle présentement, faisaient des livraisons de cocaïne en gondole, imagine-toi.

Des deux quotidiens que l'hôtel offre en hommage à ses clients italiens, elle a choisi pour elle le *Gazzettino* local, lui laissant l'autre.

– Mmm, fait Mr. Silvera, comme quelqu'un de profondément absorbé dans sa lecture.

En réalité, il n'a lu ni ne lira une ligne, parce que, dans sa condition particulière, les « dernières nouvelles » ont cessé depuis longtemps de l'intéresser. Il met dans sa poche, parfois, quelque quotidien ou hebdomadaire ramassé sur un siège d'avion ou dans un compartiment de train, mais seulement pour le feuilleter plus tard avec une indulgente curiosité, loin du lieu où il l'a trouvé, comme une sorte de souvenir désormais à l'abri de la mutation des jours. Rien, en revanche, ne lui paraît plus ennuyeux, plus vieilli, que le journal du matin.

Mais il se prête volontiers à cette feinte comme à toutes ses autres feintes, qui l'émeuvent, l'amusent même. Il la laissera recoudre le bouton pendant de son chandail. Il sortira chercher quelque chose de présentable à mettre ce soir. Il escortera la prestigieuse dame à la réception chez cette sotte, cette Cosima.

– Il y a eu un incendie à la Giudecca – c'est l'information qui lui parvient à présent. Un chat réfugié sur la corniche a été sauvé par les pompiers.

Il se résignera à être exhibé, scruté, commenté, car il est clair à ses yeux que l'inquiète dame ne désire pas, sinon dans une infime proportion, l'emmener avec elle par vanité, qu'elle ne le considère pas comme une « conquête » à exposer à l'envie du monde. Le besoin qui prévaut en elle est sans aucun doute celui – très naturel – de fournir des témoins dépassionnés à une passion trop privée, trop intense, et pour cette raison incroyable ; et, de surcroît, elle s'ingénie à partager avec Mr. Silvera le plus grand nombre de choses possible, de « faire tenir vingt ans en vingt minutes », comme elle-même l'a dit.

– Pietro Lorenzon, né en 1899, a été enlevé à l'affection des siens. Avec une belle photographie, format identité, lui annonce-t-elle à présent.

Mr. Silvera bâille de bonne foi.

– Ces rubriques nécrologiques des journaux de province, continue-t-elle, sont peut-être un peu lugubres, mais je dois dire qu'elles ne me déplaisent pas. Je trouve juste de savoir moi aussi quel visage avait Rosa Minetto, mère de famille, âgée de cinquante-six ans. Après tout, c'est intéressant.

– Mmm, fait Mr. Silvera.

– Regarde celui-ci : ne trouves-tu pas qu'il ressemble à ton ami Fugger ?

– Fugger ?

– Celui du faux portrait. L'incompréhensible faux gentilhomme. Regarde.

Elle se lève et vient lui montrer la rubrique constellée de désolantes photographies. Hommes et femmes âgés, vieillards, une fillette. Et un jeune homme dans les trente ans qui ressemble fort peu, sinon pas du tout, au portrait de ce matin.

– Aldo Scalarin, âgé de trente-quatre ans, employé, litelle. Tu ne trouves pas qu'il lui ressemble ?

– Oui, ment Mr. Silvera. Le nez, effectivement...

– Mais toi, dit-elle, ne pourrais-tu me raconter quelque chose de plus sur ce Fugger ? Quelque chose qui puisse expliquer...

– ... comment il a fini dans la collection Zuanich ? Je suis absolument incapable de le comprendre. Je peux te dire que, quand je l'ai connu, il s'occupait de contrebande.

– De cocaïne ?

– De diverses drogues. Mais c'est vraiment tout ce que je sais.

– Mmm, fait la soupçonneuse dame, en le fixant.

La cigarette glisse des doigts de Mr. Silvera, va se nicher dans une des poches du chandail et, avant d'en être extraite, a le temps de causer un trou noirâtre de proportions irréparables.

Grande est l'agitation de la secourable dame, extrême son courroux.

– Non, mais ce n'est pas possible, regarde dans quel état il est, maintenant !

Elle arrache le bouton à demi détaché, teste avec dédain la résistance des deux poches bâillantes.

– Non, il n'y a plus rien à sauver, il faut vraiment que tu te décides à le jeter !

Mr. Silvera acquiesce d'un air contrit.

– A moins que tu n'aies quelque raison spéciale de le garder.

– Non, non, se défend formellement Mr. Silvera, pas la moindre raison.

Très tendre est la sollicitude de la généreuse dame lorsqu'elle lui dit :

– Alors, tout à l'heure, quand nous sortirons, je t'en offrirai un : tu ne sais pas combien cela me ferait plaisir. Je peux ?

Mr. Silvera déclare que le cadeau le remplirait de joie lui aussi. Il ôte le vêtement délabré et, ce faisant, tente d'en reconstituer l'origine : si, Dieu sait quand, Dieu sait où, il l'a acheté lui-même, ou si dans une autre ville, en un autre temps, une autre femme le lui a offert pour ne pas être oubliée.

4

Le ghetto de Venise, qui a donné son nom aux ghettos du monde entier, se distingue aujourd'hui à peine du reste de la ville. Ses schole de rites divers – italien, séfarade, askhénaze – se confondent avec les autres édifices, on ne voit point de boutiques exotiquement hébraïques, et, s'il arrive de rencontrer une silhouette à la longue barbe et au chapeau noir à larges bords, il est très probable qu'il s'agit d'un rabbin américain en pèlerinage touristique.

Cela, je le savais, et j'y pensais tandis que le taxi gargouillait tout bas en avançant par ces canaux mineurs, mortifiés, viciés, qui font penser aux rides cachées derrière l'orgueilleuse façade d'un lifting. Je n'étais jamais allée tout exprès dans le ghetto, j'y étais passée une ou deux fois par hasard, et, le peu qu'il y avait à voir, je l'avais vu.

Et pourtant :

– Il est encore tôt. Si nous allions faire un tour dans le ghetto ?

Miens les mots, mienne la voix, mienne l'idée.

Pourquoi ?

Mais parce que maintenant il y avait David, pour le revoir avec David, évidemment. Après Chioggia, rien de ce que j'avais vu sans lui ne me paraissait plus compter, voire même exister. Tout devait être tiré de limbes préamoureux et revu, contrôlé : du lac de Constance à une mercerie de la rue Lepic à Montmartre, du Canada occidental à ce jardinet qu'il y a derrière San Celso, à Milan. Une vérification vertigineuse.

Mais pourquoi commencer justement par le ghetto ?

Je dois répondre que je ne sais plus, que je ne distingue plus, que je ne puis rien exclure ; tout me semble rétrospectivement fortuit et en même temps intentionnel, innocent et en même temps prémédité, tant de sa part que de la mienne.

Peut-être fus-je aussi poussée par le désir sentimental – et totalement privé de sens – de voir David dans son milieu, pour ainsi dire, dans son monde : comme s'il pouvait exister un quelconque lien particulier entre lui et le ghetto de Venise, comme si – débarquant du motoscaphe au pont des Guglie – je m'attendais à voir une foule de marchands, de prêteurs, de kabbalistes, d'enfants, de femmes en longue robe noire courant à sa rencontre, guidés par rabbi Schmelke ou par Jacob Isaac, le voyant de Lublin, et lui faisant fête dans tous les parlers et dialectes de la Diaspora.

Mais de la porte du ghetto – ouverture insignifiante entre de tristes maisons – ne sortit qu'un pigeon au pas titubant, et je m'effrayai à l'idée que, de « son monde », David en sût encore moins que moi, ou que j'allais me retrouver, au contraire, devant un mur de silence volontaire, comme à propos des fresques détachées, du retour de Chioggia par le car, ou du mystérieux Fugger. C'est à ce moment qu'il me parla de l'ancienne fonderie ou *getto* (prononcé « ghetto » par les juifs allemands) qui avait donné son nom au quartier : fait déjà connu de moi et de n'importe quel groupe touristique.

Voilà, pensai-je humiliée, il ne sait rien ou ne veut véritablement rien me dire.

Il ajouta au contraire qu'en jargon judaïco-vénitien, déjà vers le milieu du seizième, ghetto se disait *chazèr*.

– Ah, oui ?... Chazèr... répétai-je, soulagée.

Et je fus soulagée, réconfortée, par d'autres renseignements curieux, auxquels je ne manquai pas d'ajouter mes broderies fantaisistes. J'appris que, par décret de la République, la communauté devait rétribuer un sonneur de clairon chrétien chargé de donner chaque soir le signal de la fermeture des portes, outre quatre gardes qui, toute la nuit, patrouillaient en gondole le long des canaux de frontière (et je vis David qui, dans un long manteau, se laissait tomber d'une fenêtre, sautait dans une barque et glissait silencieusement vers Dieu sait quels rendez-vous). Que, hors du ghetto, les habitants étaient tenus de porter une calotte jaune (j'entrevis horrifiée David avec cet humiliant couvre-chef), même si dans la pratique bien peu respectaient cette obligation (ah, heureusement). Que les médecins juifs étaient très recherchés et libres d'aller et venir quand et où ils voulaient, sans que personne songeât à les arrêter (de hargneuses patrouilles nocturnes s'inclinaient devant David et sa petite valise noire). Que finalement, avec l'arrivée de Napoléon en 1797, les portes avaient été arrachées, mises en pièces et brûlées, tandis que la population fêtait l'événement autour de l'arbre de la liberté. Même quelques rabbins, entraînés par l'enthousiasme, avaient dansé joyeusement avec les autres (mais non pas David, qui d'un coin de rue contemplait la scène, souriant mais détaché).

Broderies naïvement fantaisistes, certes. Mais, maintenant, je ne sais plus, je ne distingue plus. Était-ce le quartier, si vide et mélancolique, qui requérait de moi cette contribution de coloris ? Était-ce l'amour qui me rendait à ce point suggestible ? Ou n'était-ce pas, encore une fois, Mr. Silvera qui me « manœuvrait » savamment, qui évoquait toutes ces images par sa voix, ses pauses, ses hésitations ?

Nous étions entrés dans le Ghetto Vecchio (plus récent d'ailleurs, appris-je, que celui qu'on appelait Nuovo : seule la fonderie était plus vieille), et nous étions arrêtés pour lire une désormais presque illisible pierre murale, à quelques mètres au-delà de la porte. Des siècles de pluies, de brouillards, de vents avaient peu à peu effacé du marbre toute sévérité bureaucratique, en sorte que maintenant cette liste d'interdictions et de pénalités avait quelque chose de l'aspect désolé d'un vieux papier, d'une vieille lettre décolorée :

> … QU'IL SOIT RIGOUREUSEMENT INTERDIT À TOUT JUIF ET TOUTE JUIVE QUELS QU'ILS SOIENT APRÈS QU'ILS SE SONT FAITS CHRÉTIENS D'ENTRER DANS LES GHETTOS DE CETTE VILLE ET DE LES PRATIQUER SOUS AUCUN PRÉTEXTE, DE S'INTRODUIRE DANS LES MAISONS PARTICULIÈRES D'AUCUN JUIF OU JUIVE, SOUS PEINE EN CAS DE TRANSGRESSION DE PRISON GALÈRE FOUET PILORI ET AUTRES CHÂTIMENTS MAJEURS SELON LA VOLONTÉ DE LEURS EXCELLENCES ET COMPTE TENU DE LA QUALITÉ DU DÉLIT ET DU DÉLINQUANT.

Le décret, m'expliqua David, concernait les « marranes », considérés partout comme porteurs d'ambiguïté, d'opportunisme, de duplicité. Convertis par nécessité ou par calcul, ces malheureux étaient très surveillés par la République, qui les soupçonnait de pratiquer en secret leur ancienne religion. Victimes d'espions, de délateurs, de maîtres chanteurs, ils n'étaient aimés de personne, ils n'étaient rien pour personne, fût-ce pour eux-mêmes.

Et je le vis, traître, renégat, marrane, qui s'esquivait en rasant les murs, se cachait dans l'ombre des portes, tandis que, depuis les fenêtres, des femmes aux yeux d'ébène et de solennels vieillards le regardaient avec un infini mépris. Et je me demandai presque s'il n'était pas vraiment, lui, David Silvera, aujourd'hui, un traître, si ce n'était pas de là que venait toute son élusivité de mystery man. Un homme double. Un agent double. Peut-être pas même juif, en réalité. Quelqu'un qui s'infiltrait dans le monde avec un faux passeport, capable de toute abjuration, de n'importe quelle volte-face. Et désespérément malheureux.

Je le regardai. Il avait un air amusé. Qu'y avait-il de si amusant ?

– Je pensais à ces chrétiens qui, sous Néron ou Dioclétien, n'avaient pas envie de se faire dévorer par les lions. Il doit bien y en avoir eu, non ? Personne n'en parle jamais, de ces non-héros, personne ne les commémore par une statue, un nom de rue. Et, pourtant, il suffirait de peu de chose ; comme adresse, d'ailleurs, ce ne serait pas mal : 18 *bis*, place des Non-Martyrs-Chrétiens.

Oui, je me rappelle de cette visite, aussi, les rires, comme lorsqu'il me parla de la dispute au sujet des gondoles : un talmudiste fort docte mais sans préjugés, ou peut-être seulement paresseux, arguait que se déplacer en gondole le samedi était parfaitement licite, étant donné la configuration de la ville. La question fut longuement discutée, mais à la fin les rabbins plus conservateurs l'emportèrent ; la gondole, le samedi, resta asur, prohibée.

Nous continuâmes par la calle di Ghetto Vecchio, par-delà la synagogue espagnole et la levantine, entre les nus surplombs des maisons. Toutes les maisons étaient d'une hauteur invraisemblable, ici, car les habitants avaient dû exploiter au maximum la zone étroite qui leur était impartie. Les petites fenêtres étaient très serrées, s'écrasant en désordre les unes au-dessus des autres, et, à l'aspect lépreux des crépis, on aurait dit que plus personne n'habitait ces taudis, comme après un pogrom ou une épidémie. Mais les encadrements étaient presque tous en aluminium anodisé, et çà et là ornés de festons de linge qui pendaient, inertes dans l'air inerte.

– Je me demande si les locataires sont encore juifs ?

David l'ignorait, mais il savait que beaucoup avaient été emmenés d'ici aussi, au temps du dernier massacre.

Je lui pris le bras, me serrai contre lui.

– Tu devais être un tout petit garçon, alors, n'est-ce pas ? Et où étais-tu ?

– Eh bien, dit-il, déjà, à cette époque, j'étais tantôt ici et tantôt là, plutôt ballotté, pour autant que je puisse me souvenir. Mais c'est ainsi que j'ai pu m'en sortir. J'ai eu de la chance.

Au-delà de la passerelle franchissant le canal, le campo di Ghetto Nuovo était triste et gris, un large poêlon raclé. Nous allâmes nous asseoir sur un banc ; David m'embrassa légèrement et me dit que, parmi les multiples interdictions auxquelles les juifs étaient soumis, il y avait aussi celle de forniquer avec des chrétiennes, fussent-elles des prostituées.

– Et la peine ?

– Selon la gravité du scandale.

– Mais pour nous deux, par exemple ?

– Une dame de la noblesse ? Ma foi, son mari l'aurait envoyée quelque temps au couvent.

– Quel ennui. Et toi ?

– Six mois ou un an de prison, plus je ne sais combien de sequins d'amende.

Des enfants couraient, rapides et criards comme des mouettes colorées, donnant des coups de pied dans un ballon parmi les quelques arbres dépouillés. David ramassa par terre un prospectus rouge qui annonçait une liquidation de sacs et de valises du côté du Rialto. C'est ainsi qu'étaient, à peu près, les reçus des prêteurs du ghetto, rouges, verts ou jaunes. Une foule de Vénitiens pauvres remplissait chaque jour le campo, apportant aux trois comptoirs de prêt sur gages – là-bas, sous le long portique – leurs petits objets d'or et d'argent, et s'en retournant chez eux avec ces feuillets multicolores délivrés par les vampires juifs. Au vrai, les vampires juifs n'avaient aucune envie de faire les vampires, ils y perdaient, ils imploraient continuellement le gouvernement de les exempter de ce devoir ingrat et ruineux. Mais, continuellement, le gouvernement refusait : les prêts aux pauvres étaient un problème social, et les juifs devaient se charger de le résoudre, fût-ce à perte. Sinon, pas de permis de séjour, pas de renouvellement de la « condotta ».

– Une sorte de chantage.

– Une sorte d'impôt.

– Mais alors, même à Venise, on pouvait les chasser à n'importe quel moment ?

– Oui, mais avec un minimum d'égards, un certain préavis.

– Gentil !

Je voyais David monter l'une après l'autre les étroites marches jusqu'au septième étage d'une de ces très hautes maisons, et m'annoncer (je m'étais convertie) que c'était fini, qu'on nous chassait ; nous devions prendre le peu que nous possédions, sa valise efflanquée, et partir. Mais où ? Qui le savait... De par le monde. A Corfou, à Salonique, à Négropont, comme cela se trouverait. Mais c'était fou, il n'y avait pas de sécurité, pas de durée, ce n'était pas une vie...

– Mais ce n'était pas une vie ! dis-je.

– Ah, fit Mr. Silvera.

Il me fixa du regard avec ce qui me parut être une insoutenable désolation, et, au bout d'un moment, il laissa tomber le feuillet rouge parmi les coquilles de noisettes et les feuilles mortes.

– Ah, répéta-t-il sans plus me regarder.

Je réfléchis précipitamment. Il y avait, sentis-je avec désespoir, quelque chose que cette fois, vraiment, j'aurais dû comprendre, et, si je ne le comprenais pas, c'était uniquement par ma faute, parce que je n'étais pas à la hauteur...

Un homme de petite taille, trapu, portant une canadienne de velours, déboucha du fond du campo, ralentit peu à peu son pas indécis et s'arrêta enfin, les mains dans les poches, pour regarder les enfants jouer.

La vie, non seulement des juifs mais de tous, y compris la mienne, était telle : précaire, menacée, suspendue à un fil, toujours révocable d'un moment à l'autre : c'était cela, peut-être, qu'il avait essayé de me dire et que je ne parvenais pas à comprendre ? Qu'il n'y avait jamais de véritable sécurité pour personne, jamais de véritables racines en aucun lieu, que le chazèr même flottait labilement sur l'eau et pouvait s'en aller Dieu sait où, s'éloigner à la dérive vers Corfou, Smyrne, Antioche, Constantinople, look, look, Mr. Silvera ?

Le ballon roula lentement vers l'homme à la canadienne qui ôta les mains de ses poches, se préparant au tir.

Était-ce pour cela, alors, que les juifs avaient toujours été haïs et persécutés ? Parce qu'ils démentaient toute illusion de durée, tout rêve de stabilité, et incarnaient la fugacité irrémédiable de toutes choses sur cette terre ? Même de l'amour. En premier lieu de l'amour.

Les enfants s'étaient arrêtés. Attentif, concentré, l'homme visa, lança le pied avec force et manqua complètement le ballon, qui poursuivit sa course indolente sur le pavé du campo.

– Mais va-t'en, qu'est-ce qui te prend de vouloir jouer ? hurla en vénitien un des enfants.

Deux autres coururent récupérer le ballon.

– Partons, dis-je en me levant.

L'homme, enfonçant de nouveau ses mains dans ses poches, s'éloigna avec son humiliation vers l'un des deux ponts ; nous nous dirigeâmes vers l'autre, et pour donner vie au ghetto il ne resta plus que les vociférations des enfants, haletantes et décroissantes.

5

Le but suivant de la promenade est une vieille boutique aux alentours de la Lista di Spagna. Un but amusant, ou qui semblait tel avant la visite au ghetto. Il s'agit d'une boutique de vêtements d'occasion, connue depuis longtemps de Mr. Silvera, et qu'une rapide enquête conduite à l'hôtel a révélé être toujours en activité.

Il est en effet impensable, inconcevable que Mr. Silvera se présente au dîner de ce soir vêtu de neuf. Avant de se replier sur un funeste smoking flambant neuf et encore rigide, sur un tragique tuxedo d'une impeccabilité de série, il faut tenter de s'échapper, pour ainsi dire, par la voie du commerce de l'ancien, placer ses espoirs dans un vêtement qui, sans avoir l'air trop usé ni mis au rebut ou emprunté, porte l'évidence d'un minimum de passé, une patine historique digne de Mr. Silvera. Allègre devoir, aimable jeu de décoration corporelle.

Mais, après la visite au ghetto, l'atmosphère est changée ; la voix de Mr. Silvera, tandis qu'ils marchent vers la proche Lista di Spagna, sonne à ses propres oreilles exagérément animée, comme celle de quelqu'un qui veut à tout prix éviter le silence.

– Et non seulement on leur interdisait d'imprimer leurs livres, mais de temps en temps on les leur brûlait, on faisait de grands bûchers de textes talmudiques place Saint-Marc.

– Quelle horreur !

La conversation se poursuit ainsi, par inertie, sans plus d'intérêt de la part des deux interlocuteurs. De l'interdiction d'imprimer des livres, on passe à celle de tisser des étoffes, même des voiles, et de là – péniblement – au repli sur la strazzaria, c'est-à-dire le commerce des chiffons et des vêtements d'occasion, traditionnellement aux mains des juifs, à Venise comme dans tant d'autres villes.

Mais cette boutique de la Lista di Spagna appartient aussi à des juifs ?

Oui, à un vieux juif du nom de… du nom de… Peres, peut-être, ou Perez, avec un Z.

Mais quand y est-il allé pour la dernière fois, Mr. Silvera ? Peut-être à l'époque où les fresques de Pordenone étaient encore à Santo Stefano ?

Non, non, bien plus tard, il y a trois ans, quatre tout au plus.

Pour vendre ou pour acheter ?

Pour vendre. Un pardessus trop lourd, un loden au rembourrage exagéré.

Ah, bon.

Le fait est – réfléchit Mr. Silvera tandis qu'ils traversent le campo San Geremia – que la superficialité est un art difficile à pratiquer, surtout avec une femme comme celle-ci, douée d'un fort sens de l'implicite. Au reste, le non-précisé, le non-expliqué, le non-dit commencent à peser à Mr. Silvera, et la fiction du « comme si de rien n'était » lui coûte à lui aussi des efforts de plus en plus grands. Ces dernières heures, il y a eu de sa part quelques petits fléchissements, déterminés, certes, par son état de fatigue, mais explicables aussi – il est inutile de le nier – par les sentiments qu'il éprouve pour sa compagne.

Pour émerger de ces eaux émotionnellement, dangereusement hautes, et reprendre pied sur un terrain plus insouciant et frivole, Mr. Silvera lui prend le bras (geste affectueux, mais aussi symbolique) et l'interroge sur cette dame chez qui ils vont dîner, cette Cosima.

Une femme – ne tarde-t-il pas à apprendre – mariée et divorcée deux fois, beaucoup vue l'hiver dernier en compagnie d'un journaliste économique influent ; mais traversant actuellement une crise d'identité, et pour cette raison plus que jamais en quête de points d'appui, se dépensant plus que jamais pour organiser de cérémonieux dîners en l'honneur de quelque puissant, de quelque personnage officiellement reconnu. Un peu naïve et un peu stupide, en somme, mais au bout du compte sympathique. Une vieille amie. C'est-à-dire : pas exactement amie au sens fort, mais en un sens...

– Belle ?

– Belle... Mon Dieu, oui, belle, en un sens... Si par beauté on entend une certaine... d'un point de vue pas trop... mais en somme... oui... une belle femme.

La boutique que Mr. Silvera n'était pas très sûr de retrouver tout de suite est toujours à l'entrée de la ruelle, après la boucherie du coin, mais elle n'a plus rien d'effacé, de furtif. Elle a élevé au-dessus de la petite porte une orgueilleuse enseigne en anglo-vénitien : THRIFTERIA-STRAZZARIA, et s'est beaucoup agrandie à l'intérieur, annexant des locaux adjacents. Même l'éclairage, que Mr. Silvera se rappelait plutôt rembrandtien, pour ne pas dire avare, est maintenant quasiment aveuglant, et, en même temps que les toiles d'araignée de l'ombre, ont été anéantis les papillons du silence, au moyen d'un envahissant pesticide rock qui agit en fond sonore.

Le vieux juif (Mendes, voilà comment il s'appelait, Abramo Mendes !) est mort, la boutique a été prise en main par une de ses nièces qui en avait déjà deux, analogues, à New York, et qui, en peu de temps, a fait de celle-ci aussi un succès. Une femme qui connaît son affaire, douée d'un grand flair pour les modes, le marché, qui sait faire tourner les choses même de loin.

La jeune fille qui explique ces événements est grande, maigre, avec de longs cheveux noirs impitoyablement tirés sur la nuque, à la manière des ballerines d'opéra. Ainsi dénudé et tendu en avant, son visage a une dureté dramatique, démentie toutefois par le sourire accueillant, par le doux accent vénitien avec lesquels elle illustre pour les visiteurs les richesses variées de la friperie. Un mur entier est occupé par une exposition de masques et de bautte de toutes les couleurs, argentés, dorés, émaillés, en carton-pâte, en satin, en bois, en velours, en fourrure, aux formes grotesquement diaboliques, délicatement floréales, mortuairement anatomiques.

Non ? Les déguisements, alors ?

Des haies de déguisements carnavalesques occupent presque toute la première pièce. Mr. Silvera secoue la tête, mais la femme qui l'accompagne ne peut renoncer à en extraire un, deux, cinq – tous masculins – et à en admirer et en commenter les amples drapés, les brandebourgs, les capuchons, les rabats, les broderies, les bouffants. Elle ne lui adresse ni paroles ni regards, mais il est clair qu'elle aimerait les lui faire tous essayer, lui faire traverser des siècles d'histoire, de la houppelande au justaucorps et à la redingote, pour l'installer finalement dans un cadre précis : quatorzième ou seizième, Moyen Age barbare ou époque romantique...

Mr. Silvera sourit, attend patiemment, continue avec les deux femmes vers l'abondant rayon des vêtements d'occasion, pénètre dans une vague odeur de blanchisserie entre de longues files superposées d'imperméables, de pardessus, de blousons, de complets droits ou croisés, entre des étagères de chemises et des présentoirs d'accessoires, de la ceinture à la cravate et au parapluie. Presque tout est de provenance américaine, et la jeune fille exhibe fièrement certaines « pièces de collection » des années cinquante, trente, et jusqu'à un grand sarrau d'ouvrier en tweed remontant au début du siècle.

Enfin, elle les guide dans un étroit local où pendent, parallèles, les vides enveloppes de cérémonie, à droite les tenues féminines multicolores, à gauche la file à dominante noire – mais il y a aussi des blancs, des écrus, des bleu nuit – des costumes masculins.

– Voilà, ici on devrait trouver quelque chose.

Tandis que les femmes, impatientes, le précèdent dans la

recherche, Mr. Silvera contemple, absorbé, le déploiement de ce bal de fantômes.

6

Madame la comtesse (c'est-à-dire Cosima) avait téléphoné quelques minutes après que Madame la princesse (c'est-à-dire moi) fut sortie, m'expliqua le portier en me tendant la clef. Et, ne me trouvant pas, elle s'était adressée directement à lui, Oreste Nava, en cette grave circonstance. Il était en effet arrivé... Mais peut-être étais-je déjà au courant de tout ?

– Non, de rien, dis-je alarmée, quelle circonstance ?

La fracture (ou tout au moins la luxation, on ne savait pas encore) d'une cheville du maître d'hôtel, qui s'était pris le pied dans un tapis, justement pendant les préparatifs du dîner de ce soir. C'est pourquoi Madame la comtesse, sachant que lui (Nava) avait déjà secouru d'autres familles dans des cas analogues, avait pensé à m'appeler pour que je le priasse vivement...

A ce point, le portier s'interrompit avec un geste de réprobation vers son aide, un garçon à l'air dégourdi mais un peu bête, lequel tardait à libérer David du sac de la friperie et des autres paquets contenant les achats.

Mais il s'interrompit sans doute aussi par modestie. Selon Cosima éperdue, à ce que je pus comprendre, j'aurais dû le supplier, intercéder pratiquement à deux genoux auprès de lui, lui promettre n'importe quoi pour que, ce soir, il vînt remplacer le malheureux Cesarino.

Il avait de toute façon suffi de mon nom pour le décider, m'assura-t-il. C'est pourquoi, maintenant – malgré son âge, ses rhumatismes et la journée de travail qui pesait déjà sur ses épaules –, il se disposait à courir chez Madame la comtesse avec son aide Luigi.

– Moi, dit ce dernier avec vivacité, je remplace un Maure, étant donné que...

Nava le fit taire d'un coup d'œil, nous pria, désolé, de l'excuser, et se mit à nous expliquer lui-même que la patronne de Cesarino employait pour ses réceptions d'apparat deux Maures qui, cependant, étant l'un éthiopien et l'autre somalien, avaient tendance à se quereller. Il avait donc semblé plus prudent, étant donné les circonstances...

Mais j'avais cessé de l'écouter, soit parce que je connaissais déjà l'affaire des Maures, soit parce que j'avais cru deviner, tout à coup, à quels supérieurs desseins devait servir le dîner de Cosima.

Il ne s'agissait pas d'amuser un quelconque gros bonnet de cette terre, président de Conseil, de République, de multinationale ou autre. Il s'agissait d'honorer dignement Mr. David Silvera, le héros vagabond de l'Imperial Tours, sous le costume récupéré du divin Ulysse.

C'était là le but d'une si large assemblée de dieux, depuis Cosima dans le rôle de la magicienne Circé jusqu'au grave dieu Nava et à son échanson Luigi... au boiteux Héphaïstos dans la peau de Cesarino... au couple querelleur de divinités africaines... à moi-même en tant qu'infortunée nymphe Calypso... et à tous les demi-dieux, toutes les demi-déesses invités ce soir.

VIII. La livrée de la maison jaquette de drap

1

La livrée de la maison – jaquette de drap amarante, gilet blanc – est un peu ample pour le jeune Luigi : les manches sont d'un bon doigt trop longues, les épaules légèrement trop larges, et le collet, qui n'adhère pas bien, s'incurve sur la nuque en un arc disgracieux.

Renfrogné, Oreste Nava examine une fois encore son assistant de pied en cap, puis tourne les yeux vers Cesarino, l'infortuné maître d'hôtel, qui est assis dans un fauteuil, face au téléviseur éteint, le pied posé sur un tabouret et enveloppé dans un bandage considérable. La chambre est basse de plafond, mais très spacieuse et meublée avec une solide, désuète élégance : gravures aux murs, tapis, et dans un beau cache-pot de bronze un luxuriant aspidistra. A côté du haut lit de fer, on a avec prévenance installé un lit de camp, de manière que le pauvre Cesarino n'ait pas de problèmes d'escalade quand il ira dormir.

Oreste Nava et Luigi sont montés ici pour la récapitulation et la vérification finales. Cesarino fait à présent un signe d'approbation :

– Cela peut aller, dit-il sans enthousiasme. Comment te sens-tu là-dedans ?

Luigi se démène dans sa livrée à la façon d'un contorsionniste de foire.

– Extra ! annonce-t-il, euphorique.

– Fais attention, tu dois bouger seulement autant qu'il est nécessaire, tu dois surtout contrôler tes gestes. Un dîner n'est pas une partie de basket-ball.

– Jamais joué au basket, réplique Luigi, faisant un bond et mimant une reprise de volée.

Les deux hommes échangent un regard mélancolique, et Oreste Nava se penche pour ramasser le plaid – très moelleux – qui des jambes de Cesarino a glissé à terre. Le majordome murmure un « merci » en équilibre entre la majesté et l'autocompassion, puis jette un coup d'œil à la pendule.

– Allez, maintenant.

– Toi, prends ce plateau, nous allons le descendre, ordonne Oreste Nava à son assistant.

Luigi, qui est en train de s'admirer dans le miroir dominant la commode, soulève l'opulent plateau qui a servi à restaurer Cesarino à cinq heures et s'avance vers la porte.

– Et prends garde à ce tapis, avertit encore le maître d'hôtel, il suffit d'un rien pour trébucher.

A la cuisine, le chef et ses aides se déplacent comme des chirurgiens en salle d'opération, et sursautent, indignés, quand Luigi dépose brusquement le plateau sur le mortier de pierre, l'unique emplacement libre. Mais ils restent cois. Voici, entrant en hâte, la maîtresse de maison, qui se met à s'entretenir à voix basse avec le cuisinier, et Oreste Nava remarque que la déférence de ce dernier n'est point servile : elle indique un respect professionnel, celui d'une personne compétente pour une personne compétente. Du reste, la dame est une perfectionniste à l'œil aigu, de celles qui vous rompent un peu la tête, mais savent apprécier. Rien ne lui échappe et, quand elle se retourne pour examiner Luigi, il lui suffit de deux secondes pour s'apercevoir de tout ce qu'il y a d'insatisfaisant dans le jeune homme et dans sa tenue.

Même si elle conclut, avec un chaleureux sourire d'encouragement :

– Très bien. Magnifique. Parfait.

Une belle femme, déjà habillée et maquillée, mais encore sans bijoux. Une belle peau, de splendides épaules nues. Et le blanc lui sied, rien à redire là-dessus. Elle parcourt, rapide, l'enfilade des grands et des petits salons vers la salle à manger, pour une ultime inspection, et Luigi, en la suivant, exagère voluptueusement son déhanchement.

Oreste Nava essaie de se rappeler si, à cet âge, lui non plus n'avait rien d'autre en tête, si un beau séant lui semblait à lui aussi le suprême aboutissement de la Genèse. Il est sûr, en tout cas, de n'avoir pas été un bouffon.

Il assène discrètement une bourrade dans les côtes du pitre insolent, et pense : un pitre et un Maure, que Dieu nous vienne en aide.

2

Il y a, à Venise, deux autres maîtresses de maison qui disputent à Cosima la suprématie mondaine. C'est-à-dire qu'à leur modeste niveau, et avec les instruments artisanaux du déjeuner et du dîner, du cocktail et du bal, toutes trois cherchent la solution d'un problème face auquel pâlissent les sociologues les plus aguerris, s'affolent les ordinateurs les plus élaborés : établir qui *compte* vraiment, et qui ne *compte* pas, dans le monde fluide d'aujourd'hui.

Une des trois (la plus endurcie, la plus pathétique) opère avec opiniâtreté dans la traditionnelle sphère nobiliaire européenne, se concentrant sur les ultimes souverains en activité, les monarques dépossédés, oubliés, supposés morts depuis des années, les princes du sang épars, les héritiers problématiques d'empires disparus. Un « cercle » que les autres appellent « archéologique » ou « sépulcral », en précisant que le siège approprié à ces réunions serait à la rigueur l'île de San Michele avec son cimetière.

Une certaine envie n'est naturellement pas absente de ces sarcasmes. Objet d'envie et de sarcasme, cependant, la seconde (la plus agressive, la plus hilare) l'est aussi, qui pourchasse, elle, effrontément et sans discrimination, l'actualité internationale, encore que sous des prétextes plus ou moins liés à la culture : le grand violoncelliste russe, mais aussi, pourquoi pas, la rock star déchaînée ; le très éminent spécialiste de l'art inca, mais aussi (Pas possible !) le très bel acteur anglais adoré par trois milliards de téléspectatrices. En d'autres termes des chiens et des porcs, sifflent les deux autres. D'autant plus dévorées de curiosité que ces personnages sont plus populaires, vulgaires, infréquentables.

Le Sang. La Notoriété. Et enfin le Pouvoir, que Cosima (la plus orgueilleuse, la plus égarée) associe, comme le pain au beurre, au titre de président : de parti ou de Conseil, de multinationale ou de banque, de fondation ou d'association, de firme mondiale ou d'institut intercontinental. C'est un titre qui, en soi, la fascine, un mot qu'elle prononce avec une traînante sensualité : Président… Président…

Elle-même est, ou a été, présidente d'une demi-douzaine de comités de bienfaisance, d'intervention, de secours, autant de vieux passe-partout pour ouvrir les portes du pouvoir. Mais les temps sont de plus en plus incertains, les hiérarchies de plus en plus instables, il n'est pas rare que les portes s'avèrent fictives, ou donnent sur un cagibi poussiéreux, sur un bourbier, sur le vide : le pouvoir n'est plus là, peut-être n'y a-t-il jamais été.

Continuellement, douloureusement désorientée, Cosima recommence à zéro, avec un autre président, étouffant à chaque fois la voix qui lui murmure : et si les rênes du véritable pouvoir passaient entre les mains du vice-président ? Ajoutez qu'il y a encore des présidents honoraires, peut-être mis au rancart ou peut-être, au contraire, toujours très influents. Des ex-présidents, dont certains conservent le droit au titre et d'autres non. De futurs présidents, des présidents par intérim, des présidents de fait, des présidents fantômes, des crypto-présidents…

Pour ne pas se tromper, Cosima donne un dîner en l'honneur de chacun, dans sa demeure classicisante, de style Renaissance tardif, sur la Sacca della Misericordia, choisissant avec soin les hôtes qui l'entoureront : les femmes, belles, ou intéressantes, ou spirituelles, ou aristocratiques ; les hommes, importants, mais pas trop, intelligents, mais avec mesure, brillants, mais jusqu'à un certain point. Plus que des dîners, dit Raimondo, ce sont en réalité des monuments, où les invités tiennent le rôle des statues allégoriques autour du socle sur lequel se dresse, solitaire et marmoréen, le Président.

– Mais président de quoi ? murmurai-je à Raimondo qui était venu à notre rencontre, les mains tendues, entre les demi-colonnes de l'antichambre.

A défaut d'un mari ou d'un amant affermi par l'usage, c'était lui, en tant que cousin de Cosima, qui accueillait les hôtes.

– Que disais-tu ? pardon ?

Il se tourna distraitement vers moi, me prit, complice, par un bras.

– Le président.

– Ah, oui, d'une quelconque année de… Je ne sais pas bien. Mais dis-moi…

Tout en me guidant en direction du vestibule, il fit un signe du menton vers David qui contournait une colonne quelques pas plus loin, baissa la voix, et alla jusqu'à fermer les yeux pour murmurer :

– Éblouissant, ton juif.

– A qui le dis-tu !

– Pour l'âge, ce n'est pas mon genre, mais je te jure qu'il ne m'en faudrait pas beaucoup…

– Raimondo, je t'en prie !

– Sais-tu que je n'ai rien réussi à apprendre sur lui, de mes espions ? Où l'as-tu trouvé, qui est-il ?

– Ah, fis-je, du mieux que je pus.

L'imitation se perdit de toute façon, car il y avait déjà dans le vestibule un groupe d'autres statues allégoriques occupées à se libérer de pardessus et de manteaux de fourrure, et nous nous trouvâmes absorbés dans une dense imbrication de sourires, de coups d'œil, de courbettes, de présentations. Je connaissais certains, d'autres non. Sur une console authentiquement vénitienne, surmontée du portrait d'une aïeule authentiquement Médicis de Cosima, je remarquai la précieuse plaque ciselée marquant les places, dentelle d'ivoire ajouré et historié dans laquelle, autour d'un rectangle figurant la table, étaient insérés de petits cartons portant les noms des hôtes afin de leur faire connaître à l'avance où ils finiraient et auprès de qui. J'allai jeter un coup d'œil.

Au centre, Cosima et Raimondo face à face, bien sûr. Et, bien sûr, le Président à droite de Cosima. A sa gauche, un vice-président (?) chinois, Mr. Wang Weimo. Puis il y avait moi, avec à ma gauche un M. Untel. J'aurais David presque en vis-à-vis, à côté de Mme Wang.

Je revins à la charge auprès de Raimondo.

– Mais quel genre de président ? De ceux qui donnent de l'argent ou de ceux qui en demandent ?

– Franchement, je ne sais pas. Il est président d'une année qu'on prépare, une autre de ces années internationales : l'année du Cardiaque, l'année de l'Oncle, l'année de la Vache laitière, tu vois, n'est-ce pas ?... Cosima aspire à la présidence pour l'Italie, je présume.

– Je comprends. Mais elle, où a-t-elle disparu ?

– Elle est déjà en train de travailler le Président, elle lui fait visiter les dessous du palazzo.

– Et il n'existe pas de Présidente ?

– Elle existe, mais il semble que ce soit le genre à rester à la maison pour allaiter les Petits Présidents. Viens, allons boire quelque chose.

Dans le petit salon aux stucs, David s'était mis à parler avec une belle femme inconnue de moi, qui riait beaucoup, trop.

Et c'était lui, légèrement incliné en avant, qui la faisait rire.

Et c'était moi qui l'avais amené ici et qui le partageais avec les chiens et les porcs, au lieu de le garder tout entier à moi dans notre île hôtelière.

L'année de l'Idiote internationale.

Et, tandis que Raimondo me trompait lui aussi avec un monsieur à la très sérieuse barbe grise et portant la rosette de la Légion d'honneur à la boutonnière, tandis que sa nièce Ida faisait marche sur moi avec l'évidente intention de me refiler la femme du Chinois, délicieuse mais certainement ne-parlant-rien-hormis-le-chinois, Cosima fit sa dramatique apparition : mise en état d'arrestation par le Président.

Celui-ci, un gros homme à la pilosité roussâtre, à la peau lentigineuse, lui avait mis familièrement une grosse main autour du cou et la poussait vers le commissariat le plus proche. Un débonnaire. Un jovial.

Elle, de sous ce bras, nous faucha tous d'un regard de défi qui disait : à un président, tout est permis, et le premier qui hasardera un sourire, si infime qu'il soit, sera inscrit à jamais sur ma liste noire. Peut-être fut-ce un hasard (ou peut-être non ?) si son regard eut le temps de cueillir sur les lèvres de Mr. Silvera ce fameux très mince sourire en brin d'herbe.

Un début peu prometteur.

3

Mr. Silvera sait déjà qu'il s'est fait un ami et une ennemie, un admirateur et une contemptrice. L'ami et admirateur est ce Raimondo, qui est à présent assis à côté de lui sur un divan de couleur pâle, en attendant le dîner, et se renseigne sur son habillement avec de liquides murmures d'émerveillement. Il semble transporté, surtout, par la chemise de soirée, qui s'orne d'un vaporeux jabot de style dix-neuvième en même temps que d'un col étroit maintenu par deux petits boutons sur les pointes. C'est une chemise américaine d'il y a plus de vingt ans, explique Mr. Silvera, portant l'étiquette des Brooks Brothers, trouvée à la Lista di Spagna cet après-midi même.

– Non, mais elle est divine, fait l'autre, effleurant de ses doigts le jabot. Et quelle idée pro-di-gieuse d'aller dans une friperie, les choses neuves sont toujours é-pou-van-tables. Une fois, à Saint-Moritz, on m'avait invité à...

Suit le récit d'une circonstance où Raimondo semble avoir fait une figure douloureusement ridicule, mais Mr. Silvera n'est pas dupe de la volubilité mondaine et de l'ostentation d'homosexualité de son interlocuteur. Il sait que sa motivation réelle est généreuse, protectrice. Raimondo a vu, il y a un instant, la maîtresse de maison toiser avec suspicion Mr. Silvera, prendre acte de la singulière chemise, relever la presque imperceptible différence de nuance entre la veste, d'un bleu si nocturne qu'il semble noir, et le pantalon, d'un noir classique. Et il a entendu la maîtresse de maison soumettre Mr. Silvera à un interrogatoire bref, acidulé.

Parent avec les Silvera de São Paulo au Brésil, ceux qui...

Non, non.

De passage à Venise ?

Oui, pour quelques jours.

Tourisme ? Travail ?

Travail, travail.

Dans les antiquités lui aussi ?

Non, non. Agence de voyages. Imperial Tours.

Ah, pour la semaine « Tourisme et Informatique » qui s'ouvre après-demain à la Fondation Cini, présidée par... ?

Non, non.

Mais Mr. Silvera doit représenter l'Imperial Tours au

sommet de Trieste ? En est-il par hasard le président ? le vice-président ?

Non, non, Mr. Silvera est simplement un accompagnateur, un guide, en somme un de ceux qui conduisent les groupes voir le Rialto et le pont des Soupirs.

Raimondo a entendu la maîtresse de maison émettre un rire hautement affecté, il a lu dans ses yeux le dilemme : plaisanterie-nullement-spirituelle ou vérité-à-s'évanouir-immédiatement ? Il l'a vue se reprendre, tourner brusquement le dos à Mr. Silvera, le laissant choir comme une persona de toute façon non grata, que jamais, au grand jamais son amie romaine n'aurait dû seulement rêver d'amener dans sa maison, et de surcroît à un dîner de cette importance.

C'est alors que Raimondo a pris soin de Mr. Silvera, lui a tendu une main solidaire, amie, sous les espèces d'un vide papotage. Non que Mr. Silvera en ait besoin, il ne se sent pas le moins du monde mal à l'aise parmi ce qui est pour lui, pratiquement, fondamentalement, un « groupe » comme n'importe quel autre. Mais il apprécie l'intention, il est reconnaissant du petit geste.

Maintenant, le bon samaritain prend une amande sur le plateau que lui tend un domestique noir en livrée amarante, grignote en minaudant, approche la tête de celle de Mr. Silvera et lui murmure une autre anecdote, cette fois sur la maîtresse de maison : qui tenait tant à l'idée d'avoir deux domestiques de couleur – deux Maures comme on en employait dans les anciennes maisons vénitiennes –, et à qui un de ses comités contre la faim dans le monde avait finalement procuré deux Africains très décoratifs, mais malheureusement de deux ethnies différentes, celle des Éthiopiens shoanes et celle des Somaliens mijourtains, ennemies mortelles depuis des siècles ; en sorte qu'ils ne pouvaient être employés ensemble, faisant de terribles dégâts.

Mr. Silvera rit autant qu'il est nécessaire à ce qui semble le commérage d'une mauvaise langue dans le dos de la maîtresse de maison, et qui est au contraire un signe de reconnaissance entre semblables, entre connaisseurs sages et désenchantés des faiblesses humaines. Et, pour faire comprendre qu'il a compris, il glisse avec légèreté de la perfidie à l'indulgence, observe que le désir d'avoir de part et d'autre d'une porte deux Maures de chair et d'os plutôt que de bois ou de céramique est, au fond, un symptôme de fraîcheur, de sympathique ingénuité, un caprice de fillette qui prend soin méticuleusement de sa maison de poupées.

Les yeux de l'autre étincellent de gratitude. Mais tout à fait, mais tout à fait ! Cosima ne le sait pas, mais son plus grand charme réside précisément en cela. C'est une femme qui se croit pratique, réaliste, astucieuse, dure, et qui vit au contraire dans une fable perpétuelle, dans un monde peuplé de figures allégoriques, la Faim, l'Espoir, la Fraternité, l'Épidémie, le Capital, le Développement. Une femme simple, secrètement timide, démunie, qui, à l'aide de ces abstractions, se protège du choc avec les Réalités de la Vie.

Le passage à la psychologie est accompli, toute venimeuse vapeur de commérage dissipée. Et, quand l'objet de la conversation fait de loin un signe d'appel vers Raimondo, celui-ci se lève en murmurant avec bienveillance :

– Avec Cosima, il faut toujours se costumer, en un certain sens, sinon elle ne comprend pas, elle n'apprécie pas, elle ne s'amuse pas.

Et, à voix encore plus basse, effleurant à nouveau le jabot, il ajoute :

– Vous, n'auriez-vous pas quelque vêtement allégorique à vous mettre ?

Mr. Silvera hoche la tête, souriant lui aussi :

– Plus d'un, dit-il. Plus d'un.

4

Les commensaux viennent de prendre place autour de l'ovale allongé de la table et Oreste Nava, dressé entre deux consoles, sévère dans son frac, les domine comme un chef d'orchestre. Ce qu'il voit le satisfait, lui plaît.

Sur l'immense nappe, qui, outre le blason familial aux deux extrémités, montre la coquetterie de quelques petites reprises, resplendissent les cristaux et l'argenterie, les fleurs et les porcelaines, et la lumière des vingt-quatre bougies rend éclatants les plastrons immaculés des messieurs, les yeux des dames, leurs ongles laqués, leurs inestimables bijoux. C'est une vision d'harmonie et de magnificence, à laquelle contribuent à l'arrière-plan, sur les murs, six grandes toiles débordantes de fleurs, de feuillages, d'animaux des bois, de poissons, de mollusques, de fruits. Au-dessus, des stucs crémeux, des bois rougeoyants et dorés referment délicatement ce noble coffret, tandis que les mosaïques du sol encadrent un tapis de proportions imposantes, qui garde toutefois un air de soumise, passive utilité.

C'est le tapis sur lequel Cesarino a trébuché, et Oreste Nava en parcourt des yeux le périmètre à la recherche de plis éventuels ou de sournois bombements. Traître tapis, et cependant propice car, sans lui, Oreste Nava ne serait pas ici, spectateur et acteur de cette belle cérémonie. De chaque côté du paravent qui dissimule le corridor de service, le jeune Luigi et le jeune Issà se tiennent prêts à répondre à son signal, le Maure plus dégagé, Luigi plus tendu et bombant davantage le torse. Oreste Nava pense que, ainsi qu'il arrive aux fanfarons, le garçon est enfin intimidé, sinon épouvanté, par la solennité du moment ; mais il doit réviser son opinion quand leurs regards se croisent et que le pitre se raidit encore davantage, serre les mâchoires, tire les épaules en arrière, gonfle la poitrine, dans une pose grossièrement caricaturale. Aucun sérieux, jamais. Aucune conscience.

Oreste Nava, impuissant, le foudroie du regard ; mais quand bien même il serait possible de lui adresser la parole, que saurait-il lui dire, pratiquement ? Qu'il convient d'avoir un peu plus de respect, autrement dit ce que rabâchent les vieux grincheux, les vieux enquiquineurs, s'exposant à la riposte immédiate : quel respect, pour qui, pour quoi ?

Impuissant, Oreste Nava cesse ces arguties : un dîner doit être parfaitement réussi, un point c'est tout, et tous ceux qui y participent doivent collaborer à la perfection artistique de l'ensemble.

C'est à ce moment qu'advient le sacrilège, mais il n'cst perpétré ni par le pauvre Luigi, ni par le négrillon. Le coup est porté par le Président au poil roux (ne jamais se fier à un roux !), qui finit de dire quelque chose à la maîtresse de maison, adresse brièvement la parole à sa voisine de droite, puis dédie son attention à la tasse de consommé ambré qu'il a sur son assiette. Il hésite un moment. Où est la cuiller ?

Oreste Nava frémit ; s'il le pouvait, il se couvrirait les yeux avec la main. Parce que, de fait, le Président la trouve, la cuiller, l'empoigne, content, la plonge, la porte à sa bouche. Mais c'est une délicate, exquise, minuscule petite cuiller de vermeil ! Une cuiller purement ornementale ! La cuiller à dessert, qui ne devrait jamais être utilisée même pour le dessert !

Oreste Nava voit la maîtresse de maison s'affaisser un instant sous le choc, puis redresser les épaules et la tête, bomber le torse comme Luigi et faire courir le long de l'ovale de la table un regard impérieux. Et au fur et à mesure les invités, qui par amitié, qui par obéissance, qui par amusement, commencent à prendre eux aussi la cuiller de vermeil et à la plonger dans le consommé, l'un après l'autre. Une grande épreuve de force, une preuve de grand tact.

Ayant imposé son jeu, la maîtresse de maison boit une

gorgée d'eau et laisse sa tasse intacte, choisissant pour sa part la voie du compromis, ou plutôt du privilège indiscutable.

Mais non ! Quelqu'un ne la suit pas, quelqu'un tient bon !...

Paralysé dans son frac, prisonnier du silence, Oreste Nava n'a jamais autant désiré que la télépathie fonctionnât plus ou moins comme le téléphone. Car, sans nul doute, l'épais Luigi laissera échapper la grande leçon offerte par Mr. David Silvera, qui à ce moment soulève comme il se doit la tasse par ses deux anses et la porte à ses lèvres, à peine entrouvertes pour boire, mais qui en même temps semblent dessiner un très subtil sourire.

5

Je ne sais si ce fut précisément la Bataille du Consommé qui changea le cours de la soirée. Je n'assistai qu'à la moitié, pour ainsi dire, du duel, car de ma place je pouvais voir David, mais non Cosima. Raimondo, toutefois, me servait de rétroviseur, et le coup d'œil qu'il me jeta entre deux cuillerées pour lui obligatoires fut de pure jubilation : j'en déduisis la fureur de la maîtresse de maison, redoublée au bout de trois secondes par la défection de la Chinoise, qui, assise à gauche de David, rejoignit en toute innocence le camp du rebelle.

Juste punition d'un mauvais tour joué avec désinvolture tant à moi qu'à mon cavalier. Places-tu à côté de lui l'invitée la plus difficile et la plus désespérante, qui balbutie en tout et pour tout quelques « yes » et quelques « sorry »? Lui, aussitôt, en fait une alliée.

Mais, connaissant les femmes, je me demande si, ainsi contrariée, battue, Cosima n'a pas dès ce moment commencé à réévaluer le misérable employé de tourisme habillé de friperie, à le voir émerger des halos mouvants des bougies comme un très élégant, très beau, très fascinant Président du Mystère. A le voir, en somme, comme je le voyais moi-même.

Ou plutôt, comme je l'avais vu superficiellement il y avait longtemps, des siècles et des pyramides de temps. Car maintenant, entre David et moi, il y avait bien plus que l'intimité de deux amants, il y avait ce quelque chose, cette compénétration totale qui...

Je le regardais avec un fier et tendre sentiment de possession, qu'un tremblement de flamme suffisait à mettre en question. Quelle possession ? Quelle compénétration ? De Mr. Silvera, je continuais à ne savoir quasiment rien ; entre nous, tout pouvait être fini demain, après-demain, et nos pyramides n'étaient ni plus grandes ni plus éternelles qu'une goutte d'eau.

Je tombais dans la plus sombre amertume, dans la plus étouffante angoisse, pour ensuite me demander à nouveau : pourquoi ? Pourquoi avais-je accepté et continuais-je d'accepter l'idée qu'il n'y eût rien à faire ? Je m'étais arrêtée trop vite, je m'étais résignée à la séparation, à l'adieu-pour-toujours, sans que lui m'eût donné une seule bonne raison, ou tout au moins une excuse convenable. Quelques « ah » jetés comme de la fumée dans les yeux, quelques phrases obliques et en zigzag comme le trajet de la ligne 1 lui avaient suffi pour me fermer la bouche.

Mais le Président avait, depuis un bon moment, rondement ouvert la sienne, et le moteur Diesel pâteux, régulier, bien lubrifié que mon ouïe tentait en vain d'ignorer était sa voix.

Ces dîners de Cosima se passaient un peu comme des conseils d'administration, dans lesquels le président était mis en mesure de parler au début, au milieu et à la fin, c'est-à-dire aidé à développer ses arguments et soutenu au fur et à mesure par les commentaires et les appréciations adéquats, alors que les éventuels foyers de conversation autonomes qui pouvaient naître autour de la table étaient éteints sans pitié. Les pauvres conseillers devaient se mettre en tête que ce qui leur incombait était la variation, le développement sur le thème présidentiel, et rien de plus.

Et le thème du Président Diesel était (surprise ! surprise !) Venise, ou plus exactement son fameux carnaval, qui vers la fin du dix-huitième siècle et de la République durait six mois : une ville entière qui la moitié de l'année chantait et dansait sur les campi et les campielli, jour et nuit, dans une fatale fièvre de dissolution. Ainsi allait pontifiant le brave homme dans un palazzo vénitien ; c'était le genre de causeur qui explique à Homère la guerre de Troie.

– La douceur de vivre, dit, rêveuse, la femme placée à la droite de David, celle qui riait trop.

– Le rêve de tout adjoint municipal au tourisme, dit suavement Raimondo.

– Mais aussi une belle fatigue, dis-je lugubrement, et surtout un grand supplice pour ceux qui n'en avaient pas envie, j'imagine.

L'idée de se trouver six mois de suite au milieu d'une foule de masques joyeux me semblait une torture digne d'un cercle dantesque.

– Mais pour qui n'en avait pas envie, dit David, s'adressant non pas à moi, mais à la maîtresse de maison, il existait une échappatoire élégante : il lui suffisait de glisser une carte à jouer dans son chapeau, et les masques le laissaient en paix.

– Très intéressant, dit le Diesel, très, très civilisé. Cela montre comment le pragmatisme démocratique des Vénitiens était...

Je vis David sur le pont du Rialto, un valet de cœur dans son tricorne, qui se frayait un chemin (mais sans toucher personne) entre les squelettes, les arlequins, les singes, les pachas, les colombines. Où allait-il ? Comment s'y trouvait-il, dans le dix-huitième siècle ?

Je le regardai pour recevoir au moins un regard, sinon un clin d'œil, mais il s'était déjà remis à parler avec sa voisine de droite, qui riait plus que jamais, tout animée, toute frétillante des cheveux jusqu'au bout des seins.

Peut-être ne l'amusais-je plus, s'était-il déjà fatigué de moi.

Je songeai à un de mes amis, un antiquaire de Paris, auquel, avec chaque femme nouvelle, il suffisait d'une nuit, parfois de la moitié d'un après-midi, pour éprouver un ennui lancinant, la lassitude absolue, métaphysique, suicidaire. Dès l'acte achevé, m'avait-il confié, il se penchait au bord du lit et, à la place de la moquette, voyait le vide cosmique, le gouffre. Et Lord Byron. Et D'Annunzio. Voilà ce qu'il faisait dans le vingtième siècle, David Casanova. Un rapide visiteur de corps féminins, un touriste de femmes. Non pas vulgaire, certes, ni brutal, machiste, ou bon vivant jouisseur (mais ceux-là non plus ne l'étaient pas). Doux, et délicat, et irrésistible, avec ce sourire chargé de mélancolie et de résignation – le genre de sourire qui aurait fait tomber de son Assomption la Vierge elle-même, se jetant tête première du haut des nuées de Titien. A ceci près que la résignation était destinée à mon usage personnel, un petit programme, un avertissement : prends garde, trésor, je me fatigue tout de suite, tu devras te résigner.

– C'était indubitablement une des églises les plus suggestives de Venise. Démolie, rasée, il n'en est resté qu'une ruine, là derrière, sur le canal dei Servi, disait avec sentiment mon voisin de gauche.

– Mais c'est terrible ! répondais-je avec autant de sentiment.

Quelle église ? Celle des Frari, où se trouvait l'*Assomption* ? Et quand, pourquoi ? Je n'avais pas suivi, cela m'était complètement égal. C'était moi qui étais démolie, rasée.

Je mangeais comme on donne la becquée à quelqu'un d'autre, à un malade, indifférente au plat « historique » que le petit carton du menu annonçait dans son cadre doré : PAON REVÊTU, FARCI DE GRIVES ET GARNI DE MACARONI A LA MURATORA. Aux dîners de Cosima, il y avait toujours quelque touche de philologie gastronomique, chaque fois différente, pêchée dans d'anciens livres de cuisine vénitienne. (Le livre était, dans ce cas, celui de Bartolomeo Scappi, et le paon –

fort coriace – était « revêtu » au sens où on lui avait remis sa queue, tandis que les « macaroni » étaient une sorte de gnocchi à la piémontaise.) Et il y avait aussi toujours, comme à ce moment, une copieuse garniture de questions émanant de profanes, avec explications de philologues et de gastronomes, considérations historiques sur les entrepôts et le commerce du safran, du gingembre, du coriandre, sur la route des épices, sur les caravelles et les caraques, Magadazo (ou Mogadiscio), Calicut, les Moluques, look, look, Mr. Silvera…

Je l'avais fatigué avec *mon* menu historique, Mr. Silvera. Voilà pourquoi, maintenant, il était tout incliné vers la gauche, tentant de faire rire aussi (Dieu sait comment, par des grimaces, par des gestes) la petite Chinoise monoglotte. Mais, au moins, celle-là ne pouvait pas lui faire « une tête comme ça » sur Pordenone et Santo Stefano, elle ne l'obligerait pas à s'intéresser des heures à une collection de croûtes, elle ne le forcerait pas à se promener dans le chazèr parmi les rabbins, les marranes et les prêteurs.

Dans une petite flaque de silence tomba distinctement le mot « ghosts ».

Des fantômes ? Qui parlait de fantômes ?

– Mais non, expliquait Raimondo, des esprits dans le sens de « beaux esprits », de wits, qui se réunissaient là pour d'aimables conversations.

Encore Venise, ou plus exactement le Casino degli Spiriti, une construction carrée qui s'entrevoyait des fenêtres d'un des salons de Cosima, là-bas, entre les arbres d'un grand jardin à l'abandon.

– Pas de fantômes, disait quelqu'un. Dommage.

– Dommage, vraiment, disait la voisine caucasienne de David en joignant des mains exubérantes de bagues. Imaginez, dîner avec les fantômes de Bembo ou de Caterina Cornaro ! Cela, oui, ç'auraient été des conversations !

Et cela, oui, c'était une gaffe. Dans mon rétroviseur

(Raimondo), je vis se réfléchir le courroux de Cosima, apaisé par l'intervention de David.

– Je ne crois pas qu'elles étaient tellement amusantes, c'était un jeu plutôt élaboré, formel, non exempt de pédantisme, un peu comme les bals de l'époque...

– Mais l'Arétin y venait aussi, précisa quelqu'un, et avec Bembo y venaient également Titien, Sansovino...

– Des gens exceptionnels, conclut, admiratif, le Diesel ; ce devaient être des « raisonnements » du plus haut niveau.

Du plus haut niveau ? Mais si, conformément aux rumeurs recueillies par Vasari, ç'avaient été justement ces trois-là qui s'étaient débarrassés de Pordenone ! Et peut-être était-ce justement là, dans ce Casino caché par l'épaisseur des arbres, qu'avait été discuté et ourdi le plan, apporté le poison, convoqué le sicaire... Je vis David se détacher de l'ombre d'un gigantesque platane, se glisser prestement à l'intérieur par une petite porte latérale. Que faisait-il là, dans le seizième siècle ? Je vis le chenu, catarrheux Titien lui confier une fiole, que David faisait disparaître dans une poche. Je vis l'Arétin lui tendre, avec un ricanement, une bourse de velours pleine de pièces d'argent fausses. Un tableau, une obscure, grande croûte de deux mètres sur trois dénichée par Palmarin dans une villa de Ferrare, et qu'à présent la Federhen s'apprêtait à exporter en Afrique du Sud ou en Amérique latine ; il y avait des autruches, des cruches et des fruits sur la table à l'arrière-plan, Sansovino et Bembo passaient la tête derrière une tenture damassée, un dalmatien dormait dans un angle.

– Avant Napoléon, naturellement, dit une voix au bout de la table. Du seizième au dix-neuvième.

L'église démolie, rasée, avait Dieu sait comment resurgi et retombait maintenant sur la nappe blasonnée avec d'autres ruines causées par l'arrivée des Français et la fermeture des couvents, la confiscation des biens ecclésiastiques, la suppression des ordres religieux. Santa Maria dei Servi était seulement un exemple parmi tant d'autres. Des palazzi entiers avaient disparu, d'entières collections d'art avaient été vendues, dispersées.

– Mais au ghetto, pourtant..., commençai-je à dire, pensant à la danse joyeuse des rabbins.

Je m'interrompis, j'étais sans voix, l'armée d'Italie me l'avait confisquée. Tandis que je buvais une gorgée d'eau et que le Président se mettait à parler de guerre et de paix, d'Amérique, de Russie, de tiers monde, je perçus un petit bruit subtil, une sorte de pépiement prolongé qui enveloppait le rythme solennel de son Diesel.

C'était la petite Chinoise qui riait : David Casanova avait réussi, et la vérité était qu'une fois encore je n'avais rien compris de lui. Entre tant d'hypothèses et d'idées fantastiques, je n'avais pas même pris en considération la plus simple. Des pyramides, allons donc ! C'était un papillon – incroyablement efficace – qui voltigeait avec rapidité ici et là, butinait prestement la première fleur qu'il rencontrait, passait à une autre, butinait encore, non moins preste, passait à une autre, butinait...

– Napoléon la détestait, confiai-je à mon voisin de droite. Mais c'était une femme qui savait obtenir ce qu'elle voulait.

– Qui, excusez-moi ? fit-il, resté peut-être au seizième siècle ou ayant déjà rebondi dans le vingtième.

– Mme de Staël.

– Ah, oui, certes, une femme exceptionnelle. Jusqu'au duc de Wellington, qui était tout de même le duc de Wellington...

Voilà. Celle-là ne se laissait butiner par personne, elle avait su garder captif pendant des années son Benjamin Constant (qui était tout de même Benjamin Constant), bien que lui ne songeât à rien d'autre qu'à filer. Sans tant de scrupules, avec des hurlements, des pleurs, des scènes, des chantages, des évanouissements, se fichant éperdument de toutes les belles fables sur la délicatesse, la pudeur, le fair play, le tact, le style. Une mégère ? Une harengère ? En tout cas, pendant ce temps, son Benjamin Silvera – toujours nécessaire, jamais suffisant – était toujours là, à portée de sa main.

Je vis David qui me faisait respirer un flacon de sels après une crise d'hystérie. Il avait le visage tout griffé par mes ongles, le jabot en lambeaux, et il me murmurait de rester calme, qu'il ne partirait plus, ni demain ni jamais…

Le pépiement s'était fait plus aigu, il tintait le long de la table comme un concert de verres de cristal. Quelle sorte de rire était-ce ? Libre et irrépressible, pour une oreille chinoise ? Ou du genre mi-scandalisé mi-amusé ? Ou peut-être du genre malicieux-galant ? Il n'y avait pas moyen de le comprendre, il fallait connaître le Cathay, avec ses us et ses coutumes. Je fis reculer David dans le treizième siècle, vêtu comme Marco Polo et trompé par l'illusion d'avoir définitivement conquis la Mandarine avec ses grimaces, alors que ce rire était le signe de sa disgrâce, voire de sa condamnation à mort : crac, décapité.

Les yeux brillants, excités, la Mandarine s'adressa à son mari, assis à la gauche de Cosima. Entre les conjoints coururent de rapides syllabes, d'autres pépiements enthousiastes, puis David leur confia gaiement à tous deux :

靜女其姝
俟我於城隅
愛而不見
搔首踟躕[1]

J'entendis la voix abasourdie de Cosima :

– Mais vous connaissez le chinois ?

– Ah, fit Mr. Silvera.

Ah non ! me dis-je à moi-même. Ah non !

1. C'est-à-dire : « Ch'ing nü ch'i shu, szû ê yu ch'eng yü. Ai êhr pu chien. Sao shou, chih p'ieh. » (*N. de l'A.*)

6

Oreste Nava considère sans passion la faute dont il vient de se souiller. La saucière à la main, il s'est trouvé derrière la dame rieuse assise à la droite de Mr. Silvera au moment précis où ce dernier concluait son petit discours en chinois. Du vrai chinois, non le pidgin dont Oreste Nava garde quelques souvenirs de ses lointaines années à Singapour.

Immédiatement, la maîtresse de maison a voulu savoir de quoi il s'agissait. D'une poésie, ou plutôt d'une petite chanson du *Shcu King* – a cxpliqué en anglais M. Wang – dont Mme Wang ne se rappelait pas les paroles et que son honorable voisin a eu l'amabilité de réciter. Comme ses honorables commensaux le savaient, a ajouté M. Wang, le *Sheu King*, ou *Livre des odes*, était un recueil de très anciennes poésies chinoises rassemblées par Confucius lui-même, il y avait deux mille cinq cents ans.

Le renseignement a visiblement impressionné la maîtresse de maison et tous les présents, et la demande faite à Mr. Silvera d'une immédiate traduction italienne a étendu sur la table une nappe de silence, d'attente palpitante. C'eût été une sérieuse incorrection, un grave manque de tact que d'intervenir à ce moment avec une saucière, fût-elle d'argent très ciselé.

Mais Oreste Nava sait fort bien que ce sont là des excuses indignes de lui, des justifications a posteriori bonnes tout au plus pour un jeunot comme Luigi. Il sait fort bien qu'il a manqué à ses idéaux d'efficacité et d'imperturbabilité, qu'il est resté là, pétrifié, la saucière à la main et la lèvre pendante, oublieux du devoir, du service, de l'uniforme, attentif seulement à ne pas perdre un mot de la traduction, que ses souvenirs d'Extrême-Orient lui ont fait automatiquement aligner de haut en bas et de droite à gauche, comme se lit le chinois :

14. Gratte	10. Aime	5. Attends	1. Oublieuse
15. Tête	11. Mais	6. Je	2. Dame
16. Incertain	12. Ne	7. Près	3. Ta
17. Reste	13. Vois	8. Bastions	4. Beauté
		9. Angle.	

Ch'ing nü, essaient-ils tous de prononcer, enthousiastes, ch'ing nü, oublieuse dame, qui a oublié le rendez-vous. Et lui, le pauvret, qui est là à se gratter la tête. Ch'ing nü : un joyau, un enchantement, un chef-d'œuvre !

Oreste Nava connaît bien ces débordements hyperboliques, mais la poésie lui a paru belle à lui aussi, une poésie simple, fraîche, gentille. Une poésie d'amour, que peut apprécier même le jeune Luigi, ou plutôt surtout le jeune Luigi. Et, la saucière toujours à la main, il s'est perdu dans une réflexion sur la vérité suivante, incroyable : il y a deux mille cinq cents ans, ou bel et bien trois mille ans, l'amour était déjà tel qu'il est aujourd'hui, plus ou moins. Mêmes situations, mêmes sentiments...

A ce moment, ses yeux qui divaguaient vers l'angle des bastions ont rencontré ceux de la maîtresse de maison, comme déjà d'innombrables fois au cours du dîner, en un dense échange de signaux muets. Pris en faute, le coupable s'est réveillé mortifié. Mais le regard de la maîtresse de maison ne contenait pas le moindre reproche, il a glissé sur lui avec une indulgence infinie, une compréhension illimitée, pour se poser ensuite, extatique, sur Mr. Silvera (qui a refusé la sauce, comme du reste sa voisine).

Une grande chose que la sagesse orientale, se dit à présent Oreste Nava, tandis que la maîtresse de maison révèle à Mr. Silvera qu'elle a toujours énormément admiré, et même sporadiquement pratiqué les philosophies chinoise, japonaise, tibétaine et indienne.

– Ce sont des civilisations très intéressantes, déclare le Président de la Cuiller. Très, très intéressantes, que nous autres Occidentaux...

Mais ses considérations n'ont pas de public : sa cotation est désormais clairement en baisse, Oreste Nava l'a vue décliner peu à peu, depuis le consommé. Ce n'est pas à lui que la maîtresse de maison s'adresse pour exprimer ses affinités avec Confucius et Bouddha, sa foi (un bon fifty-fifty) dans la transmigration des âmes ; ce n'est pas pour lui qu'elle s'abandonne à une défense passionnée du gourou siculo-tibétain Turiddhānandā, dont elle a suivi l'an dernier les cours de méditation à Ascona, peu avant l'arrivée de la police cantonale. Un homme d'une spiritualité supérieure, et justement pour cela calomnié par ses nombreux et envieux ennemis. Un homme qui sait donner à ses disciples ce détachement, cette paix intérieure, ce sens mystique de la vie qui sont, comme Mr. Silvera le voit certainement, complètement absents de la civilisation occidentale, si matérialiste et si absurdement compétitive.

– Je trouve cependant que les valeurs fondamentales de l'Occident, objecte en tonalité mineure le Président de la Cuiller, bien qu'elles soient entrées...

Il ne peut continuer : une voix féminine domine la sienne.

– Je trouve que le tricot me tranquillise spirituellement plus que toute autre chose. Une belle manche raglan est un véritable exercice de concentration transcendantale, du moins pour moi. De même que le crochet.

C'est la princesse du 346 qui a parlé. Polémique, presque sarcastique.

Oreste Nava a déjà remarqué chez elle d'autres petits signes d'impatience, de nervosité, et il est clair que quelque chose, ce soir, ne lui plaît pas ; peut-être la conversation a-t-elle pris une tournure ennuyeuse à son gré, par trop intellectuelle et historique, entre Titien, Napoléon, Confucius et le discutable gourou Turiddhānandā. Dommage. Elle aurait besoin, elle aussi, d'un peu de cette sagesse orientale qui vous met au-dessus des petites contrariétés, des mesquins ressentiments de la vie.

Oreste Nava pense avec nostalgie aux jardins de Singapour, luxuriants de fleurs exotiques, auprès desquels semblent bien insignifiantes les terribles rognes dans lesquelles le mettait le personnel native, Chinois, Malais, Canaques, Indiens et autres fainéants de la région. Et, quand il s'aperçoit qu'en servant la salade le ch'ing tête de mule, l'oublieux Luigi, a « sauté » l'épouse du vice-président d'un groupe éditorial, le coup d'œil qu'il lui jette pour l'induire à réparer son erreur n'est pas l'équivalent optique d'un grand coup de pied au derrière mais paraît inondé de millénaire indulgence, de toute la philosophe, mystique compréhension que l'on peut rencontrer à l'est de Suez.

IX. Le monde peut vous tomber dessus

1

Le monde peut vous tomber dessus pendant que vous prenez le café. J'étais assise dans un petit fauteuil du salon Véronèse, et le bon Nava me tendait le sucrier avec une expression d'inexplicable niaiserie, quand, du coin de l'œil, je vis David se diriger vers moi.

Plus que normal, après notre longue séparation. Routine de courtoisie, de la part de n'importe quel mari ou amant gentil et affectionné. Mais cela, justement, m'enflamma de colère. Qu'y avait-il de normal entre nous ? Tout à coup, je ne pouvais supporter qu'il se fût adapté si bien aux règles formelles de la soirée. S'il était une obligation qu'il aurait dû sentir, à ce moment, c'était celle d'un geste de transgression, éclatant, scandaleux, je ne sais pas, ramper à genoux jusqu'à moi, m'embrasser passionnément devant tout le monde, arracher cette veste, cette absurde chemise, me soulever dans ses bras et proclamer : Ladies and gentlemen, j'aime cette femme et, maintenant, je l'emmène.

Mais s'il n'y pensait pas de lui-même, s'il préférait jouer au parfait homme du monde, ce n'était certes pas moi qui pouvais faire le premier pas. Toutes les choses qu'au cours du dîner j'avais pensées sur lui (*contre* lui !) s'agitèrent en moi comme les mains des zombies se tendent désespérément pour sortir des tombes dans les films d'horreur. Et l'horreur eût été de lui en laisser voir une seule, un petit doigt. Il était essentiel, c'était une question de vie ou de mort, d'avoir la force de les faire rentrer sous terre. A tout prix, je devais lui présenter un visage aussi normal que le sien.

Le sang glacé, les muscles faciaux revenus à l'âge de pierre et la voix Dieu sait où, je me préparai à l'accueillir en parfaite femme du monde.

– Tout va bien ? s'enquit-il.

– Très bien, excellent dîner. Je n'ai pas encore fait mes compliments à Cosima, mais je veux...

– Une femme sympathique, observa-t-il.

– Oui, je te l'avais dit ; elle est très en beauté, ce soir. Et la petite Chinoise non plus n'était pas mal. Et aussi l'autre exubérante que tu avais à ta droite. Tu as passé un bon moment ?

– Eh bien, tu sais... fit-il.

- Moi, j'ai véritablement passé un bon moment, c'était une conversation très, très intéressante, d'un niveau réellement très élevé. Trop, même, pour moi. Confucius, vraiment !

– Confucius t'était dédié.

– Pas possible ! Comme Shakespeare ?

– Eh bien, tu sais... répéta-t-il.

– Mais que sais-je ? répliquai-je, toutes griffes dehors. Je ne sais rien.

– Bois ton café, dit-il, douloureux. Et, aussitôt que nous pourrons, allons-nous-en.

– Mais dans quel but, je te prie ? Je m'amuse.

– Bois ton café.

Un désastre, le pire entre-deux-chaises qui se pût imaginer. Renoncez-vous au style harengère à la Mme de Staël ? Mais, alors, il vous faut savoir jouer jusqu'au bout les Caterina Cornaro, reine de Chypre, et ne pas même remarquer certaines vicissitudes. La débâcle la plus complète, la fin de la Sérénissime.

Je bus mon café comme si ç'avait été de la ciguë, reconnaissante à Ida, la nièce de Raimondo, qui vint chercher le confucéen.

– Puis-je te le voler un moment ?

– Il est tout à toi.

Un succès, un véritable triomphe qui se prolongea une bonne heure. Ils se le passaient de main en main, de pouf en tabouret, le mystery man. Et ils venaient vers moi comme si j'avais été son imprésario : mais qui est-il, que fait-il, d'où arrive-t-il, où va-t-il. Couteaux retournés dans la plaie. A un moment donné, Raimondo vint lui aussi, qui avait tout compris.

– Tu me ferais un beau chandail à col roulé pour Noël ?

– Je commence demain. Comment le veux-tu, avec des tresses, en maille anglaise ou...

Je m'interrompis, brisée.

– Je lui ai aussi offert un cardigan, balbutiai-je. Bordeaux. En cachemire.

– Alors, parlons de domestiques, dit Raimondo, venant à mon secours. Sais-tu que mon Alvise veut prendre sa retraite ? Je lui ai affirmé sans mentir qu'il est l'homme le plus important de ma vie, mais lui me sort l'excuse de son emphysème, il me supplie de chercher autour de moi. Mais comment ? Où ? Crois-tu que Cosima me céderait un de ses négrillons ?

Je regardai autour de moi. David était loin, dans un cercle dont faisait partie aussi Cosima.

– Il est vraiment irrésistible, dis-je.

– Viens, tu as besoin d'un whisky.

– Oui, le paon historique m'est resté sur l'estomac.

Il me conduisit, whisky à la main, jusqu'à une des grandes fenêtres donnant sur le jardin. C'étaient des fenêtres aux embrasures profondes et garnies de sièges de pierre protégés par des tentures, qui rappelaient le confessionnal. Nous nous y assîmes.

– On dirait un confessionnal.

– Profites-en pour te confesser, ma brebis. Combien de fois ?

– Mon Dieu… Pas tant, si l'on fait le compte.

– C'est la qualité qui importe. Tu es complètement partie, hein ?

– Comme jamais de ma vie. Littéralement liquéfiée.

– Et lui, au contraire, rien. C'est cela, le problème ?

– Et lui, au contraire, je ne sais pas. Si nous nous en tenons aux faits…

C'est ainsi que je lui racontai comment il m'avait fait cadeau de la monnaie, et puis le crépuscule sur le bateau pour Chioggia. Certaines extraordinaires délicatesses qu'il avait eues pour moi, certaines minuscules, magiques intuitions, au lit et hors du lit. Je lui racontai les baisers qu'il m'avait donnés dans tous les coins de Venise, et la pension Marin, et la suite où nous avions lu l'article sur les pompiers de la Giudecca. Je lui racontai le ghetto, le rabbin Schmelke et le banc. Entre deux gorgées de whisky, je lui racontai… des faits ? mais non, un flux de phrases chaotiques, approfondissant des détails inessentiels, amoncelant des impressions sans suite, des nuances inexprimables, tantôt pensive, tantôt énergique, tantôt rêveuse ou rieuse, froidement déductive, tortueusement inductive, et au bout du compte totalement incohérente.

– Tu comprends ? dis-je, reprenant mon souffle.

Une parole que, en guise de rhétorique, j'avais répétée une centaine de fois. Mais cette fois Raimondo sortit de son silence.

– Non, je ne comprends pas.

Je m'arrêtai pour écouter. Tout ce que je venais de dire résonna à mes oreilles comme un catastrophique écroulement de vaisselle.

– Pardonne-moi pour ce débordement éhonté, mais je n'en avais encore parlé à personne.

– Non, non, c'est très bien, pense donc, je suis là pour ça.

Mais, à t'écouter, on croit entendre la description d'un grand amour impossible. Ce que je ne comprends pas, c'est pourquoi il est impossible. Tous les amours sont possibles, aujourd'hui. C'est bien cela l'ennui !

– Mais je ne le comprends pas moi-même ! Je ne le sais pas moi-même !

Raimondo me posa une main sur le bras.

– Je te demande pardon, mais tu ne le lui as pas demandé, tu n'as pas un peu éclairci la situation ?

– Mais que veux-tu éclaircir avec un esquiveur de cette espèce ! Il dévie, il évite, il te glisse entre les doigts comme de l'eau. J'ai essayé, ne crois pas, et tout ce que j'en ai tiré est qu'il peut être « appelé » d'un moment à l'autre, et alors au revoir.

– Appelé ? Et par qui ?

– Dieu seul le sait ! Mystery man.

Raimondo se gratta la tête.

– Gratte tête, incertain reste, récita-t-il.

– Vois-tu, dis-je, je pourrais continuer à te parler de ses mystères jusqu'à demain matin et nous n'en viendrions pas au bout. Essaie de le faire parler lui-même, si tu veux, mais je sais déjà que tu n'en tireras rien.

– Ce n'est pas dit, tu verras que je saurai le confesser à son tour, conclut Raimondo en me passant un bras autour des épaules en guise d'absolution et en me reconduisant dans le salon.

Mais il était trop tard. Un bras autour des épaules de Cosima, le mystery man entrait à ce moment dans un autre confessionnal.

2

La belle main de Mr. Silvera quitte avec un ondoiement de feuille la belle épaule de la maîtresse de maison, et tous deux restent côte à côte, debout, sans se regarder, tournés vers la haute et nocturne fracture de la fenêtre. Il n'y a point de gêne ni de tension chez Mr. Silvera, qui, tout au long du dîner, a enregistré la curiosité de la dame, la stimulant ici et là facilement, et qui maintenant, dans le secret relatif de cette niche, s'apprête à poursuivre. De la friperie de son passé, de tous les pays et les peuples qu'il a connus, des multiples situations dans lesquelles il s'est trouvé, il extrait sans difficulté un ton confidentiel et en même temps solitaire, une voix tentée par le silence, comme le son d'une toupie à ses dernières girations.

– Voyez-vous, Cosima, dit-il, la vérité est que je n'aurais pas dû, que je ne devrais absolument pas être ici.

Son regard semble indiquer le long jardin du palazzo, avec le Casino degli Spiriti, là-bas au fond, et sur le côté, luisant derrière les arbres, le noir rectangle d'eau de la Sacca della Misericordia.

– Ici... Chez moi, voulez-vous dire ?

La dame est surprise, mais flattée de cette préférence négative.

– Non, dit Mr. Silvera. Ici à Venise. Je n'aurais dû y rester que quelques heures, le temps de promener un peu mon groupe...

Il lève la main et son poignet a une torsion démonstrative ennuyée.

– Saint-Marc, le palais des Doges, Murano... Et puis repartir tout de suite... pour...

Des lumières de l'aéroport qui s'entrevoient au nord, juste devant eux, le geste s'élargit vers l'est et le canal de San Nicolò, le port du Lido, la mer. Mais déjà la main retombe vaguement et la direction du voyage reste incertaine. Les yeux demeurent fixés sur le canal delle Navi, où quelques rares vaporetti, faiblement éclairés, vont et viennent encore entre la ville et les îles éparses du nord de la lagune.

Les lèvres de la dame se détachent l'une de l'autre comme si la longue pause les avait collées.

– Mais vous... commence-t-elle à dire, regardant la sombre masse des arbres.

Puis, elle semble se secouer comme un passereau mouillé, récupère une aisance mondaine et se tourne, animée, vers Mr. Silvera.

– Je ne veux pas vous paraître indiscrète, de grâce ; je ne veux pas savoir où vous deviez aller et pourquoi vous n'y êtes pas allé...

Elle s'arrête, mécontente, d'elle-même, de son savoir-faire ici inapproprié, inutilisable.

– Je voulais seulement dire, continue-t-elle à voix plus basse et fixant de nouveau le jardin, que vous n'êtes pas sérieusement un guide, un accompagnateur, n'est-ce pas ?

– Non, pas vraiment, laisse tomber Mr. Silvera.

La dame, alors, lui sourit sans embarras, rassérénée, reconnaissante de cet aveu qui récompense son intuition, ainsi que, pense-t-elle, ses dons de persuasion.

– Cela me semblait, commente-t-elle, un métier un peu curieux, pour quelqu'un comme vous.

– J'en ai fait de plus curieux, laisse échapper Mr. Silvera. Mais, le seul métier que j'aie jamais fait sérieusement, c'est un autre.

Il glisse ses mains dans les poches de sa veste, ne laissant à l'extérieur que les pouces, et commence à se balancer très lentement – en avant et en arrière, talons et pointes –, comme s'il suivait le léger roulis d'un bateau.

– Mais malheureusement, c'est une chose... ajoute-t-il.

Il s'arrête, se tourne vers la dame, le regard ferme, décidé.

– Vous comprenez, c'est une chose que je n'ai plus le courage de raconter à personne. Une chose très difficile à dire, et surtout à... expliquer... justifier... concevoir, même.

La dame a un frémissement qu'elle contrôle aussitôt, comme une chasseresse retient le tremblement du plus petit rameau. Elle reste immobile. Plus que l'attente, dans ses yeux monte la terreur devant l'effroyable possibilité que cette

« chose » indicible, inconcevable, ne lui soit pas dite, que les lèvres de Mr. Silvera décident en fin de compte de ne pas la laisser sortir.

Puis elle s'avance, précautionneuse, dans le fragile silence. Elle fait mine de se tourner vers le salon comme pour regarder quelqu'un, mais ne se tourne pas.

– Et vous ne l'avez pas même dite à... demande-t-elle à voix très basse.

Mr. Silvera bouge à peine la tête de droite à gauche.

– Non, répond-il, complice mais bref, pas même à.

Il lit alors dans les yeux de la chasseresse la certitude de la capture, la décision du saut à découvert, toute circonspection abandonnée.

– Essayez de me le dire à moi, alors, supplie-t-elle ouvertement. Essayez de me l'expliquer.

Talons et pointes, en avant et en arrière, Mr. Silvera se remet à se balancer.

– Si vous voulez, dit-il à mi-voix lui aussi, commençant à lui expliquer.

3

Ce n'était pas un confessionnal, c'était un petit théâtre, et la représentation se prolongeait au-delà de toutes les limites de la décence et du supportable. Les tentures les encadraient, les mettaient en relief, attiraient l'attention sur eux. Pour quiconque était assis à bavarder, ou prenait des chocolats, allumait une cigarette, posait un verre, déplaçait un coussin, se mouchait, cherchait quelque chose dans sa pochette de lamé, il était impossible de ne pas jeter, de plus en plus souvent, un regard dans cette direction. Un crescendo de coups d'œil en coin, un festival de torsions des cous et de haussements des sourcils. Qu'avaient-ils donc à se dire, tous les deux ?

Je pris diverses décisions définitives.

Les ignorer complètement.

J'allai choisir à côté d'Ida une petite chaise dorée de faux bambou que je plaçai de manière à tourner le dos au couple, et je la relançai énergiquement dans une polémique que nous avions au sujet des derniers directeurs de la Biennale : tous débiles, selon elle ; quelques-uns passables, selon moi. Mais, après un vif échange de balles et un ou deux services qui amenèrent le score à 40 partout, j'abandonnai le camp.

Je décidai d'écouter sans faux scrupules ce qu'ils se disaient.

Entre la seconde et la troisième fenêtre (la leur), à peu de distance du mur, il y avait un cercle de sièges qui semblaient prometteurs. J'allai, vagabonde et comme au hasard, à travers le salon, jusqu'au sofa désiré, je souris au vice-président du groupe éditorial qui me fit signe de m'asseoir à côté de lui ; je m'assis à demi sur l'accoudoir et tendis l'oreille.

Rien. Un murmure. Venant de lui, surtout. Une « musique de robinet » sans un aigu, sans une dissonance, sans un trille. Un chuchotement insaisissable, exaspérant, comme il arrive d'en entendre dans la chambre voisine, à l'hôtel (et le lendemain matin, on découvre qu'il s'agissait de deux businessmen albanais). Jamais je n'avais éprouvé tant de compréhension pour le tourment des sourds. Dans le silence absolu, peut-être serais-je parvenue à capter quelque chose, mais l'éditeur s'était mis à me faire la cour, il était en train de liquider, comme si elle était en solde, ma beauté supérieure pour en arriver (le point faible des femmes !) à ma supérieure intelligence.

Je décidai de les déranger.

Je répondais à voix très haute en soupirant, j'éclatais de rire, tantôt engageante, tantôt réservée, et réagissais à ses aimables propositions (au sujet de je ne sais quelle collection de livres d'art, d'une rubrique sur les antiquités dans une de ses revues) comme s'il me demandait les services attendus d'une courtisane du Cinquecento (Je verrais bien une chronique mensuelle des ventes les plus importantes. – Je suis une fille honnête, ne me faites pas rougir, mon très respectable monsieur !). Le pauvre, ses oreilles décollées d'un rose de plus en plus vif, n'y comprenait rien.

Un dialogue non seulement absurde, mais inutile, car lors des pauses j'entendais les deux autres continuer comme si de rien n'était.

Je décidai de les mettre mal à l'aise.

J'allai m'installer sur un divan adossé au mur opposé, sous l'*Enlèvement d'Europe* (Véronèse et élèves), et me mis à les fixer ouvertement, obstinément. Ils étaient toujours debout, de profil, et c'était toujours lui qui parlait. Elle était presque littéralement suspendue à ses lèvres, elle le dévorait de ses yeux levés vers lui, et de temps en temps disait quelque chose, objections ou questions, je ne savais. Elle baissait la tête, une ou deux fois joignit les mains, une fois lui toucha l'avant-bras. Très émue, intense. Mieux, extasiée. Lui faisait quelque chose que je ne lui avais jamais vu faire : par moments, il se balançait lentement d'avant en arrière, les mains dans les poches de sa veste, les pouces à l'extérieur. En tout cas, jamais un sourire. Et jamais ils ne se tournaient vers le salon, vers moi.

– Nous sommes à la Fenice, vint me souffler Raimondo à l'oreille. Le Duo de la Fenêtre.

– Cela te semble une scène de séduction ?

– Franchement non. Plutôt une scène chez le conseiller fiscal.

– Mais est-ce qu'on ne peut pas intervenir ? Après tout, elle est la maîtresse de maison, elle a des devoirs élémentaires envers ses hôtes, non ?

– Je sais, et d'ailleurs le Président est en train de s'énerver, il doit prendre un avion à sept heures demain matin, il voudrait aller se coucher.

Lui parlait et parlait encore. Elle ouvrait de grands yeux, hochait la tête (intelligente, elle avait compris). Puis elle levait le menton, demandait quelque chose (sotte, elle n'avait pas compris). A un moment donné, elle mit une main sur sa bouche et écarquilla les yeux au point de faire craindre un évanouissement imminent. Elle devait avoir eu Dieu sait quelle révélation – selon elle – suprême.

Raimondo regarda autour de lui, prit sur une petite table un plat d'argent contenant une population clairsemée de chocolats.

– Non, merci.

– Mais ils ne sont pas pour toi, répondit Raimondo en me clignant de l'œil. J'envoie Nava en mission. Il se chargera de faire tomber le rideau.

4

C'est avec un véritable soulagement qu'Oreste Nava se dispose à exécuter son mandat. Ce trop long entretien dans le renfoncement de la fenêtre l'a mis sur des charbons ardents, lui aussi. Non certes qu'il ait besoin d'un guide pour vider les cendriers, remporter les verres vides, offrir les boissons ; mais il a remarqué, de plus en plus nettement, d'abord la curiosité, puis l'embarras, enfin la désapprobation des hôtes.

Mauvais, décevant final pour une soirée qui, autrement, s'est déroulée de la manière la plus « artistique », au moins en ce qui concerne le service. Après l'initial Sacrilège de la Cuiller et la petite défaillance de la saucière, il n'y a plus eu un seul incident, une seule erreur ; les deux boys se sont montrés au-dessus de tout éloge et le tapis redouté n'a pas fait d'autres victimes. Seule la maîtresse de maison, malheureusement, ne s'est pas montrée à la hauteur, et rien de ce que peut lui avoir dit Mr. Silvera ne justifie une conduite aussi irresponsable, pour ne pas dire éhontée ; surtout s'agissant d'une dame qui paraissait tant tenir aux formes.

Mais que peut lui avoir dit Mr. Silvera pendant tout ce temps ?

Une cour très pressante consécutive à un coup de foudre semblerait l'hypothèse la plus vraisemblable, et c'est évidemment ce que pensent tous les spectateurs. Mais, les quatre ou cinq fois où il s'est trouvé passer (par pur hasard) devant la fenêtre, Oreste Nava n'a pas entendu un seul mot auquel pût être attribuée une signification galante. Des tentures est parvenu par exemple le nom de Rembrandt, caractéristique d'une conversation sur l'art. Plus tard, le nom de saint Paul, signe que l'entretien avait pris une tournure religieuse. Puis le nom d'une localité touristique, Antioche. Puis celui d'un certain Fugger, probablement une connaissance commune. Et il y a eu une question de la dame à propos des courses de biges à Byzance, un plongeon dans l'histoire ancienne, donc.

Mais cela ne prouve rien, réfléchit Oreste Nava en se dirigeant avec son plat d'argent vers la fenêtre, cela ne prouve rien, dans l'absolu. La séduction amoureuse connaît mille voies, mille fausses pistes pour arriver à ses fins. Il n'y a qu'un jeunot pressé comme Luigi pour s'obstiner à chercher toujours et seulement la ligne droite, ignorant combien il est plus intéressant, émouvant, et au bout du compte satisfaisant, d'en arriver à la bagatelle en passant par Rembrandt et Byzance.

Avec un toussotement bien dosé, Oreste Nava se place devant la niche et sans plus de façons glisse entre les deux supposés tourtereaux ses chocolats. La maîtresse de maison reste un instant à les fixer comme s'ils étaient de gros insectes marron d'origine extra-galactique ; puis elle lève sur Oreste Nava deux yeux qui ne voient pas ; puis, voilà, elle le reconnaît, lui sourit avec stupeur, regarde par-dessus son épaule le salon qu'elle a déserté si longtemps.

– Oh, mon Dieu, murmure-t-elle.

Elle est sortie de son hypnose, l'enchantement est rompu.

Mais, lorsqu'elle retourne (il était temps !) parmi ses hôtes, il lui reste un halo d'effarement, un air doucement perdu, une évidente torpeur dans les pas, dans les gestes, dans la voix. Et, tandis que le Président de la Cuiller la salue, puis peu à peu les autres, qui le suivent, Oreste Nava pense à la porte d'une église après des funérailles. Non que l'attitude de la dame soit larmoyante, accablée. Elle montre plutôt une langueur de fleur coupée, une expression songeuse et absorbée, comme une femme qui, toute repliée en elle-même, s'abandonne de loin aux présentateurs de condoléances, caressant déjà en secret un tendre tourment.

De Mr. Silvera, elle prend congé avec un regard interminable, mais sans un mot. Et puis, impulsivement (voilà de nouveau un geste typique d'après des funérailles), elle embrasse fort et longuement la princesse qui l'accompagne.

Quand ils sont tous sortis, Oreste Nava retourne au salon où déjà Luigi et le négrillon attendent, diligents, de pouvoir commencer à ranger. Mais comment se fait-il qu'ils n'aient pas encore commencé ? Agitant le pouce avec un geste d'autostoppeur, Luigi indique la troisième fenêtre, à laquelle en effet, constate Oreste Nava, la maîtresse de maison s'est de nouveau installée et s'attarde à regarder les arbres, l'eau, la nuit obscure. Luigi frappe de sa main droite sur son poignet gauche pour suggérer le déguerpissement. Le négrillon sourit odonto-africainement. Oreste Nava s'avance, respectueux mais décidé, vers la fenêtre, toussote, attend que la somnambule s'extraie de sa contemplation.

– Oui... fait-elle enfin, d'un filet de voix.

Elle sort à contrecœur de la niche juste au moment où son cousin rentre au salon. M. Raimondo fait un clin d'œil à Luigi, donne une chiquenaude sur la joue du négrillon, puis fait signe à Oreste Nava de tout laisser tomber, prend par la main la maîtresse de maison, la conduit jusqu'à un divan, s'assied à côté d'elle.

Il se verse un whisky, croise les jambes et dit sur un ton résolu, presque menaçant :

– Donc...

5

Il n'y a pas de lune, il n'y a pas d'étoiles, mais la nuit vénitienne peut se passer de ces parures cosmiques ; elle a ses propres réserves romantiques, bien plus élaborées, elle dispose de si langoureux mécanismes, de si caressants apparats, que Mr. Silvera et sa compagne, au moment critique où ils sortent du palazzo de Cosima, en subissent l'immédiate séduction.

Déjà, à la façon dont il sent qu'on lui prend le bras, Mr. Silvera dénote une absence de reproche ou de réappropriation, et sa tête à elle trouve d'instinct sa place sur son épaule, leurs pas glissent dans une facile consonance, tandis que les tensions et les contractions d'une soirée comme celle-ci vont s'apaisant peu à peu, se dissolvant dans l'air attiédi par le sirocco, dans le tranquille, minutieux, émoussant travail de l'eau contre la pierre, dans les variations nuancées de l'ombre entre les édifices indistincts.

Ainsi, en silence, ils se glissent sous un étroit portique et débouchent sur le minuscule campo dell'Abbazia, qui s'offre comme un hommage inattendu, une récompense à eux deux exclusivement destinée, vieux stratagème de la vieille cité, répété des millions de fois dans les annales amoureuses, et pourtant toujours infaillible. Ainsi, en silence, ils font halte entre les deux façades sacrées, les deux statues, les deux canaux à angle droit qui délimitent le campo, et enfin Mr. Silvera, toujours en silence, étend comme une mante son imperméable sur les marches devant Santa Maria Valverde, et tous deux s'asseyent pour contempler, pacifiés, cet intime territoire, Adam et Ève dans un Éden de cent mètres carrés, peut-être, mais entièrement dû à la main de l'homme.

Mr. Silvera (allongé et appuyé sur un coude, tandis qu'elle croise les doigts autour de ses genoux) ne peut songer à nul lieu sur terre, parmi tous ceux qu'il lui est advenu de voir, où l'artifice atteigne ces vertiges de naturel, répande ce sentiment de plénitude, ni perfectible ni augmentable : comme la mer, une forêt, un désert. Le meilleur assemblage, réfléchit-il, qui se pût faire à la sueur des fronts après la perte de l'Éden de facture divine.

De l'eau, parviennent des sons étouffés, les entrechoquements des embarcations amarrées les unes près des autres, et d'amicaux grincements, de légers, métalliques arpèges de chaînes. En face, une passerelle de bois étend ses humbles travées au-dessus du canal.

Il n'y a rien à dire, en un tel lieu, et Mr. Silvera et sa compagne se taisent, regardent, compriment en ces souples minutes toutes les années des pyramides.

* * *

Plus tard, après avoir erré au hasard dans les clairs-obscurs enchevêtrés des rétrécissements, des dilatations, des cavités, des échancrures, des saillies, après avoir frôlé d'autres labiles habitants de la cité nocturne – des chats, des passants, des feuilles mortes –, ils finissent par rencontrer l'insinuant serpentement du Grand Canal.

Sur leur droite, à quelques fragments de mur, brillent les lumières d'un embarcadère, qu'ils rejoignent après plusieurs tournants. Le ponton flottant est celui de S. Marcuola, et dans ses parois de verre l'homme qui occupe un des bancs ne lève pas même les yeux à leur arrivée ; il pense à ses affaires, courbé, les mains abandonnées entre les genoux ; son aspect est absolument anonyme, inoffensif. Et pourtant il émane de lui une forte, blessante extranéité, presque une odeur, une mortifère, sardonique puanteur d'aiguilles, de cadrans, de clepsydres, d'horaires de vaporetto, l'insaisissable putrescence du temps réel, du temps achevé, dans lequel Mr. Silvera et sa compagne se sentent maintenant rentrer, se précipiter comme dans un canal imprudemment oublié. Avec une certaine impuissance ahurie, ils prennent donc leurs places sur un siège et restent là en attente, taciturnes et un peu éloignés, séparés par une vague soudaine de fatigue physique.

D'autres vagues viennent lécher le ponton, tantôt mollement, tantôt – mais rarement – avec des claquements agressifs, quand, sur le canal, passe un gros motoscaphe ou une barcasse. Alors, le rigide parallélépipède s'agite et se cabre dans toutes les directions comme si ses faces transparentes allaient basculer dans Dieu sait quelle extravagance géométrique.

Enfin, l'homme se met péniblement debout, annonçant par là l'arrivée du vaporetto, un œil de lumière qui coupe obliquement l'eau, accoste, ne révèle qu'au dernier moment une coque noire, des sièges bleus, pour la plupart vides, à l'intérieur. Personne ne descend, et seul monte à bord le somnolent chrono-empesté : Mr. Silvera et sa compagne doivent aller dans la direction opposée. Mais le mal est fait.

Mr. Silvera se lève à son tour et commence à aller et venir le long du bord ouvert de la cabine de verre, regardant la courbe spectrale des palais, les réverbères épars à la faible clarté, les lumières lointaines d'autres stations comme celle-ci.

– Tu n'es pas fatigué ?

– Si, un peu, dit Mr. Silvera en s'arrêtant. Je voulais voir s'il passait un taxi.

– Cela ne fait rien.

Remontant énergiquement le canal, un motoscaphe de la police pétarade à quelques mètres de l'embarcadère, et les deux silhouettes noires dressées à la proue tournent un moment la tête vers Mr. Silvera. Le sillage vient bientôt se briser contre le ponton, et Mr. Silvera se tient en équilibre en suivant le mouvement des ondes, talons et pointes, en avant et en arrière.

– Mais peut-on savoir ce que tu racontais à Cosima ?

– Ah, laisse échapper à mi-voix Mr. Silvera.

– Vous êtes restés une heure à chuchoter derrière ces tentures...

Le ton exprime une vaste indulgence amusée, mais Mr. Silvera sait que, derrière ces intentions sincèrement bienveillantes, des tigres furieux sont prêts à bondir. La moindre évasivité les déchaînerait.

– Nous avons surtout parlé de la Diaspora, répond-il après une honnête réflexion récapitulative.

– De la Diaspora ? Je n'ai jamais su que Cosima s'intéressât à l'histoire hébraïque.

Les gros félins s'agitent, soupçonneux, le poil hérissé.

– Tu lui as raconté que nous sommes allés dans le ghetto ?

– Non, reprend Mr. Silvera, avec une convaincante fermeté. C'était à propos de la Chine. Je lui expliquais la diaspora d'Orient, le fait que les marchands juifs étaient arrivés en Chine des siècles avant les jésuites, avant Marco Polo, des siècles, semble-t-il tout de bon, avant Jésus-Christ.

– Avant Confucius ? Avant Ch'ing nü, l'oublieuse dame ?

Mr. Silvera esquive le coup de patte en le prenant à la lettre.

– Avant, non, plus ou moins à la même époque, à ce que disent certains chercheurs.

Et, profitant du trouble momentané des fauves, il se hâte de poursuivre pour décrire la fameuse synagogue de Kai Fungfu, fondée en 1163, s'aventure le long des pistes secrètes qui conduisaient de l'Inde à la Perse (ou inversement), rejoint Constantinople (où, pendant une brève période, tous les auriges de l'hippodrome étaient juifs), remonte en Grèce, redescend à Babylone, s'arrête un instant à Carthage et voudrait passer en Espagne quand, à l'horizon, apparaît un vaporetto phénicien (ligne 1, direction Saint-Marc-Lido), qui sur les flots du Grand Canal vient opportunément interrompre la diaspora d'Occident.

Mr. Silvera et sa compagne ne descendent pas dans la lugubre soute, ils restent en haut, face au vent, debout. Mais, entre eux, il n'y a ni baisers ni étreintes ; la magique Chioggia est plus loin que la Chine, la dame n'est nullement oublieuse, les tigres ne dorment pas encore.

– Et tout cela, tu ne pouvais pas le lui raconter sur un sofa ?

Le vent, le vacarme du moteur, le bouillonnement de l'eau contre la proue dépouillent la phrase de ses inflexions amèrement incrédules, en vanifient les mots, en dispersent les syllabes, si bien que Mr. Silvera se sent autorisé à s'abriter derrière un geste ambigu d'impuissance : il écarte les bras sans répondre.

Ils ne se parlent plus jusqu'à la porte de l'hôtel ; là, elle lui demande.

– Et toi, le chinois, où l'as-tu appris ?

Mais, aussitôt, elle s'enfile dans la porte à tambour, comme si elle avait renoncé à la réponse, ou s'attendait à ce qu'elle fût mensongère de toute façon. Et, toujours dans cette humeur courroucée et emportée, elle va tout droit vers le comptoir où elle reçoit des mains du portier de nuit la grosse clef et un feuillet replié. Elle l'ouvre, y jette un coup d'œil distrait, le laisse glisser de ses doigts. Mr. Silvera se baisse pour le ramasser.

– C'est pour toi, dit-elle, d'une voix qui par inertie est restée coupante, en désaccord avec le désarroi du regard.

C'est une fiche de l'hôtel, qui enregistre un appel téléphonique pour Mr. Silvera à vingt et une heures vingt. Dans la case prévue à cet effet, il n'y a pas de nom, seulement un numéro de téléphone (de Venise) et la phrase griffonnée par le portier : rappeler à n'importe quelle heure.

– Ah, dit Mr. Silvera.

6

L'appel était venu, pour finir, et je découvrais évidemment que je n'y étais aucunement préparée, que je l'avais redouté, certes, énormément, mais sans le prendre vraiment en considération. Comme la mort, c'était un de ces événements qui sont si insaisissablement, anguleusement certains qu'on ne sait jamais bien où les placer dans les éventualités quotidiennes de la vie. On va, on fait ceci et cela, on prend un vaporetto, un café au bar, on mange un paon, on se promène : comment pourrait-on se mouvoir avec cet encombrant, pesant cube de plomb dans son sac à main ?

Je cherchai et trouvai mes cigarettes, mon briquet, et je me souviens, par exemple, que mes mains tremblaient. Mais je ne me rappelle pas d'autres détails de ces instants décisifs. De quelque manière, mes jambes devaient m'avoir portée jusqu'à un fauteuil du hall, dans lequel je me trouvais assise. Lui, il avait disparu dans le petit corridor des cabines téléphoniques. Parce que la chose devait être de la plus grande urgence, dramatique, retournais-je dans ma tête. Ou pour se débarrasser tout de suite du souci. Ou n'était-ce pas plutôt parce que, s'il avait téléphoné de notre suite, j'aurais forcément entendu ce qu'il disait ? Je me rappelle aussi, en marge de mon angoisse, la fêlure d'un cendrier de cristal devant moi et une extravagante hypothèse de jalousie : l'appel était de Cosima, qui voulait lui dire tout son fol amour, je ne peux pas vivre sans toi, rejoins-moi immédiatement, sinon je me tue. Je m'efforçais même de me souvenir du numéro que j'avais laissé tomber comme une sotte au lieu de le lire attentivement et de le mémoriser. Il y avait un 7, me semblait-il, et un zéro.

Mais c'étaient là des choses qui ne réussissaient qu'aux espions, aux agents exercés pendant des années au coup d'œil mnémonique. De toute façon, je ne me rappelais pas le numéro de Cosima. Et de toute façon (ma tête fonctionnait encore, fût-ce au ralenti), à vingt et une heures vingt, Cosima se tenait au centre de sa table ovale, sous mes yeux ou presque, et regardait encore de travers cet étrange, impertinent convive en jabot et petits boutons, qui déjà revenait du téléphone, ne me voyait pas tout de suite et restait un moment à scruter la pénombre, homme d'ombre lui-même, finement découpé, très beau, véritable mystery man.

A cet instant, il me sembla (il me semble encore) qu'avec Mr. Silvera toutes mes propensions à la curiosité s'étaient épuisées, desséchées, atrophiées pour toujours. Plus jamais je ne serais capable de conjecturer, broder, me laisser entraîner par mon imagination, poser et me poser des questions sur personne. Je ne voudrais plus jamais rien savoir de personne, jamais.

Il vint s'asseoir dans le fauteuil voisin du mien, et eut pitié de moi, car il dit promptement :

– C'était seulement quelqu'un qui veut me voir demain matin de bonne heure.

Une insouciance meurtrière.

– Bonne nouvelle, commentai-je.

Et j'ajoutai :

– Parce que, s'il avait voulu te voir maintenant, tu y serais allé ?

Il ne répondit pas. Toutes ses paroles, il les avait dépensées dans le Duo de la Fenêtre, dans la Conversation avec Cosima. Pour moi, il ne restait rien, aucune confidence, aucune explication, aucune révélation. S'il avait besoin d'aide, ce n'était pas à ma porte qu'il frappait. S'il devait se libérer d'un terrible secret, ce n'était pas à moi qu'il se confessait. S'il avait besoin d'argent, ce n'était pas à moi qu'il en demandait.

Je me levai en balançant la clef.

– Alors, nous montons ?

Il marcha à ma suite comme si je n'étais pas là, et même dans l'ascenseur resta ainsi, ou tout au moins je le vis ainsi, comme lorsqu'il se déplaçait au milieu de la foule, non pas évasif mais esquivant, rentré dans qui sait quelle coquille. Je fus presque étonnée que, devant le 346, il s'arrêtât avec moi, au lieu de continuer le long du couloir.

Entre les quatre murs du salon, je me sentis perdue. Je n'avais aucune familiarité avec ce genre de paralysie, il ne m'était, pourrait-on dire, jamais arrivé de me trouver, avec un homme, dans une situation où je ne savais plus que faire. C'était une expérience à la fois angoissante et humiliante, comme de se trouver au sommet de la flèche d'une cathédrale sans savoir comment redescendre, et en même temps comme de ne pas parvenir à ouvrir le plus banal des tiroirs. Et c'était lui qui m'avait poussée en haut de cette maudite flèche, c'était lui le damné tiroir. J'écumais.

Sans le regarder, d'une voix qui aurait fendu un tronc de séquoia, je déclarai :

– Eh bien, je suis morte, je vais dormir, bonne nuit.

Je fis un pas courroucé vers ma chambre, mais Mr. Silvera ouvrit le tiroir et en sortit le plus triste, le plus irrésistible de ses « ah ».

* * *

Et puis, il ne dit, il ne put dire rien d'autre, et, diversement accolée à lui, serpentinement adhésive, je sentais non seulement ces nœuds de colère, d'exaspération, de jalousie se défaire un par un à l'intérieur de moi, mais aussi, entre une incandescence et l'autre, je me berçais, amusée, émue même, dans le souvenir de mes hystéries de toute la soirée. Après tout, nous avions eu notre querelle d'amants, me disais-je en faisant le compte des chances qui avaient été miennes, il y avait eu cela aussi, entre nous. Et je le caressais sans bien savoir s'il était endormi ou non, et comme nous étions dans le noir, à une heure impossible de la nuit, je pensais : « J'aime mais je ne vois pas. » Et j'avais envie de rire. Et je pensais tendrement à ces Chinois et à leur rendez-vous manqué. Et je me demandais, libertine : mais ensuite, quand Ch'ing nü, l'oublieuse dame, s'était souvenue du rendez-vous et était venue à l'angle des bastions, et que tous deux s'étaient retirés dans un bosquet de grenadiers ou une cabane de bambou ?

Ces très anciens poètes avaient sans doute des mots encore

frais, encore incontaminés, pour chanter les développements ultérieurs. De précieux, expressifs idéogrammes, des sons vifs pour évoquer des gestes à la fois passionnés, élégants, compliqués, sauvages, tendres. D'argentines désinences en *ing*, accouplées à d'insinuants *ieng* et *iang*, un martèlement accentué de *u* et de *o*, et de très douces labiales, de voluptueuses sifflantes, culminant peut-être en un explosif et suave *uang*.

Qui sait comment ils s'en seraient tirés aujourd'hui, trois mille ans plus tard, dans un monde comme le nôtre, où il était impossible de nommer, hors de tout turpide engluement, fût-ce seulement cette cuisse, ce lobe d'oreille, cette nuque ?

Ou peut-être qu'eux aussi, déjà, ne nommaient rien, préféraient les métaphores, la lune qui s'abandonne aux plissements du lac, le pin et le bouleau qui mêlent leurs chevelures dans la tempête... Et, lentement, métaphoriquement, je m'y essayais à mon tour, mais en m'inspirant de Venise, amoureuse capitale, descendant par exemple tout doucement le long d'une calle et remontant pas à pas certains quais, et puis m'attardant sur un campiello, en contournant un autre, me glissant sous un étroit portique et traversant soudainement un pont pour recommencer, partant de l'autre côté du canal, remontant une large calle, redescendant par des quais de l'autre côté, frôlant la base d'un campanile et insistant autour d'une coupole, baisant les mosaïques d'une cuisse, dans la confusion d'entrouvrements de fenêtres bilobées et de raidissements d'obélisques, dans une imbrication toujours plus riche d'ongles, de façades, de lobes d'oreilles, de gondoles, d'arcades, d'un quartier à l'autre, d'une île à l'autre, look, look, Mr. Silvera, un campanile qui se découpe, une précieuse margelle de puits, un plafond divin, une lèvre, une autre île qui sombre dans la lagune, ah, Mr. Silvera, ah.

X. Il l'avait éveillée seulement pour lui dire

1

Il l'avait éveillée seulement pour lui dire au revoir, lorsqu'il avait été prêt à sortir, mais ensuite il n'y avait pas eu moyen de l'empêcher de se lever, courir comme une folle à la salle de bains, réapparaître deux minutes plus tard, déjà à demi vêtue, enfiler la première jupe et la première veste qui lui étaient tombées sous la main et jeter un imperméable sur ses épaules, car au-dehors il faisait sombre, la pluie tombait.

– Je t'accompagne jusqu'à... du côté où tu dois aller, je ne sais pas... je fais appeler un taxi... tu avais dit à huit heures... tu n'as même pas pris de petit déjeuner... tu as encore une demi-heure, non ?...

Maintenant, ils sont dans un café du Rialto, debout devant le comptoir assailli, entre des gens qui entrent et sortent hâtivement en allant travailler, tandis qu'un serveur en tablier se dépêche de répandre de la sciure, car dehors il pleut plus que jamais et l'eau ruisselle en abondantes rigoles des parapluies refermés. Mr. Silvera porte un vieux chapeau avec son imperméable criblé de petits trous, mais elle n'a rien, elle est là avec ses cheveux mouillés, pâle et sans une trace de maquillage, les yeux battus comme...

Un air de Marie-Madeleine dans le désert, pense Mr. Silvera en tentant de se souvenir si dans le désert il a jamais plu ainsi. Il lui caresse le visage, lui prend une main.

– Au revoir. Je ne sais pas pour combien de temps j'en aurai, mais attends-moi à l'hôtel ou laisse un message pour dire où tu seras. D'accord ?

– D'accord.

– Et remets-toi au lit. Tu ne dois même pas avoir dormi trois heures.

– Je dois être affreuse, dit-elle, en essayant de sourire.

– La plus laide de Venise, dit-il en l'embrassant.

Puis, il se retourne et s'en va en hâte, il sort en oubliant de remettre son chapeau, et, une fois traversé le marché du Rialto Nuovo, poursuit son chemin par un enchevêtrement de passages, de campielli, de ruelles, de petites portes sordides et d'entrées dont, sous la pluie battante, il a peine à distinguer les numéros.

2

Dans le café bruyant, grouillant de monde, j'attendais que le déluge prît fin pour courir à la riva del Carbon reprendre un taxi et me faire ramener à l'hôtel, bien que l'idée me semblât terrifiante. Tout aurait été moins pénible que de m'en retourner là-bas compter les minutes et les heures (deux ? trois ? combien ?) dans l'attente que David rentrât ou téléphonât.

Mais, dans le café, il n'y avait pas même de place où m'asseoir, et je ne pouvais imaginer que faire d'autre ni où aller, anéantie comme je l'étais. La pluie n'avait aucunement l'air de vouloir diminuer. L'unique planche de salut aurait été Raimondo, mais il était à peine huit heures et, d'habitude, il se levait très tard : je n'osais pas l'appeler si tôt. Sans compter – songeai-je – que cette nuit, après le départ des autres, il devait être resté chez Cosima jusqu'à Dieu sait quelle heure, pour se faire raconter par le menu tout ce que David lui avait dit.

Et puis, naturellement, ce fut justement cela qui me décida. Non seulement je fus reprise par le désir ardent, irrépressible, de tout savoir, mais pour la première fois il me vint à l'esprit que je devais le savoir aussi pour d'autres raisons, auxquelles jusqu'à présent je n'avais pas pensé. La jalousie et le dépit n'en faisaient plus partie. David pouvait avoir demandé à Cosima une aide ou un appui qu'il n'avait pas voulu me demander à moi, il pouvait l'avoir informée de quelque chose qu'à moi il n'avait pas osé révéler. Il pouvait même – pensai-je – lui avoir parlé du message qu'il s'attendait à recevoir.

Quant à Raimondo, si tard qu'il fût rentré, il avait certainement dormi plus que moi, me dis-je en surmontant mes derniers scrupules. Je glissai un jeton et composai le numéro, me préparant à parlementer avec son vieux valet de chambre à demi sourd, Alvise.

Mais ce fut lui-même qui répondit aussitôt.

– Raimondo ? dis-je avec un soupir qui était de soulagement mais qui, à ma propre oreille, résonna comme un sanglot désespéré. Puis-je venir chez toi tout de suite ?

– Oui, bien sûr.

Il n'exprima aucun étonnement, pas plus qu'il ne demanda la moindre explication. Mais il s'aperçut, au bruit qui m'entourait, que je ne téléphonais pas de l'hôtel et voulut savoir où j'étais. Je le lui dis.

– Seule ?

– Oui, il est allé... C'est-à-dire, il a dû aller... Mais j'arrive tout de suite. Le temps de trouver un taxi.

– Avec ce déluge ? Non, attends-moi là, je viens te chercher, dit-il en raccrochant avant que je pusse protester.

L'éternel boy-scout, pensai-je avec gratitude, tendresse, me rappelant le jour où je l'avais surpris du côté des Frari qui traînait la valise de la vieille touriste allemande. Il s'en fallut de peu que je ne me misse à sangloter tout de bon, dans l'état où j'étais.

Puis, je fus terrifiée à l'idée que David ne me trouverait pas à l'hôtel, si par hasard il s'était libéré immédiatement, et je glissai un autre jeton pour avertir le portier, lui laisser le numéro de Raimondo, lui expliquer que la chose était de la plus haute importance et que donc...

Je respirai de nouveau en reconnaissant la voix de Nava ; qui était déjà là, m'informa-t-il, parce que aujourd'hui il était de service le premier. En quoi pouvait-il m'être utile ?

Je le lui expliquai et lui laissai le numéro, lui donnant aussi l'adresse pour plus de sûreté et le priant de recommander personnellement au standard, au cas où Mr. Silvera téléphonerait, de...

– Mais certainement, me rassura-t-il de son ton autoritaire et bienveillant, empressé sans trace d'obséquiosité. Madame la princesse peut être tranquille.

Je retournai attendre au bar. Avec deux protecteurs comme Raimondo et Nava, je me sentais réconfortée, sinon précisément « tranquille ». Dehors, il pleuvait à verse. En me regardant dans le miroir derrière le bar, je me trouvai contempler une espèce d'Ophélie noyée et amaigrie, très pâle, mais qui, malgré ses yeux cernés, ses cheveux collés au visage, n'était pas encore la plus laide de Venise.

Je me souris, encourageante. Je commençai presque à espérer que Cosima, ou quelque très influent président de Cosima, pût faire ou eût déjà fait quelque chose pour David. Qui sait ? Peut-être le message d'hier soir avait-il été justement le résultat de... Non, le message était arrivé *avant* la conversation avec Cosima devant la fenêtre, et le coup de téléphone qui avait suivi ne laissait rien à espérer. Mais d'autre part... Étrange que Raimondo, pensai-je, fût déjà non seulement éveillé, mais prêt à venir me prendre, surtout si cette nuit il était rentré très tard.

Je le vis précisément à cet instant dans le miroir, qui entrait en refermant son parapluie et regardait autour de lui pour m'apercevoir. Il portait un trench-coat froissé, avec un chapeau tout aussi malmené. Mais au-dessous, vis-je en me retournant, il était toujours en smoking, encore que son nœud papillon fût de travers et ses souliers vernis ruisselants d'eau.

– Seigneur, dit-il en venant à ma rencontre, et tu voulais t'en aller par la ville dans cet état ?

3

Le numéro que Mr. Silvera est finalement parvenu à trouver est celui d'un passage délabré et à demi inondé, sans porte d'entrée, par lequel on pénètre dans une petite cour utilisée comme dépôt de ferraille. Dans la cour, il y a aussi la vieille enseigne d'une typographie, mais les rideaux de fer au-dessous sont fermés, apparemment à l'abandon. Une plaque près de l'escalier indique toutefois l'existence, au premier étage, d'un STUDIO GRAPHIQUE qui s'occupe de « Formulaires, Tampons, Dépliants, Imprimés commerciaux en Tous Genres ».

C'est dans ce studio que Mr. Silvera est à présent assis devant un gros homme en bretelles, de l'autre côté d'un bureau dont le dessus vert est taché d'encre. Une femme de haute taille, en tailleur, un imperméable sur ses épaules, est en train d'examiner des documents et se tient debout, près de la fenêtre, bien qu'il y ait devant le bureau une autre chaise libre.

– Mais il n'y a pas tout, dit-elle, irritée, avec un accent vaguement étranger. Et le passeport ? Là-dedans, il n'y a même pas le passeport.

L'homme fait un signe du menton en direction d'une porte vitrée, derrière laquelle le cliquetis d'une machine à écrire alterne avec de secs coups de tampon.

– Tout est presque prêt, assure-t-il.

– Presque ? répète la femme, encore plus irritée.

– L'affaire d'une demi-heure, une heure au maximum, dit le gros, prenant sur le bureau ses cigarettes et esquissant le geste d'en offrir à la ronde avant d'en allumer une pour lui.

– Ce sont des travaux qui prennent du temps, ajoute-t-il, se levant sans hâte et s'approchant de la porte vitrée. Et puis, les commandes, les contrordres… S'ils s'étaient décidés plus vite, nous aurions fait plus vite nous aussi.

– Ces ordres venus d'en haut sont toujours un peu confus, dit, conciliant, Mr. Silvera, tandis que l'homme passe dans la pièce contiguë.

– Bürokratie ! dit la femme en levant les yeux au ciel. Bürokratische Wirrwarr !

Ils restent tous les deux à regarder la pluie qui fouette les vitres, inonde la ferraille dans la cour. Le gros, au bout de quelques instants, revient en feuilletant un passeport bleu turquin, pas trop neuf, qu'il remet à la femme.

– Comme date d'émission, nous avons mis l'année dernière, dit-il en retournant s'asseoir, et les coordonnées sont celles qu'on nous a indiquées par téléphone. Ça ira ?

La femme approuve sans enthousiasme, après avoir également examiné le passeport que Mr. Silvera a apporté avec lui.

– Ils vous ont beaucoup rajeuni, constate-t-elle en le lui rendant. Vous ne paraissez pas l'âge que vous avez sur celui-ci, mais dix ans de moins ne sont-ils pas un peu trop ?

– Ah, sourit Mr. Silvera, ce n'est pas moi qui décide.

– On peut avoir vieilli précocement, intervient de manière inattendue le gros. Il suffit que la photographie corresponde.

La photographie et le signalement sont en réalité les deux seules choses identiques sur les deux passeports, outre un des prénoms. Le nom, la date et le lieu de naissance sont différents, comme aussi la nationalité. De la pièce voisine entre à présent un jeune homme, tenant des formulaires déjà remplis.

– Si en attendant vous voulez contrôler, dit-il à la femme,

ce sont les feuilles d'accompagnement de la cargaison. Mais il manque encore des timbres parce que le tampon n'est pas prêt.

– L'affaire d'une demi-heure, explique le gros à Mr. Silvera. Ensuite, vous pourrez tout apporter à... Au fait, la cargaison, demande-t-il à la femme, d'où part-elle ?

– De Marghera.

– Alors, aux services portuaires, port commercial, section « Cales et entrepôts », Marghera. Et demandez à parler à Michele Turriti.

– Lomonaco, dit le garçon. A Marghera, c'est Lomonaco. Cale G, entrepôt 19.

– Ah, oui, en effet. Demandez l'aide-magasinier Lomonaco et dites-lui que vous venez de la part du studio. Ainsi, vous pourrez convenir directement de tout.

– D'accord.

La femme, après avoir examiné et rendu les formulaires, dit qu'elle aurait voulu contrôler aussi les timbres manquants, mais qu'à présent elle doit partir.

– Je regrette, dit-elle à Mr. Silvera, que vous deviez rester ici à perdre encore du temps.

Mr. Silvera lui sourit de son sourire en brin d'herbe.

– Bürokratie ! dit-il en levant les yeux au plafond.

4

Malgré le parapluie de Raimondo et son taxi qui nous attendait aux Fondamenta del Vin, quand nous arrivâmes Ruga Giuffa nous étions trempés. Nous dûmes nous changer tous les deux de pied en cap. Nous nous retrouvâmes dans la bibliothèque, lui en gourou de coton molletonné et moi dans des vêtements que (à ses dires euphémiques) sa nièce Ida gardait là en cas, justement, de pluie torrentielle, de hautes eaux, ou autres urgences de ce genre.

– Écoute, demandai-je après qu'Alvise nous eut approvisionnés en thé, dis-moi d'abord si hier soir tu es resté chez Cosima, et si elle t'a dit...

Il leva la main.

– Non, dit-il sans sourire, d'abord c'est toi qui dois tout me raconter. Point par point et depuis le début. Où l'as-tu rencontré, comment l'as-tu connu exactement ?

– Mais je te l'ai déjà dit hier, non ? protestai-je, désorientée. De toute façon, je...

Je ne me rappelais plus bien ce qu'il m'avait demandé et ce que je lui avais répondu, dans mon élan de la veille au soir, mais il me semblait lui en avoir raconté trop, y compris Chioggia et même la pension Marin. Et puis, tout à l'heure, dans le taxi, je lui avais parlé du message trouvé en rentrant, du coup de téléphone, de la péremptoire convocation.

De toute façon, je pouvais lui raconter de nouveau tout ce qu'il voulait, dis-je. Mais pourquoi me le demandait-il ? Cela, du moins, il devait me l'expliquer.

Il resta un moment pensif.

– Parce que, ce qu'il a dit à Cosima, finit-il par répondre, seule Cosima pouvait y croire. C'est la raison pour laquelle il le lui a dit à elle et non à toi.

Il leva de nouveau la main pour que je ne l'interrompisse point, déclara que lui-même ne savait plus que penser, mais qu'il était très inquiet pour moi et que je devais suivre son conseil et lui répéter chaque chose dans l'ordre. Ensuite, il me dirait tout ce qu'il savait.

– Tout ce que tu as appris de Cosima ?

– Non, pas seulement de Cosima. Quand tu m'as téléphoné, j'étais en train de prendre des informations... d'autres sources.

Je le regardai ahurie, je regardai autour de moi comme si les mystérieux informateurs pouvaient se trouver encore là, cachés dans quelque coin de la bibliothèque. Mais tout devenait tellement absurde que je me rendis, je renonçai à en demander plus. Je pensai seulement que je devais satisfaire Raimondo (dont je n'excluai pas qu'il eût perdu entièrement ou partiellement la raison) si je voulais aboutir à quelque chose.

– D'accord, chaque chose dans l'ordre, dis-je, commençant par les bruyants voyageurs à destination de Corfou et passant à ma surprise de retrouver, le jour suivant, leur singulier accompagnateur sur le campo San Bartolomeo. Lui – continuai-je – m'avait sur le moment menti, en disant que le voyage en bateau ne faisait pas partie de sa charge. Ensuite, pourtant, il avait avoué qu'il aurait dû s'embarquer lui aussi, que, même, il s'était déjà embarqué, mais qu'au dernier moment...

– Quoi qu'il en soit, il est à Venise depuis mardi ? demanda Raimondo.

Il avait pris sur la tablette du téléphone, qui se trouvait à côté de son fauteuil, un bloc-notes qu'il ouvrit ; je ne compris pas s'il se disposait à écrire ou à contrôler des notes qu'il avait déjà prises. Mais rien, désormais, ne m'étonnait plus.

– Oui, dis-je, sans doute, puisqu'il était avec moi dans l'avion. Cela fait quatre jours qu'il est ici.

– Pas exactement, dirais-je. Quand est arrivé l'avion ?

– L'avion ?... A onze heures, plus ou moins. Or, c'était justement mardi, et aujourd'hui...

– Nous sommes vendredi, je le sais, toutefois il n'est pas encore neuf heures. En réalité, il s'est passé moins de trois jours. Et quant à toi, c'est seulement depuis avant-hier que... depuis que... non pas depuis le moment où tu l'as vu dans l'avion, veux-je dire, mais...

– Dis-le donc : depuis que je suis sa maîtresse. Mais depuis avant-hier ? Ce n'est pas possible. Aujourd'hui nous sommes...

– Vendredi, dit Raimondo en baissant pudiquement les yeux sur ses feuillets. Et la rencontre au café, la pension

Marin, votre espèce de voyage de noces à Chioggia… tout cela s'est passé mercredi. Non ?

J'allais répondre que non, protester que ce n'était pas possible, ou alors qu'aujourd'hui nous n'étions pas vendredi, quand je finis par me rendre compte qu'il ne s'agissait que d'une question de mots.

Hier, avant-hier, le jour d'avant avant-hier… C'étaient des mesures qui ne correspondaient pas au temps de Mr. Silvera, ni au mien tant que j'étais avec lui. Son temps, expliquai-je, était infiniment plus étendu, ces deux jours avaient été véritablement des années, comme dans le jeu que je croyais avoir inventé. Lui-même, du reste, me l'avait dit dès l'abord, que pour lui le temps ne comptait pas. Le temps était immaterial, avait-il dit et répété. Et hier encore, il me l'avait répété en vers, même si c'était seulement par plaisanterie. Ou par simple galanterie, dis-je les dents serrées, comme la poésie à la petite Chinoise.

– Quels vers ? demanda Raimondo.

Je le lui dis, les lui citai comme je me les rappelais, mais il ne s'en contenta pas et alla prendre sur un rayon un Shakespeare qu'il se mit à compulser avec une exaspérante lenteur sur un bureau encombré.

– Ah, voilà, oui… Sonnet CXXIII : « Non, Temps, tu ne pourras pas te vanter que je change… »

Ayant achevé de lire, il laissa là le volume et revint s'asseoir devant moi, l'air sombre.

– Ce n'était pas par simple galanterie, dit-il sans me regarder. Et il ne plaisantait pas du tout, je le crains.

5

Quelqu'un frappe à la porte, et, comme obéissant à une commande à distance, le visage placide du maître d'hôtel Cesarino se contracte en une expression souffrante. Ce doit être le jeune Issà qui vient reprendre le plateau du petit déjeuner.

– Entrez ! dit l'infortuné depuis son fauteuil de douleur.

Mais c'est la maîtresse de maison, en robe de chambre, qui est montée s'informer : comment Cesarino a passé la nuit, comment va son pied, si son traitement a été renouvelé, si le café et le *Gazzettino* lui ont été apportés. Rien d'étrange dans cette sollicitude, Madame ayant toujours été envers lui pleine d'affectueux égards, comme envers quelqu'un de la famille. Mais étrange est l'heure de la visite, dix heures un quart. Après un dîner comme celui d'hier, Madame ne reparaît jamais avant midi et se présente de toute façon toujours tirée à quatre épingles, maquillée, les cheveux en ordre.

– Voulez-vous que je vous envoie Issà pour vous raser ?

– Non, non, je peux me débrouiller seul, merci, répond le pathétique invalide.

Cesarino ne supporte pas le rasoir électrique, mais, en installant commodément un tabouret et un petit miroir, il peut très bien se raser dans la salle de bains avec du savon à barbe et un rasoir à main. S'il ne l'a pas encore fait, c'est seulement parce que ce voile gris sur ses joues s'accorde mieux à sa condition de reclus, et en quelque sorte la justifie.

– Et le dîner s'est bien passé ? demande-t-il maintenant, mélancolique, comme le champion de triple saut qui n'a pas pu prendre part aux Olympiades. Ce garçon, Luigi, n'a pas causé de désastres ?

– Non, aucun désastre, tout s'est déroulé à la perfection ; Oreste Nava et son aide se sont montrés pleinement à la hauteur.

– Très bien, cela me fait réellement plaisir, déclare Cesarino avec un hypocrite soupir de soulagement.

En réalité, il eût préféré s'entendre dire que, sans en arriver vraiment à la glace dans le dos ou la sauce dans le décolleté, quelques petits incidents ont entaché, en son absence, le déroulement du dîner.

– Et, avec le tapis, tout s'est bien passé ?

– Avec le tapis ? Quel tapis ?

Madame est devant une des basses fenêtres ornées de géraniums, et lui parle sans tourner la tête : comme si elle était plus de l'autre côté, sous la pluie qui tombe à verse, que de celui-ci.

– Je voulais dire le tapis dans lequel je me suis pris les pieds... rappelle un peu froissée la victime.

– Oh oui, vous avez raison, ce terrible tapis, pauvre Cesarino ! Et comment va votre pied, avec toute cette humidité ?

Complètement de l'autre côté, pense Cesarino interdit. Il n'y a pas cinq minutes qu'elle lui a posé la même question. Complètement dans les nuages. Dans la lumière grise qui filtre par les carreaux striés de pluie, Madame a un air étrangement vague et rêveur, perdu. Passe encore qu'elle ne soit pas maquillée, passe encore qu'elle ait dû ne dormir que quelques heures (Dieu sait d'ailleurs pourquoi), mais il doit y avoir quelque chose d'autre ; hier soir, il doit s'être passé quelque chose, pour la mettre dans cet état. Et ce qu'il y a de plus étrange est qu'il lui soit égal de se montrer ainsi. Ivre ? Cela ne s'est jamais produit, ce serait la première fois.

– Eh, que voulez-vous, Madame, on se fait vieux...

Madame observe longuement la pluie sans répondre, puis commence un tour lent, distrait, de la pièce, comme si elle ne savait pas bien quoi faire, ou attendait quelque chose, quelqu'un. La pause se prolonge, commence à devenir pesante.

– Madame a-t-elle vu cette honte, ces pauvres enfants yougoslaves achetés et vendus comme des cacahuètes ? tente Cesarino, frappant de son index le journal qu'il a sur les genoux.

Mais le sujet, qui normalement ne manquerait pas de stimuler la grande bienfaitrice internationale, tombe ce matin dans la plus complète indifférence.

– Oui, se contente de dire Madame. Quelle honte.

Et le silence se réinstalle, de plus en plus pesant, embarrassant. Il y a quelque chose là-dessous, forcément. Ne serait-ce pas que... ?

Cesarino déglutit, inquiet. Ne serait-ce pas que toute cette gêne le concerne, lui ? Que Madame ne trouve pas le courage de lui dire quelque chose de très désagréable ? Par exemple, qu'elle veut lui faire passer sa convalescence dans la villa de campagne, précisément en ce moment où il y a toutes les tentures à décrocher, à contrôler, tous les lustres délicats à nettoyer... Ce serait une grave offense à ses presque quarante ans de service ininterrompu, et une précaution inutile, car lui, mis à part sa cheville, se sent très bien, se porte très bien, mieux qu'Alvise, le maître d'hôtel de Monsieur Raimondo, qui est à moitié sourd et parle sans cesse de son emphysème, et mieux même qu'Oreste Nava, qui, lui, parle sans cesse de sa sixième ou septième vertèbre.

Mais son ouïe, pourtant très fine, ne perçoit pas le pas léger de Madame, qui est à présent derrière lui et qui lui pose soudain une main sur l'épaule.

– Ah, mon cher Cesarino... soupire-t-elle.

Cesarino redresse autant qu'il peut son épaule, tout son buste, attend le coup, se prépare à riposter.

Mais Madame tourne autour du fauteuil, elle est maintenant devant lui et le fixe avec un air plus distrait que jamais.

– Alors, soyez prudent, n'est-ce pas ? dit-elle, absente.

Et elle s'en va, pensant à Dieu sait quoi.

Il faudra faire une petite enquête pour découvrir comment s'est vraiment passé le dîner d'hier soir, ce qui est vraiment arrivé, réfléchit Cesarino. Mais en attendant, à tout hasard, il se hisse sur sa béquille et boitille vers son rasoir et son savon. Mieux vaut le faire disparaître, cet air de pauvre malade.

6

Est-ce Raimondo qui me fit comprendre que David ne plaisantait pas du tout, avec ses pyramides, ou me l'étais-je déjà dit moi-même ? A présent que je « sais tout », l'avant et l'après se confondent comme les deux faces de la pièce noircie que je retourne entre mes mains. Et, quand je regarde, sur ma table, le seul autre souvenir que j'ai ramené de Venise (la clef d'une chambre d'hôtel, mais non du mien, ni de la pension Marin), je me demande ce que j'avais ou n'avais pas déjà compris ou soupçonné par moi-même. Non pas, certes, fût-ce de loin, la véritable identité ou le véritable métier de Mr. Silvera, même si deux mots eussent suffi à me les révéler. Mais la vraie raison de l'excursion à Chioggia, par exemple. Ou le fait que la Trésorerie principale avait, avec le mystère des pyramides, au moins autant de rapport que Shakespeare. Et aussi que le rabbin Schmelke ne s'était nullement trompé, qu'il avait même parfaitement deviné.

Tout cela pour dire que la « troisième phase » de cette matinée ne se prête pas à un compte rendu rigoureux, que contresigneraient la CIA ou le KGB. Certaines des réponses que je fis, peut-être est-ce Raimondo qui me les suggéra ; et d'autres, peut-être, sont éclaboussées par mes réflexions ultérieures. Voici, quoi qu'il en soit, les extraits du procès-verbal :

a) CHIOGGIA

Question : Mais il te l'a dit lui-même, qu'il avait planté là ses touristes parce qu'il était fatigué ? Parce qu'il n'en pouvait plus d'être continuellement en route ?

Réponse : Oui, bien sûr. Il m'a dit que lui aussi devait s'arrêter quelque part, de temps en temps. Mais qu'en tout état de cause il ne pourrait rester que très peu de temps, étant donné qu'il attendait de nouveaux ordres d'un moment à l'autre.

Q : De son agence ?

R : Non, non, de quelqu'un de beaucoup plus... Quelque chose comme le Mossad, ai-je pensé. Plus tard, il m'a raconté qu'à Chioggia il avait espéré rencontrer une certaine personne qui aurait peut-être pu lui faire obtenir une prorogation. Mais je suis sûre qu'il mentait. Je ne crois pas qu'il dût y rencontrer qui que ce fût.

Q : Et alors pourquoi a-t-il voulu y aller, selon toi ?

R : Parce que je pense, ou plutôt... Non, voilà : d'abord, quand j'ai vu comment il regardait ce bateau amarré à la riva degli Schiavoni, j'ai pensé que, Mossad ou non, agence ou non, il voulait déjà s'en aller. Repartir tout de suite.

Q : Mais pour où ?

R : Nulle part, n'importe où, seulement pour repartir... Ensuite, pourtant, quand il m'a parlé de cette personne qui devait lui obtenir une prorogation, d'une part j'ai eu l'impression qu'il me mentait, mais d'autre part que non. Cela revient à dire que cette personne n'existait pas, mais que lui, effectivement, avait voulu aller à Chioggia précisément pour cela.

Q : C'est-à-dire pour quoi ?

R : Pour pouvoir rester plus longtemps à Venise. Et remarque que... Enfin, cela me vient à l'esprit seulement maintenant, mais, par exemple, voilà : j'avais dit pour plaisanter qu'à Venise, si deux personnes couchaient ensemble pour la première fois, elles devaient ensuite prendre une gondole, sinon on leur donnait une amende ; lui, alors, m'a répondu que nous, en revanche, ils nous tiendraient peut-être quittes si nous prenions le bateau. Tu comprends ? C'était comme si... Je ne sais pas, c'est une chose étrange, mais...

Q : Dis-la tout de même.

R : En somme, c'était comme si lui, ne pouvant s'arrêter à Venise plus d'un certain temps, avait pensé que, s'il s'éloignait quelques heures, ensuite on le laisserait rester un peu plus. Peut-être est-ce pour cela qu'il est rentré plus tard par le car, au lieu de revenir avec moi en motoscaphe. Cela te semble une idée folle ?

Q : Venant de toi, non, si c'est lui qui te l'a mise en tête.

R : Mais pas du tout ! Je te dis et te répète que...

b) SANTO STEFANO

Q : Il t'a dit les avoir vues quand, les fresques du cloître ?

R : Il y a vingt ans, peu avant qu'on les détachât. Mais, en fait, il ne me l'a pas dit tout de suite. D'abord, il a dit qu'il devait s'être trompé, étant donné que là il n'y avait rien. Puis, quand j'ai appris qu'autrefois elles s'y trouvaient bien, mais qu'on les avait détachées en 1965, il m'a dit les avoir vues vers cette époque.

Q : Quand il avait une vingtaine d'années, donc ?

R : J'imagine. Je ne sais pas quel âge il a, exactement.

Q : Selon les indications de son passeport, il est né en 1941.

R : Selon les indications de... Mais comment les connais-tu ? Tu n'es pas allé... Tes informateurs ne sont pas... Tu ne vas pas me dire que tu as posé des questions sur David à la police, en somme ?

Q : Je n'ai posé aucune question, j'ai seulement prié quelqu'un de me copier les fiches de la pension Marin.

R : Mais c'est impensable de toute façon ! C'est...

Q : Impensable, tu l'as dit. Mais tu ne sais pas encore à quel point. C'est pourquoi... Non, écoute-moi, s'il te plaît. Ne t'a-t-il pas dit aussi qu'à Santo Stefano se trouvaient les bureaux du Génie militaire ?

R : Si, seulement, là, il s'est trompé pour de bon, parce qu'en réalité il y a la Trésorerie principale de Venise.

Q : Maintenant. Mais autrefois il y avait le Génie militaire.

R : Et on l'aurait détaché... je veux dire, on l'a déplacé aussi... en 1965 ?

Q : Non, il n'est plus là depuis 1936.

c) FUGGER

Q : Lui, selon toi, n'aurait jamais voulu rien te raconter. Chaque détail, tu aurais dû le lui soutirer avec des pincettes. Mais, en quelque manière, n'est-ce pas toujours lui qui t'a suggéré les questions ? C'est la technique classique du...

R : Du filou, du bluffeur, d'accord. J'y ai pensé, moi, quand il a sorti sa monnaie. Pourtant, ensuite, il m'en a fait cadeau, non ? Et, pour les fresques, tu ne vas pas penser qu'il m'a emmenée là tout exprès pour que je lui demande... Ou qu'il m'a parlé du Génie militaire précisément pour qu'ensuite je découvre... Enfin, peux-tu me dire quel intérêt il aurait eu ?

Q : Ce n'est pas nécessairement une question d'intérêt. Prenons l'affaire du tableau : n'est-ce pas lui qui t'a dit qu'il lui paraissait bizarre ?

R : Oui, mais seulement parce que je m'en étais aperçue !

Q : De quoi ?

R : De sa surprise quand il s'est trouvé devant lui. Autrement, il ne m'aurait rien dit : ni qu'il était faux, ni comment il l'avait compris. Parce qu'il est clair que, ce Fugger, il ne voulait pas en parler.

Q : Par la suite, néanmoins, il t'a dit l'avoir connu à Venise et qu'il s'occupait de contrebande de cocaïne.

R : De cocaïne, c'est moi qui l'ai dit, à la vérité. Il a dit de diverses drogues.

Q : Ah. Et tu n'as pas demandé lesquelles ?

R : Mais non, que voulais-tu que je lui demande ?

Q : En tout cas : il dit avoir compris que le tableau était faux, c'est-à-dire pas même une croûte du dix-huitième, mais une vieille toile grattée et repeinte, parce qu'il est le portrait de ce Fugger.

R : Oui.

Q : Mais, si c'est de toute façon une croûte, comment peut-il être aussi sûr ? Une certaine ressemblance ne veut pas dire que...

R : Il dit que la ressemblance est parfaite. Et, de surcroît, il y avait divers signes particuliers : deux verrues sur la lèvre supérieure, une entaille profonde au menton… Du reste, le tableau est toujours là, si tu veux le voir.

Q : A présent, il n'y est plus.

R : Comment cela, il n'y est plus ? Il a disparu ?

Q : Non, mais Palmarin a fini par conclure l'affaire, et hier la Federhen a fait tout emporter. Toute la collection est déjà à la Direction des beaux-arts pour le visa.

R : Ils ont fait vite ! Mais comment l'as-tu su ? Par un autre de tes espions ?

Q : Par une de tes espionnes. J'ai téléphoné à Chiara ce matin, en la faisant pratiquement tomber du lit. Mais il y a une chose que je voudrais que tu me dises : est-il possible que sous le faux portrait se cache, je ne sais pas, un Guardi ou un Tiepolo authentique ?

R : Pour lui faire passer la douane ? Non, avec les examens qu'on fait maintenant, c'est exclu. Et de toute manière, même en l'admettant, pourquoi aurait-on peint par-dessus le portrait de ce signor Fugger, ou Mr. Fugger, je ne sais pas ?

Q : De ce Herr Fugger. Selon le récit fait à Cosima, il est d'une famille allemande bien connue à Venise.

R : Mais alors tu la connais, toi aussi !

Q : La famille ? Bien sûr que je la connais.

* * *

J'interromps la transcription du procès-verbal pour noter que l'interrogatoire ne se déroulait pas à sens unique. Quelquefois, c'était moi qui posais des questions à mon Inquisiteur, tirant de lui quelques avares informations ou commentaires. D'autres fois, c'était lui qui me jetait quelques miettes pour exciter ma faim.

C'est pour cette raison que je parvins à résister, là, dans la bibliothèque avec Raimondo, pendant un temps qui me semble maintenant infini, au lieu de me précipiter chez Cosima pour tout apprendre directement de sa bouche.

Mais c'est aussi pour cela que, peu à peu, je commençai de comprendre deux choses qui, paradoxalement, me rassurèrent.

7

Aux services portuaires, port commercial, section « Cales et entrepôts », Marghera, l'aide-magasinier Lomonaco ne s'est pas avéré immédiatement repérable. D'autre part, l'accès est rigoureusement interdit à toute personne étrangère au service et Mr. Silvera n'a pu rejoindre la cale G, entrepôt 19, pour l'y attendre.

– Essayez de revenir dans une demi-heure et nous le ferons chercher de nouveau, lui a-t-on dit à l'entrée.

Ce n'est pas une perspective encourageante, après le temps déjà perdu au studio graphique et celui qu'il a fallu pour arriver du piazzale Roma à Marghera en taxi, à cette heure de circulation chaotique.

Mais, par chance, il ne pleut plus, et même les contretemps semblent s'acheminer vers leur terme. Lomonaco, probablement averti par le studio, survient à ce moment et reconnaît le client sans difficulté.

– Venez, dit-il, sortant avec lui et l'escortant le long du grillage jusqu'à une autre entrée dont il a la clef.

De l'autre côté, entre les files de wagons de marchandises et des murailles de caisses superposées, sur des quais surmontés de grues, il l'accompagne jusqu'à la cale G et le fait asseoir dans le petit bureau de l'entrepôt où il travaille.

– Ici nous serons tranquilles, dit-il. De quoi avez-vous besoin, précisément ?

Mr. Silvera le regarde, surpris.

– Mais cela, n'est-ce pas vous qui devez me le dire ? Je sais seulement que je devrais accompagner une cargaison, explique-t-il en sortant les documents reçus du gros.

Lomonaco lui aussi semble intrigué.

– Je ne sais pas, dit-il, montrez-moi.

Il étudie les papiers quelques minutes, passant et repassant d'une liste de descriptions de marchandises à un bulletin d'accompagnement, finit par se lever et sortir. Il revient au bout d'un quart d'heure en secouant la tête.

– Mais la cargaison, dit-il en frappant du doigt sur un registre, ne part pas de Venise-Marghera, elle part de Venise-Maritime. C'est là qu'on devait vous envoyer.

Bürokratie, pense Mr. Silvera en remettant les documents dans sa poche. Et il se dit qu'en un autre moment, en d'autres circonstances la chose aurait même pu l'amuser.

XI. Des deux choses que j'avais commencé

1

Des deux choses que j'avais commencé à comprendre au cours de l'« interrogatoire », l'une était que David, selon Raimondo, pouvait bien être un fou. L'autre était que le même David (toujours selon Raimondo), s'il n'était pas fou, devait être un dangereux escroc.

Mais, comme il n'était pas exclu (selon moi) que ce fût Raimondo qui divaguât, ses soupçons ne m'inquiétaient pas trop. Et même, d'une certaine façon, ils me rassuraient, tout au moins quant au futur immédiat : je pouvais espérer, au fond, que David dépendît de sa mystérieuse organisation (ou de quoi qu'il s'agît) moins qu'il ne me l'avait dit. Et que, donc, il pût encore décider... Qui savait...

Je comprenais, quoi qu'il en fût, que, les « révélations faites à Cosima » durant la conversation près de la fenêtre, Raimondo refusait de les admettre. C'est pourquoi il insistait pour les confronter soit avec des versions provenant d'autres sources, soit avec l'histoire elle-même telle que je pouvais la connaître.

Une sorte d'oral du baccalauréat, en somme, Raimondo étant l'examinateur et moi la candidate. C'est ainsi que je me revois au cours de cette seconde partie de l'enquête.

* * *

d) ARTS ET MÉTIERS

Examinateur : Parlez-moi des métiers, arts ou professions exercés par Silvera avant celui, réel ou présumé, d'accompagnateur touristique.

Candidate : Bien. Donc, à ce que je sais... ou à ce que je puis supposer, car il faut distinguer entre...

E : Ne vous préoccupez pas de distinguer et, avec vos mots à vous, tracez-moi brièvement un tableau général. Quant aux précisions éventuelles, je vous les demanderai moi-même.

C : D'accord. Donc : dirigé par sa famille vers les études talmudiques, Silvera, tempérament inquiet et dubitatif, les abandonne bien vite sous l'influence entre autres de Spinoza, qu'il rencontre à Rijnsburg. Non pas qu'il le rencontre vraiment, bien entendu. C'est seulement que passant par Rijnsburg, où Spinoza a habité, il...

E : Mademoiselle, je vous ai déjà dit que je vous demanderais moi-même d'éventuelles précisions. Poursuivez, s'il vous plaît.

C : Dirigé vers les études talmudiques, comme je disais, il les abandonne pour celles d'art dramatique et trouve temporairement un engagement dans une petite troupe de Brooklyn qui fait des tournées sur l'East Coast, comme le dit mon manuel à la page 80.

E : Bien, continuez avec vos mots à vous, ne me répétez pas comme un perroquet votre manuel !

C (*piquée*) : Comme vous voudrez. Donc, il... Enfin, ayant abandonné aussi le métier d'acteur ambulant parce que attiré par celui, plus lucratif, de commis voyageur, il continue à vagabonder dans divers pays, tantôt comme représentant en bijoux de fantaisie – c'est ce que dit le livre page 17 – tantôt comme vendeur d'encyclopédies, ce que je déduis de ses vastes connaissances dans tous les domaines du savoir.

E : Bien. J'apprécie cette déduction.

C (*encouragée*) : Du fait, d'autre part, qu'en abandonnant la *Reine de la mer Ionienne* il ait emporté les fonds d'urgence de l'Imperial Tours, je déduis aussi que, à force de changer de métier, de vivre d'expédients, son sens moral est allé s'altérant : qu'il s'est détourné, je ne dis pas du droit chemin, parce que son chemin n'a jamais été « droit », mais de ces principes qui devraient toujours...

E : Très juste. Sauriez-vous me décrire les étapes de ce dévoiement ?

C : Eh bien, il pourrait avoir commencé avec cette pièce fausse dont, faute d'avoir jamais réussi à la refiler à personne, il a fini par me faire cadeau.

E : A vous ?

C : A une certaine dame, disons. Sous l'influence néfaste de Fugger, d'autre part, le voilà qui s'engage dans une activité bien plus louche et dangereuse, comme la contrebande de drogues. Mais les dangers ne l'ont jamais effrayé, comme le démontrent les innombrables cicatrices dont il est fait état page 115.

E : Des blessures de guerre, selon vous ?

C : Au moins en partie. Sur la liste de ses métiers vagabonds, en effet (sans parler de sa possible appartenance aux services secrets israéliens), ne doit pas manquer celui de mercenaire, de soldat d'aventure.

E : Et de quoi le déduisez-vous ?

C : Du fait que Silvera, page 140, dit savoir faire quantité de petits travaux domestiques – repriser les chaussettes, recoudre les boutons, et même réparer les chaussures – caractéristiques du soldat et du mercenaire en particulier.

E : En ce qui concerne les chaussures, cela ne vous suggère-t-il pas autre chose ?... Ne se pourrait-il que Silvera, outre l'étude du Talmud, ait été orienté vers le métier de cordonnier et, au moins pendant quelque temps, l'ait effectivement exercé ?

C : Je n'y avais jamais songé.

E : Songez-y maintenant.

e) CORDONNIER ET GENTILHOMME

C : Non, tout bien considéré, il me semble impossible que quelqu'un comme Silvera ait jamais été cordonnier. Avant tout parce qu'il n'est pas homme à se fixer jamais quelque part, et puis...

E : Mais nous considérons l'hypothèse que ce soit là son premier et véritable métier, après quoi...

C : Je l'exclus tout de même, dans la mesure où pareil métier ne s'accorde pas du tout avec le personnage.

E : En quel sens ?

C : Mais au sens où la figure de Silvera, en dépit de tout possible dévoiement, reste celle d'un gentilhomme ! Et un cordonnier, c'est inutile, je ne peux...

E : Car vous raisonnez selon les critères snobs et, si vous me permettez de le dire, provinciaux de votre milieu restreint. Dans des milieux plus ouverts et dénués de préjugés, les activités artisanales, comme celles du cordonnier et du maréchal-ferrant, du forgeron, du menuisier, non seulement n'ont pas et n'ont jamais eu rien de bas, de malséant, mais s'accompagnaient souvent d'autres études et des activités créatrices les plus diverses. Savez-vous que Spinoza, quels qu'aient été ses rapports avec Silvera, était opticien ?

C : Oui, mais une chose est d'être opticien (et du reste Spinoza, pour autant que je sache, fabriquait surtout des lentilles pour des microscopes et des télescopes), une autre...

E : Alors pensez à Hans Sachs, le célèbre poète-cordonnier, ami de Dürer et de Luther, qui étudia parallèlement le latin, la flûte et le ressemelage des chaussures, inspirant à Wagner ses *Maîtres Chanteurs de Nuremberg*. Ou au cordonnier de Dresde qui donna l'hospitalité à Goethe en 1767, lui fournissant le modèle de l'*Ewige Jude* et plus tard, même, de *Faust*. Ou à Shi le charpentier, honoré de toute l'antiquité chinoise !... Et le fils du charpentier de Nazareth, qui apprit et exerça lui aussi le métier paternel ? Vous ne me direz pas que, pour autant, il n'était pas un gentilhomme ?

C : Mon Dieu, le Christ est une chose...

E : Et Silvera en est une autre ? Jusqu'à un certain point, mademoiselle. Jusqu'à un certain point. Mais venons-en maintenant au problème de la langue, ou, pour mieux dire, des *innombrables langues* que Silvera aurait apprises au cours de sa vie.

f) LE PROBLÈME DE LA LANGUE

(NB : Ici la candidate, malgré les exhortations de l'examinateur, répète souvent comme un perroquet les phrases de son manuel. Certaines de ses réponses sont pour cette raison omises ou abrégées.)

E : Que pouvez-vous me dire de sa langue maternelle ?

C : Rien. C'est-à-dire qu'à la page 80 il dit... (*omissis*). D'autre part, son nom de famille indiquerait une origine séfarade, autrement dit espagnole ou portugaise. Mais cela ne nous dit rien de sa langue maternelle, naturellement, non plus que le fait qu'il soit né aux Pays-Bas et que son prénom soit David.

E : David et rien d'autre ?

C : Oui... C'est-à-dire, non. Il me semble me souvenir que sur son passeport, page 54... (*omissis*). Ashver, en italien, ce serait Asvero ?

E : Oui, ou Assuero, du babylonien Ahzhuer. C'est un nom qui s'est répandu parmi les juifs en conséquence de la captivité à Babylone, justement. Mais, à vous, cela ne vous rappelle-t-il rien d'autre ? En Occident, sa graphie la plus commune est Ahsverus, ou Ahasverus.

C : J'ai bien étudié le problème de la langue, mais en onomastique, malheureusement, je suis peu préparée.

E : Dommage, car la question du nom et celle du métier

sont étroitement liées. N'avez-vous jamais entendu parler d'un cordonnier du nom d'Ashver, Asvero ou encore Assuero ?

C : Il ne me semble pas. En tout cas, dans mon livre, il n'apparaît pas.

E (*irrité*) : Mais il apparaît dans le mien !... Et maintenant, dites-moi comment ferait Silvera, selon vous, pour connaître toutes les langues qu'il prétend connaître.

C (*interdite*) : Comment cela, « prétend » ? Mais si dans tout le livre, du début à la fin, il... (*omissis*).

E : Je le sais, je le sais : toutes les langues occidentales, pratiquement, et les orientales, de l'hindi au chinois ; bon nombre de langues australes, à ce qu'on me dit ; et, quant aux africaines, je l'ai entendu de mes propres oreilles... c'est-à-dire, un certain Raimondo, au fameux Dîner chez Cosima, l'a entendu de ses propres oreilles... plaisanter en swahili avec le Maure Issà tandis que ce dernier lui servait la salade. Vous paraît-il possible qu'une seule personne ait pu apprendre tout cela ?

C : Eh bien, en quarante-cinq ans, pour quelqu'un qui a toujours couru le monde...

E : En quarante-cinq ans ? Mais une vie entière n'y suffirait pas ! Deux n'y suffiraient pas ! Dix n'y suffiraient pas !... Ce qui nous amène au problème fondamental.

C : Qui serait... lequel ?

E : Mais le problème du temps, mademoiselle !

* * *

A ce moment, l'examen – ou l'interrogatoire – subit une interruption soudaine, après laquelle son cours s'inversa ; la scène changea du tout au tout. Mais la raison de ce retournement ne fut pas le coup de téléphone de Chiara. Chiara téléphona plus tard. La raison en fut la brusque mise en lumière, opérée par Raimondo, du problème fondamental du temps.

Comment avais-je fait pour ne pas m'en apercevoir, pour ne pas le comprendre plus tôt moi-même, qu'il était « fondamental » au sens où tout s'y ramenait et où tout en dépendait ?

Et pourtant, le temps avec ses menaçantes pyramides, le temps maudit qui désormais pressait, harcelait, précipitait irrésistiblement vers la fin, je l'avais trouvé devant moi dès le début sous toutes ses formes, sous tous ses aspects trompeurs. Je m'étais pris les pieds dans ses fils innombrables à chaque pas, du campo S. Bartolomeo à ceux de S. Stefano et de S. Giovanni in Bragora, du pont des Guglie à la Sacca della Misericordia et à l'enchanté campiello dell'Abbazia, au ponton désolé de S. Marcuola... Et j'en avais encore parlé, discuté jusqu'à la minute précédente à propos des choses les plus diverses : navigations lagunaires et transports terrestres, fresques et architecture égyptienne, contrebande de drogue ou de « drogues » (maintenant seulement, je comprenais la différence !), métiers ambulants ou non, visite (non pas touristique ! non pas organisée !) à une maison des environs de Leyde, difficultés d'apprentissage du chinois et du swahili...

Mais je n'avais jamais fait le lien. Je ne m'étais jamais dit : tous les mystères de ton mystery man se réduisent, fondamentalement, à un seul.

A cet instant, en revanche, après la minutieuse récapitulation à laquelle j'avais été contrainte, et avec l'aide des obscurs, sporadiques indices que Raimondo m'avait fournis par ses questions, cet unique rappel avait suffi. Ce fut comme si le mot « temps », dans mon cerveau engourdi, avait fait fonctionner l'interrupteur général de la lumière.

Dix, cent ampoules s'allumèrent simultanément, éclairant des chemins par où j'étais déjà passée et repassée, mais comme de nuit, sans voir où je marchais ; des frontières que j'avais déjà traversées, mais en aveugle, comme dans un tunnel ; des pièces que j'avais déjà visitées, mais comme dans l'obscurité, sans apercevoir quelles gens ou quelles choses elles contenaient. La bibliothèque même où nous étions assis depuis je ne savais plus combien de temps, il me sembla la voir alors pour la première fois, bien que je me souvinsse d'avoir regardé soupçonneusement autour de moi, d'abord, avec l'idée que les mystérieux informateurs de Raimondo pouvaient y être encore. Et c'était à ce moment seulement que je m'apercevais qu'ils y étaient vraiment.

Du reste, à propos de bibliothèques, je dois aussi dire que je ne suis pas, après tout, aussi oublieuse ou ignorante qu'on me juge parfois, ou que je me juge moi-même, pour tout ce qui n'a pas trait à ma profession. Il y a beaucoup de choses que, plus ou moins vaguement, je sais. Mais souvent, tout à fait comme aux examens, il suffit que quelqu'un me les demande expressément pour les abolir complètement de ma mémoire. Ainsi en avait-il été lors de l'« examen » conduit par Raimondo. Que la famille Fugger, par exemple, fût « bien connue à Venise », je le savais, et pour me le rappeler il m'aurait suffi de la relier au Fondaco dei Tedeschi. Mais je ne fis pas le lien. Qu'un certain Asvero eût été cordonnier, je le savais aussi, et je m'en serais souvenue au moins confusément si je l'avais seulement associé à un surnom que Raimondo m'avait cité en allemand. Mais (sans doute aussi parce que je connais très peu l'allemand) je n'avais pas fait l'association. Alors que maintenant, après le déclenchement de l'Interrupteur Temps, ces connexions ou ces relais défectueux se mettaient en marche à leur tour et chaque question trouvait sa réponse, chaque tesselle de la mosaïque prenait sa juste place, et des détails même minimes, de petits incidents que j'avais négligés ou des allusions auxquelles je n'avais pas attaché d'importance (comme la plaisanterie de David quand – à la page 90 de mon manuel imaginaire – j'avais avoué avoir « un petit peu plus de trente ans »), acquéraient tout à coup une signification éblouissante.

Je vis que Raimondo me fixait des yeux avec une sorte de pitié compatissante, et je devinai, je reconnus, comme si je m'étais regardée dans un miroir, l'expression peinte sur mon visage : c'était la même que j'avais vue hier sur celui de Cosima, à un moment donné de sa longue conversation à la fenêtre.

Je me levai, fis quelques pas à travers la bibliothèque, et restai moi aussi un long moment, comme hébétée, devant une des grandes fenêtres, remarquant automatiquement un vol de pigeons, la fumée grise qui s'élevait d'une cheminée, le fait que le ciel s'était éclairci et qu'il ne pleuvait maintenant plus. Puis, j'allais vers le bureau où Raimondo avait laissé les *Sonnets* de Shakespeare, et où d'autres de ses témoins occultes, de ses mystérieux informateurs, s'amoncelaient encore en désordre.

Je vis l'autobiographie de Goethe et des ouvrages d'autres auteurs allemands, connus et moins connus, à côté de l'Évangile selon saint Jean ouvert à la dernière page...

Je remarquai, entre l'*Histoire* d'un bénédictin irlandais et un précis de folklore espagnol, des *Chroniques* florentines et siennoises du treizième siècle, le recueil des poèmes de Wordsworth, un drame du nouvelliste danois Hans Christian Andersen...

J'ouvris et feuilletai pour finir un roman français, illustré par Doré, dont le titre courait sur la couverture en grands et fantaisistes caractères romantiques, contournés au point d'être presque illisibles. Mais c'était un titre que je connaissais, auquel je m'étais attendue, et il ne me fut pas difficile de déchiffrer le surnom présumé de Mr. Silvera, bien que Mr. Silvera eût nié avoir jamais eu de surnoms.

Je revins m'asseoir à côté de Raimondo, qui n'avait pas bougé.

– Et maintenant que tu m'as dit qui il est... prononçai-je.

Il m'interrompit d'un geste, me regarda, plus compatissant que jamais.

– Non pas « qui il est », dit-il. Je t'ai seulement dit qui il dit être.

2

Ses dernières heures à Venise (son bateau partira ce soir, cela, il l'a su de Lomonaco), Mr. Silvera ne voudrait pas les passer aux grilles de Venise-Maritime à attendre Michele Turriti. Mais, contre les lenteurs et les déficiences de la bureaucratie, haute ou basse, il sait qu'il ne peut rien faire.

Il sait aussi que c'est sa faute, du reste. C'est lui qui a piétiné le règlement. S'il n'avait pas cédé à sa soif de s'arrêter, s'il avait continué, comme il le devait, à aller par le monde avec l'Imperial Tours, l'Instance dont il dépend ne se serait pas trouvée dans l'obligation de lui procurer immédiatement une autre identité et un autre travail.

Lui-même, en tout cas, n'aurait pas rencontré de nouveau la femme qui, dans l'avion déjà, lui avait semblé si séduisante. Il n'aurait pas à présent tellement hâte de se retrouver avec elle. Il lui serait égal d'attendre ici, dehors, le bon vouloir du magasinier Turriti, qui devrait lui donner toutes les instructions pour l'embarquement de ce soir.

Mais Turriti – apprend-il finalement d'un individu en chandail, qui l'aborde en lui demandant s'il vient de la part du studio – est actuellement en congé de maladie. Les instructions concernant l'embarquement et tout le reste, c'est un certain Albanese, électricien au commandement de la zone « Phares », qui devra les lui donner. Lequel, d'ailleurs, n'est pas libre pour le moment et viendra le prendre dans une demi-heure, disons, une heure au maximum. Mais pas ici. Il faudra que Mr. Silvera (maintenant Mr. Bashevi) aille l'attendre de l'autre côté de la gare maritime, au fond des Zattere, là où il y a une entrée de service : on traverse la passerelle qui enjambe le canal de S. Sebastiano et...

– Oui, dit Mr. Silvera. Je sais où c'est.

Mais ce n'était pas par là qu'on passait autrefois, pense-t-il tandis qu'il s'avance le long des quais nus du canal Scomenzera, où plus rien, excepté la façade d'une église désaffectée, ne rappelle l'époque de la maison Fugger et de ses activités point toujours légales d'import-export. Un travail très semblable, se rappelle-t-il, à celui qu'il s'apprête à recommencer, et qui lui avait été confié par le jeune Hans (ou Andreas ?) Fugger, quand lui-même s'appelait... comment ?

Eliach ?... De Pinhas ?... Ginzberg ?...

Difficile à dire, après si longtemps.

3

Ce n'était pas que lui-même, m'expliqua Raimondo, en eût jamais su beaucoup plus que moi, sur cette histoire. Après le récit exalté, exclamatif, agité de Cosima, son premier informateur un peu sérieux avait été un enseignant du collège arménien des pères mékhitaristes, vieil ami de la famille, que Cosima n'avait pas hésité à réveiller au milieu de la nuit.

Mais ce dernier, tout en fournissant d'amples renseignements et des indications surtout bibliographiques, s'était fermement refusé à se prononcer personnellement sur le cas. Pour l'Église, avait-il dit, les rumeurs concernant l'existence d'un tel juif, maudit par le Seigneur sur le chemin du Calvaire, n'avaient pas de fondement historique. La légende était peut-être née de l'application au juif en question, mais sous forme de malédiction, de condamnation, d'une promesse ambiguë d'immortalité terrestre faite à l'apôtre Jean, et rapportée par Jean lui-même à la fin de son Évangile. Touchant un présumé cordonnier Ahasver, qui, pour avoir refusé de laisser se reposer Jésus sur le seuil de sa boutique, aurait été condamné à « ne pas pouvoir mourir » et à s'en aller errant jusqu'au jour du Jugement, il n'y avait en revanche pas de témoignages scripturaires proprement dits.

Mais l'Église, était intervenue fébrilement Cosima, ne pouvait toutefois exclure…

L'Église n'excluait rien, avait dit le père mékhitariste au téléphone. Mais sa règle était aujourd'hui la plus extrême prudence. Nous n'étions plus au haut Moyen Age (quand la légende avait commencé de se répandre en Europe), ni même au temps de Paulus von Eilzen, évêque du Schleswig, qui, ayant rencontré à Hambourg un vagabond juif du nom d'Ahasverus, avait accordé une confiance aveugle à son récit, lui attribuant ce surnom d'Ewige Judc (le « Juif éternel »), qui en Italie et dans d'autres pays était devenu le « Juif errant ».

L'histoire avait ensuite été reprise par Goethe, von Chamisso, Lenau, Hamerling et de nombreux autres, jusqu'au populaire roman d'Eugène Sue. Mais avec de progressifs ajouts et des interprétations renouvelées : comme si, à mesure, l'ex-cordonnier avait modifié son récit pour le rendre compréhensible, admissible pour des auditeurs modernes.

Le Français Edgar Quinet (celui du boulevard et de la station de métro homonymes, derrière la gare Montparnasse) en avait même tiré une sorte de Journal, des *Tablettes du Juif errant* où celui-ci apparaissait comme un symbole non seulement de sa race nomade et inquiète, mais de toute l'humanité sur son incessant, incertain chemin.

Mais, avec le Christ – avait voulu savoir Cosima du mékhitariste au téléphone –, comment s'étaient vraiment passées les choses ? Était-il possible que Mr. Silvera, la gentillesse et la tolérance en personne (bien que capable, parfois, d'un entêtement inouï, comme le prouvait l'épisode du consommé), eût claqué la porte au visage du Nazaréen épuisé, vacillant sous le poids de la croix et qui lui demandait seulement de se reposer un instant sur son seuil ?

Ici – et que n'aurais-je pas donné pour être à la place de Cosima à ce moment ! –, David, pendant la conversation à la fenêtre, s'était contenté de répondre par un de ses vagues, inimitables :

– Ah...

Mais le père du collège arménien avait expliqué que ce grossier, primitif aspect de la légende était rapidement tombé en discrédit. Déjà, selon Goethe, les choses s'étaient passées de tout autre façon, comme l'avait plus tard vérifié Raimondo dans sa bibliothèque (pour lequel toutefois, qu'il se nommât ou non Ashver sur son passeport, Mr. Silvera ne pouvait être qu'un exalté, un fou dangereux ou un non moins dangereux escroc, capable de mettre sur la paille ou moi ou Cosima, et au besoin toutes les deux).

Il n'y avait eu aucune porte claquée au visage, d'après Goethe. La seule faute d'Ahasver en voyant le Christ entre les mains de la soldatesque, entraîné au supplice parmi les quolibets de la foule, avait été de murmurer avec colère, avec pitié, avec un impuissant désespoir :

– « Ach ! Er hat mich nie Hören wollen... » (« Je le lui avais dit, malédiction ! Mais il n'a jamais voulu m'écouter. »)

Et, en réalité, il le lui avait dit mille fois, au fils du charpentier de Nazareth, qu'il ne s'agissait pas de tendre l'autre joue. Ce n'était pas le bon chemin, les paraboles ne servaient à rien, la mansuétude, la résignation à la volonté de Dieu ne conduisaient nulle part. Lui aussi, le fils du cordonnier de Jérusalem, était pour la vérité et la justice, mais avait choisi une autre voie. Les cicatrices dont il était couvert en témoignaient. Et, s'il ne croyait pas encore que la victoire pût être pour demain, il ne faiblirait jamais, il continuerait toujours à...

– « A errer sans but », avait décrété alors Quelqu'un (non le pauvre diable qui s'en allait mourir, certes, mais Quelqu'un d'autre qui était déjà entré en fonction ou qui allait entrer en fonction là-haut : une sorte de nouveau Président, avait compris Cosima).

Car désormais, la victoire était à portée de main. C'était le

Golgotha, la victoire. Même si un fils de cordonnier se refusait à l'admettre.

* * *

Voilà où conduisaient les explications du père mékhitariste et les muets informateurs réunis sur le bureau. En ce qui concernait le récit de Cosima, il était (et il reste) difficile d'y faire la distinction entre la réalité et la fiction.

Le fait est que même Raimondo n'était pas parvenu à discerner, exactement, ce que David lui avait dit de ce qu'elle avait, pour sa part, compris, sinon imaginé tout de bon. Avec une femme comme Cosima, il est quasi impossible de le préciser. C'est pour cela, j'en suis sûre, que David l'avait choisie comme confidente : non parce qu'il pensait que je ne l'aurais jamais cru, mais parce que certains détails, rapportés par elle, pouvaient être diversement interprétés ou du moins accueillis avec réserve, pris sous bénéfice d'inventaire.

Pour Raimondo, d'ailleurs, il ne s'agissait pas de faire la distinction entre la fiction et la réalité, mais entre ce qu'il jugeait être les démentes – ou calculées – inventions du soi-disant Ewige Jude et les imaginations additionnelles de sa cousine. Laquelle, d'ailleurs, ne s'était pas contentée de l'écouter, l'Ewige Jude. Elle l'avait au contraire continuellement interrompu, comme elle fait toujours (et comme je le fais parfois moi aussi, soit, mais non pas à ce point), en lui posant les questions les plus idiotes et les plus hors de propos, ou en lui demandant les précisions les plus incongrues.

Quand il lui avait raconté, par exemple, qu'il connaissait le Nazaréen (plus jeune que lui de quelques années) et ses disciples – en particulier l'ex-publicain Matthieu – depuis longtemps, elle lui avait demandé s'il avait aussi connu Marie-Madeleine quand elle était encore pécheresse, comment elle était, cette Marie-Madeleine, et si par hasard il n'y avait pas eu « quelque chose » entre eux... A quoi, évidemment, il avait répondu par un autre de ses « ah ».

Il y avait toutefois des aspects de la légende, demeurés jusque-là parmi les plus obscurs, sur lesquels Cosima avait posé des questions plus ou moins raisonnables, parfois même intelligentes.

Si Mr. Silvera, par exemple, en 33 après J.-C., avait déjà environ quarante ans, comment se faisait-il qu'aujourd'hui il n'en parût pas davantage ?

Mais parce que je ne change jamais, avait répondu David, sans citer toutefois (et je lui en suis reconnaissante, sans compter qu'avec Cosima cela n'en aurait pas valu la peine) le sonnet CXXIII et ses pyramides.

Mais alors, c'était une chose tellement étrange que... Enfin, il aurait dû devenir très célèbre, non ?

Célèbre, en fait, il l'était déjà assez.

Oui, mais non... C'est-à-dire : ce qu'elle entendait par là était que si des gens qui l'avaient déjà rencontré le retrouvaient tel quel, identique, après dix ou vingt ans, ç'aurait dû être une chose... C'est-à-dire : cela aurait dû paraître dans les journaux, non ? On serait accouru de toutes parts pour...

Certes, mais les choses, justement, étaient établies de telle façon que cela ne pouvait jamais se produire. Il ne devait jamais s'arrêter, et ceux qu'il avait rencontrés ne pouvaient jamais le rencontrer de nouveau. Ils pouvaient peut-être le croiser, passer près de lui, mais sans s'en apercevoir.

Ainsi donc elle-même, dans dix ans, supposons, pourrait passer par hasard par le campo San Fantin ou la calle della Màndola alors que lui aussi, pour une raison quelconque, passerait par là, mais juste à ce moment elle aurait besoin de se moucher ou envie de s'arrêter devant une vitrine, en sorte qu'elle ne le verrait pas ?

C'était bien cela. Les choses étaient établies de telle façon qu'elle ne pourrait pas le voir.

– Il semble que la pauvre Cosima, dit Raimondo, sarcastique, se soit à ce moment-là pratiquement mise à pleurer.

– La pauvre Cosima ?... Ah, oui ?... Et moi, alors ?... dis-je, me mettant à pleurer aussi.

* * *

Ce fut une véritable crise, je ne pouvais plus m'arrêter, Raimondo ne savait plus comment me calmer et en vint à m'apporter un verre d'eau, à me proposer une demi-aspirine, à m'appeler paternellement « ma petite fille ».

– Mais ma petite fille, répétait-il, raisonne un moment, non ?... Tu ne vas pas penser qu'il soit vraiment... tu ne vas pas croire sérieusement à...

– Mais je ne le sais pas, ce que je crois ! continuais-je à sangloter. Je sais seulement que je... qu'il... Et toi, tais-toi, je t'en prie, ne reste pas là, tais-toi... Parce que toi, je le sais bien, ce que tu crois ! Pour toi, c'est un fou ou un escroc, un délinquant, voilà ! Alors que je te dis que tu te trompes. Que çela, il ne peut pas l'être. Parce qu'il...

– Mais je n'ai pas dit du tout...

– Mais tu le penses ! Au lieu de te demander où il est maintenant et pourquoi il ne revient pas, pourquoi il ne téléphone pas, pourquoi au moins Nava ne donne pas signe de vie ! Quelle heure est-il ? Je ne sais même plus...

– Presque une heure. Veux-tu que je téléphone à Nava ? Que je lui demande moi-même ?

– Oui, appelle, s'il te plaît... Merci... Et excuse-moi. C'est que vraiment, je...

Je l'écoutai téléphoner, et à la voix de Nava, bien qu'elle fût à peine audible, je compris tout de suite qu'il n'y avait pas de nouvelles. Le même Nava, toutefois, au cas où il y en aurait, ne manquerait pas de... s'empresserait personnellement... etc.

– Il n'est pas rentré et n'a pas non plus téléphoné, me

confirma Raimondo avec componction. Et personne d'autre ne t'a demandée, à part Chiara, il y a peu de temps, qui a laissé un message pour que tu la rappelles.

– Au diable Chiara, dis-je en m'essuyant les yeux.

Nous restâmes un moment sans parler. Je me refis un brin de maquillage, finis par boire mon eau, prendre mon aspirine.

– Peut-être a-t-elle su quelque chose sur la villa de Padoue, risqua Raimondo avec une assurance forcée, dans un effort compatissant pour me distraire.

– Qui ?

– Chiara. Peut-être que De Bei, après tout...

Mais moi je ne marchai pas, je relevai la tête.

– Écoute, Raimondo, attaquai-je en l'interpellant sèchement, libre à toi de penser que je suis l'idiote de la lagune, et que David...

– Mais je suis bien loin de m'imaginer...

– Écoute, Raimondo, raisonne un moment toi aussi et dis-moi seulement ceci : explique-moi seulement comment David aurait fait pour reconnaître ce Fugger s'il ne l'avait pas connu pour de bon. Car n'est-ce pas ce qu'il a dit aussi à Cosima ? N'est-ce pas pour cela que tu m'as posé toutes ces questions ?

– Si, bien sûr. Seulement, il a dit à Cosima l'avoir connu en 1508.

– Alors que je pensais, moi, à quelqu'un d'actuel, et donc je n'avais pas le moins du monde fait le lien. Le nom ne me disait rien, en l'entendant comme cela. Comment voudrais-tu que j'aie pensé à Fugger le Riche, au Fondaco dei Tedeschi, et à l'époque où les Fugger au Lys, à Venise...

– Mais Chiara m'a confirmé que, sur le blason du portrait, il y a des épis, et non pas des lys ! C'est la première chose que je lui ai demandée ce matin.

– D'accord, c'est là une chose que je ne comprends pas ; et je ne comprends pas davantage comment il est entré dans la collection Zuanich, ce faux « clandestin ». Mais le fait demeure que sa fausseté a été révélée justement parce que le personnage était réel. Sans compter cet autre fait qu'à Venise, au temps de Jakob Fugger dit le Riche…

– Mais de Jakob le Riche, n'y a-t-il pas un célèbre portrait de Dürer ?

– Si. Il y en a un à la détrempe, à Munich, et un dessin encore plus célèbre à Berlin.

– Alors, il a pu les reconnaître grâce à eux.

– Avec ceux-là, il n'y a pas la plus petite ressemblance. Le portrait de la collection Zuanich doit être celui d'un autre membre de la famille, beaucoup plus jeune du reste. Mais j'étais en train de dire qu'alors, à Venise, au Fondaco dei Tedeschi, les Fugger étaient non seulement banquiers et marchands, mais à l'occasion faisaient de la contrebande : surtout de safran, de poivre et d'autres épices. Voilà ce qu'étaient les « drogues » ! Mais cela, je l'ai compris seulement il y a un instant, je m'en suis souvenue à cause des fresques du…

La dernière ampoule s'alluma.

Je restai la bouche ouverte, les yeux écarquillés, et je devais vraiment avoir l'air de l'idiote de la lagune, à la manière dont je vis que Raimondo me regardait.

– Quelles fresques ? demanda-t-il, presque apeuré, continuant à me regarder tandis que j'essayais encore de m'y reconnaître, d'établir des liens.

– Attends un moment… laisse-moi réfléchir…

– Celles de Pordenone à Santo Stefano ? insista-t-il. A cause de la Trésorerie ? Mais, à cette époque, la Trésorerie ne s'y trouvait pas encore, ni même le Génie militaire. C'était un couvent de…

Je le fis taire d'un geste et allai vers le téléphone ; je composai le numéro de Chiara.

– Chiara ?… Écoute : j'ai pensé que ce faux portrait…

Mais elle m'interrompit pour me dire que, il y avait un petit moment de cela, elle m'avait appelée à l'hôtel justement à ce sujet : le portrait, du moins celui qui avait été présenté à la

Direction des beaux-arts pour le visa, n'était pas du tout...

– Ah, je le savais ! dis-je. Je l'avais imaginé ! Mais, là-bas, comment s'en sont-ils aperçus ?

Mon ton de triomphe fit dresser l'oreille à Raimondo, qui, avec son indiscrétion innée, se leva et vint à côté de moi pour tâcher d'entendre. Mais Chiara parlait avec tant d'agitation et de hâte que, moi-même, j'avais du mal à la suivre.

– Et les épis ? demandai-je. Comment se fait-il que, sur le blason, il y avait deux épis, au lieu de... Ah, voilà !

Raimondo frémissait, il m'aurait presque arraché le combiné des mains, dans sa curiosité maniaque. Mais à présent je me vengeais, je prenais plaisir à le faire souffrir à mon tour, réduisant au minimum mon rôle dans la conversation.

– Bien sûr... Je comprends... En 1509 ? Oui, mais more veneto en 1508 : parce que d'après les *Carnets* de Sanudo... Un autre membre de la famille, de toute façon. Et puis... Mais bien sûr ! Le portrait mentionné par Vasari ! Qui donc *n'est pas* celui du *Jeune Homme en fourrure* de l'Alte Pinakothek !... Et la Federhen, où l'avait-elle trouvé ? Et Palmarin ?... Mais les petits-fils étaient de connivence ?... Ah, je te l'avais dit qu'elle ne me semblait pas à ce point retombée en enfance !... En tout cas, il faut reconnaître que la Federhen... Comment ?... Comment j'ai fait, moi, pour comprendre que le jeune homme du portrait ?... Mais, cela, Raimondo ne te l'a pas cxpliqué ?... Oui, je t'expliquerai, mais pas maintenant. De toute façon, ce n'est pas moi qui l'ai compris... Non ; c'est un ami à moi qui en 1508 a travaillé pour les Fugger.

Je raccrochai. Raimondo était dans un état qui faisait peine à voir, mais je ne me laissai pas émouvoir.

– Tu ne veux pas me donner quelque chose à boire ? dis-je. Un mimosa, un screwdriver, je ne sais pas.

4

– Rien, en somme, qui sorte de l'ordinaire, qui soit vraiment irrégulier, explique l'électricien du commandement de la zone « Phares ».

La *Marie-Jeanne,* en provenance de Freetown, appartient à une compagnie de navigation canadienne. Le commandant est au-dessus de tout soupçon. Et la cargaison embarquée ici à Venise (peut-être un peu hâtivement, en sautant quelques formalités) correspond en substance à la description sur les listes. C'est pourquoi il n'y aurait même pas besoin d'un accompagnateur, en réalité. Seulement, dans quelques-uns des ports de destination, pourraient surgir des problèmes, on pourrait avoir des histoires, en sorte qu'il s'agira surtout de trouver des accommodements et de contourner les difficultés, de graisser des pattes... Mais cela, on ne pouvait pas le demander à la Compagnie, naturellement. Et pas davantage au commandant, qui d'ailleurs est dans l'ignorance de tout. Le « contact » de Mr. Bashevi sera en revanche l'officier en second, qu'il devra rencontrer sous peu.

Mr. Bashevi regarde l'heure.

– Sous peu, quand ? demande-t-il.

Le temps de se rendre d'ici, du commandement de la zone « Phares », au canal Scomenzera, où la *Marie-Jeanne* est amarrée. Ce soir, toutefois, à neuf heures, il vaudra mieux qu'il se présente de nouveau à l'entrée des Zattere, où il y aura quelqu'un pour l'attendre. La *Marie-Jeanne* part à onze heures.

5

Donc, au début de l'année 1509, c'est-à-dire en 1508 selon le calendrier vénitien, les fresques du Fondaco dei Tedeschi reconstruit étaient terminées, se décida à expliquer l'ex-Idiote de la Lagune (qui était une experte de Fowke's, après tout, et connaissait mieux certains secrets de Venise que le prétentieux, l'arrogant Raimondo). Mais ces fresques-là, poursuivit-elle, n'avaient rien à voir avec Pordenone. Elles étaient de Giorgione, à qui les avait commandées Fugger le Riche en personne ; lequel ensuite, si riche qu'il fût, fit des difficultés pour le payer, comme il apparaît dans les *Carnets* de Sanudo. Voilà pourquoi Giorgione fit le portrait d'un des neveux (Hans, peut-être, ou Andreas : un de ceux, en tout cas, qui travaillaient au Fondaco), mais non du pingre oncle Jakob...

– Tu me suis ? demandai-je avec un petit sourire.

Raimondo n'était pas parvenu à avaler fût-ce une goutte de son screwdriver, tant il était frémissant.

– Oui, mais dépêche-toi un peu, viens-en au fait, je t'en prie... supplia-t-il.

Donc : les fresques du Fondaco, comme chacun sait, se détériorèrent avec le temps, et aujourd'hui il n'en restait plus qu'un fragment presque illisible (*l'Ignuda*) à l'Accademia. Le portrait, sur toile, alla au contraire finir entre les mains de Vasari, qui rapporte l'avoir conservé dans son livre de dessins. Après quoi on en perdit complètement la trace jusqu'à ce que quelqu'un, vers la moitié du dix-neuvième siècle, prétendît l'identifier avec un portrait de jeune homme en fourrure, vaguement giorgionesque, de l'Alte Pinakothek.

– A ceci près que le portrait en question mesure 70 sur 53 cm. Te semble-t-il possible qu'une toile de cette dimension soit celle que Vasari dit avoir conservée dans son livre, mesurant au maximum 45 sur 30 cm ?

– Non, se résigna le malheureux, cela ne me semble pas possible.

Voilà. C'est pourquoi, dès 1871, Cavalcaselle réfute l'identification et attribue la toile de Munich à Palma l'Ancien... Il est suivi, en 1926, par Berenson, alors que d'autres songent à Mancini ou à Cariani... Les recherches du portrait perdu reprennent… Jusqu'à ce qu'une antiquaire italo-allemande peu scrupuleuse, mais à l'œil aigu, remarque chez une famille patricienne de Zandobbio (province de Bergame) un petit *Portrait de jeune homme* maladroitement restauré, mais sous les retouches duquel il lui semble reconnaître la main du maître de Castelfranco. Sur le blason du jeune homme, d'autre part, il y a deux lys qu'Anita Federhen – ainsi se nomme l'antiquaire – ne tarde pas à reconnaître pour ceux des Fugger, alors que les frustes, incultes propriétaires les avaient toujours pris pour ceux des Médicis. Et, une fois identifiés les lys, comment ne pas se décider à l'achat immédiat ? La Federhen…

– Mais les épis, alors ? Quel est le rapport avec les épis ? D'où sont-ils sortis ?

Un peu de patience. Et, même, faisons un pas en arrière. Rappelons-nous que Jakob Fugger ne dédaignait pas d'arrondir ses déjà immenses bénéfices par la contrebande du poivre, du safran, etc., sur lesquels Venise imposait des droits énormes non seulement dans ses ports, mais dans tous ceux qu'elle contrôlait sur la route des épices. Cette branche discutable de son activité, le riche Fugger ne la gérait toutefois pas personnellement. C'était un de ses neveux qui s'en occupait, recrutant des agents clandestins et cosmopolites pour accompagner les chargements et débrouiller les problèmes, aplanir les difficultés, trouver des accommodements. Il n'est par conséquent pas surprenant qu'un cosmopolite de race, comme le Juif errant, se trouvant passer par Venise en 1509 et donc…

– … en 1508 selon le calendrier vénitien.

– … en 1508 *selon David lui-même,* ait rencontré le jeune Fugger pour des raisons de travail : l'année même où celui-ci faisait faire son portrait par Giorgione. Et l'on comprend qu'il n'ait pas eu de peine à le reconnaître dans la collection Zuanich cinq siècles plus tard, bien que le portrait Zuanich fût faux. Tu comprends ?

– Non !

– Parce que tu ne veux pas comprendre. Parce que tu t'obstines à penser que l'histoire de David est une accumulation de mensonges.

– Je ne m'obstine pas à penser cela. Je pense qu'il croit sérieusement être ce qu'il dit. Mais alors, forcément, je dois penser qu'il est complètement...

– Alors, attends encore un moment. Pense à la Federhen qui se trouve avoir entre les mains, pour quelques millions, un Giorgione vendable à l'étranger pour des milliards. Que fait-elle ? L'emporter dans une valise serait très facile mais ne servirait à rien, car, une fois qu'aurait éclaté l'affaire du Giorgione retrouvé, qu'on aurait publié des photographies dans les journaux, les ex-propriétaires le reconnaîtraient et les autorités italiennes exigeraient son retour. Il faudrait l'exporter avec quantité de visas officiels, au contraire. Après, allez donc essayer de le récupérer ! C'est ici qu'entrent en jeu la collection Zuanich et le complice Palmarin. Mais enfin, si ces digressions ne t'intéressent pas, si tu trouves que je n'en finis pas, je...

– Allons, n'en remets pas !

– Donc, tu sais comment on fait, ou du moins comment on faisait (parce que aujourd'hui ils sont beaucoup plus attentifs) pour exporter avec quantité de visas un dessin de valeur ? On le glisse dans un tas de dessins de rebut, on présente le tout à la Direction des beaux-arts, et eux, après un coup d'œil hâtif, pan, pan, ils apposent un tampon après l'autre. Mais, avec le Giorgione retrouvé, cela ne pouvait pas se faire : un Giorgione est un Giorgione, et, de même que la Federhen l'avait reconnu, ils auraient pu le reconnaître aussi.

– Oui. J'imagine.

– Il s'agissait donc de le détourner, ce coup d'œil, si hâtif qu'il fût. Il fallait qu'un clandestin de ce genre ils ne pussent *pas* le soupçonner. Ou plutôt : *qu'ils ne pussent plus le soupçonner.* Comme s'ils l'avaient déjà vu et revu et...

– Seigneur ! s'écria Raimondo, qui après tout n'est pas un idiot, tu veux dire que le clandestin de la collection Zuanich était une copie faite exprès ? Placée là exprès, avant de présenter le tableau véritable à la Direction des beaux-arts ?

– Évidemment. Le personnage, hormis le blason, était le même. Mais l'empreinte giorgionesque de l'original, déjà à demi effacée par les restaurations, avait été tellement altérée dans la copie qu'elle ne pouvait faire penser qu'à une grossière, grotesque contrefaçon du dix-huitième, parfaitement dans le ton du reste de la collection. C'est ainsi que non seulement les collectionneurs, les connaisseurs, les professionnels comme ta servante, mais encore les fonctionnaires de la Direction des beaux-arts et le directeur en personne sont passés et repassés devant sans autre réaction que de déception et d'ennui. Après quoi, quand le portrait authentique a été présenté pour le visa en même temps que l'ensemble de la collection, pourquoi seraient-ils allés recontrôler ? Le seul danger était qu'en remarquant les lys des Fugger ils ne songeassent aussi au portrait perdu de Giorgione.

– Et alors ?

– Alors rien du tout, parce que les lys de l'original ont été camouflés par des épis : une retouche de plus ou de moins... En somme, ils auraient pu lui donner le visa dès ce matin, sans...

– Sans moi ? Parce que j'ai téléphoné à Chiara ce matin ?

– Oui, en définitive oui... Parce que Chiara, quand tu lui as parlé du tableau, a été prise de curiosité ; elle est allée aux Beaux-Arts pour regarder de plus près, et ils ont alors été intrigués, eux aussi. Ils ont radiographié le tableau, vu les lys sous les épis peints de frais, et convoqué d'urgence la Federhen et Palmarin.

– Qui ont tout raconté ?

– Forcément. Et aussi qu'ils avaient glissé la copie dans la collection Zuanich avec la complicité de la vieille. Mais je te demandais : comment se fait-il que tout cet imbroglio soit venu au grand jour ? Qui est-ce qui a reconnu un jeune homme inconnu dans un faux tableau où les lys ne se trouvaient même pas, ni au-dessus ni en dessous ? Et comment aurait-il fait pour le reconnaître maintenant, s'il ne l'avait connu à l'époque ? Si, donc, il n'était pas vraiment... ?

Raimondo ne dit rien pendant un long moment. Puis nous fûmes interrompus par un coup de téléphone (de son chorégraphe bouclé, à ce que je compris) qui le retint à l'appareil un quart d'heure.

Mais, pendant ce temps, mon sentiment de triomphe m'avait abandonnée. Parce que j'imagine que, même moi, je n'y avais pas cru vraiment jusque-là, à la « révélation à Cosima » ; alors que l'hypothèse du fou ou de l'escroc m'avait laissé une sorte d'alternative, d'espoir... A présent, au contraire, avec mon impeccable raisonnement, j'avais fini par creuser ma fosse moi-même. Mr. Silvera *était* l'Ewige Jude, et la seule chose que je pouvais espérer, désormais, était de le revoir pour la dernière fois.

6

L'appel téléphonique, si bref qu'il ait été, a empêché Oreste Nava d'intervenir tout de suite, et aucun de ses assistants – surtout pas cet imbécile de Luigi – n'est plus en mesure de contrôler la situation.

A la suite du célèbre chanteur d'opéra, en effet, est déjà entrée une cohorte de journalistes et de photographes, tandis que par la porte restée sans défense commence à pénétrer la foule des admirateurs et des chasseurs d'autographes, des fans : une race dont Nava ne peut seulement souffrir le nom, et qu'il est en tout cas de son devoir le plus strict de maintenir hors de l'hôtel.

Ayant reposé le combiné, il se hâte donc de sortir de derrière le comptoir, fait impérieusement signe aux employés et aux chasseurs de s'occuper seulement de la porte et accourt auprès du personnage ventru avec l'air de vouloir le défendre. Il voit bien que celui-ci ne demanderait pas mieux que de se laisser faire, d'improviser, tant qu'il y est, une conférence de presse (il doit être ici pour un récital aux frais de quelque riche fondation, car, une célébrité de ce calibre, la simple Fenice ne pourrait pas se l'offrir) et, comme finale (bien que quelques clients assis dans le hall donnent ouvertement des signes d'agacement, tandis que d'autres, parmi lesquels le boudin du 104 et le couple pseudo-anglais du 421, s'approchent avec de larges sourires), de se produire peut-être dans la cavatine d'*Ernani*. Mais ses dénégations faiblement insistantes fournissent à Nava le prétexte nécessaire.

Sa manche galonnée entoure avec prévenance les épaules du gros patapouf, tandis que l'autre éloigne avec autorité les interviewers les plus pressants, et, l'instant d'après, les voilà tous deux en sécurité dans l'ascenseur de service, en direction de la suite réservée, le 212.

Seulement, maintenant, il va falloir que je m'en occupe, de ce con-là, pense Oreste Nava. Qui, après le coup de téléphone, aurait voulu, au contraire, s'empresser d'avertir personnellement la princesse angoissée du 346.

7

On entendit frapper, sans théâtralité, à la porte, et Alvise fit un demi-pas à l'intérieur de la bibliothèque sans détacher sa main de la poignée. Avec son crâne dégarni, sa jaquette à petites rayures rouges et noires, sa surdité et son parler vénitien, nul ne l'aurait pris pour un messager de tragédie classique. Ce n'était pas le frère Laurent de Juliette, le soldat de Cléopâtre, ni le kerux qui annonce, alarmé, l'arrivée d'Agamemnon. C'était plutôt un Menegheto sorti tout droit du *Café* ou de *la Manie de la villégiature* de Goldoni.

– Le sieur Basegio est là, annonça-t-il en effet.

– Qui ? demanda Raimondo. Que veut-il ?

Alvise haussa les épaules.

– Le sieur Basegio, répéta-t-il.

– Mais qui est-ce, quelqu'un l'envoie ? C'est l'homme des matelas ?

Le regard d'Alvise resta vide et innocent, sans que l'on comprît s'il ne savait pas ou n'entendait pas.

Raimondo quitta la pièce avec impatience, et au bout d'une minute j'entendis la voix du sieur Basegio expliquer qu'il avait appelé l'hôtel et su que j'étais ici. Mais, ici, le téléphone était toujours occupé, et alors...

Ce n'était pas l'homme des matelas, c'était David.

– Mais bien sûr, c'est tout naturel, disait Raimondo, vous avez très bien fait de venir.

Civilités. Bonnes manières. Merci. Je vous en prie. Mais ne voulez-vous pas me donner votre imperméable. Il n'y a pas de quoi. Pensez-vous. Entrez donc. Je vous montre le chemin. Il n'y manquait que « Votre serviteur, monsieur ».

Cela, au lieu de vols d'oiseaux et autres signes ou phénomènes prémonitoires, tonnerre et éclairs, obscurcissements du soleil, hurlements prophétiques de Cassandre. Pendant ces moments d'insupportable tension dans l'attente du verdict, je n'eus, pour deviner mon sort, rien d'autre que les phrases communes, le ton affable des deux voix qui s'approchaient. Comment les interpréter ? Que promettaient-elles ?

Pour y voir des auspices favorables, je m'agrippai précisément à leur normalité polie. Nulle urgence ni agitation ne transparaissait à travers cet échange : par conséquent, il y avait eu un ajournement, le départ n'était pas imminent, David pourrait rester jusqu'à demain, voire jusqu'à lundi.

Mais, en même temps, je me disais que notre rencontre dans l'avion aussi s'était produite sous le signe de l'ordinaire. Je pensai que de la même façon, sans que la terre tremblât ou que le ciel s'embrasât, nous nous étions retrouvés sur le campo San Bartolomeo. Et il me revint à l'esprit que j'avais incongrûment pensé, ici justement, chez Raimondo, le soir de mon arrivée, alors que tout le monde se mettait à table en bavardant, que la Sainte Cène elle-même avait pu commencer ainsi : avec les apôtres qui s'asseyaient en échangeant des phrases banales et des informations quotidiennes, ta tante Ruth va-t-elle mieux, qu'a-t-il dit ensuite, ce pharisien, mais c'est donc vrai que le vieil Ezra veut épouser la petite Abigaïl...

Je me retrouvai debout sans le savoir, et, quand David apparut un peu de biais dans l'encadrement de la porte, j'avais moi-même, Dieu sait comment, une attitude ordinaire, et une voix absurdement ordinaire, qui s'éleva pour demander :

– Alors ?

– Ce soir, dit-il. Je dois partir ce soir à neuf heures.

– En avion ?

– Non, par mer. Un cargo.

– Mais des Zattere, dit Raimondo, pris à son tour par le démon de la précision, non pas de Marghera.

– Des Zattere, confirma David.

Et il ajouta, comme s'il y avait un rapport :

– J'ai un nouveau passeport, maintenant je m'appelle Bashevi.

– Je comprends, dit Raimondo, voulant dire qu'il comprenait pourquoi Alvise avait compris « Basegio ».

Nous avions parlé tous les trois comme des jouets à ressort, et, dans le silence épuisé qui suivit, je ne perçus pas même un écho des cris de Circé, des lamentations désespérées de Didon. Mais que pouvions-nous faire, nous, dans ce presque vingt et unième siècle ?

Nous fûmes contraints de nous asseoir, et d'une main de fer le siècle nous imposa ses formalités dédramatisées, les cigarettes, l'offre d'un café, ah, pardon, le cendrier, et, de la part de David, le compte rendu sommaire des complications bureaucratiques qui l'avaient retardé. Une conversation amortie, édulcorée, presque un talk-show télévisé avec un Invité d'un prestige particulier, accueilli par la Présentatrice avec quelque appréhension et interviewé par le Journaliste avec les égards voulus.

Assis dans son petit fauteuil crapaud, ses longues jambes croisées, les revers du pantalon et les chaussures (des chaussures anglaises, usagées mais solides, de marcheur) encore humides de pluie, l'ex-Mr. Silvera répondait à toutes les questions.

– Et cela vous arrive-t-il souvent de changer d'identité ? demandait avec un respectueux intérêt Raimondo le Journaliste.

Selon les circonstances, répondait paisiblement l'Invité. Une identité pouvait parfois « tenir » des années, ou bien les choses se passaient de telle façon qu'il fallait la modifier. Et puis, au bout d'un moment, évidemment, c'était la date de naissance qui n'était plus adaptée.

– Mais bien sûr, c'est naturel... glissait le Journaliste, tandis que la Présentatrice adressait au public des sourires embarrassés. Et le problème du travail ? De la survie, disons, économique ?

Ici encore, c'était la même chose, expliquait le grand voyageur. Parfois on tombait sur un travail assez régulier, comme pour l'Imperial Tours ; d'autres fois on devait accepter des tâches plus douteuses, plus mouvementées, ou bien se débrouiller au jour le jour, vivre de petits expédients. Les choses, de toute manière, étaient établies de telle sorte qu'il pouvait... devait toujours... continuer son voyage sans s'arrêter.

– Ici à Venise, pourtant, vous vous êtes arrêté plus de trois jours, intervenait avec vivacité la Présentatrice.

Ah, mais abusivement, disait l'Invité, abusivement ! Et à présent, bien qu'il ne regrettât rien, il le payait un peu cher.

* * *

Un peu *extrêmement* cher, se répète à lui-même l'Invité abusif. Mais cela ne dissipe pas ses remords, ne l'empêche pas de se sentir en faute à l'égard de la femme assise sur le petit divan en face de lui, et sur laquelle – tandis qu'il fournit ses éclaircissements, ses aveux, ses précisions assurés – il évite de poser les yeux.

Il voudrait lui dire et lui expliquer davantage, se justifier davantage. Il voudrait, en somme, lui demander au moins pardon. Mais il est en même temps reconnaissant de l'allusivité réductrice, détachée, dans laquelle son affectueux ami maintient la conversation. Et il en profite pour retarder le moment où ils se retrouveront seuls, devant leur dernier après-midi, leurs dernières heures ensemble, en sortant d'ici.

XII. Nous sortîmes ils sortent nous sortons

1

Nous sortîmes ils sortent nous sortons nous sommes sortis dans le plus absolu novembre. Les temps de ces dernières heures s'enchevêtrent, les sujets se confondent, se dissipent impersonnellement dans les grisailles de l'automne, se rejoignent et se séparent à nouveau, pour parcourir chacun, isolément, la syntaxe décolorée de la cité.

De la grande pluie de la matinée demeuraient partout d'humides stagnations, et les canaux même avaient un air enflé, neuf, comme si eux aussi avaient ruisselé des gouttières. Il y avait très peu de gens alentour.

Je ne sais pas, il ne savait pas, nous ne savions pas où aller, aucun projet n'était plus possible, aucune minute ne valait plus rien, il y avait même une aversion à les économiser, je voyais revenir ma vieille répugnance à profiter des pauses, des interstices, comme si au Temps, odieux chauffeur de taxi, on avait dit avec hauteur : Gardez donc le reste, je ne sais que faire de la monnaie.

Mais quelle hauteur, ma petite fille, quel chauffeur de taxi, quand le Temps avait repris ses dimensions colossales, pyramidales, et que tu marchais au-dessous, microscopique, indiscernable silhouette, avançant entre des options toutes également futiles : mettre un terme enfin à la curiosité (mais la Ca' d'Oro était-elle ouverte, l'après-midi ?) de jeter un coup d'œil aux fresques de Pordenone ; ou s'en retourner à l'hôtel pour tenter les moites adieux de la chair ; ou revisiter des lieux déjà catapultés dans le passé défini, comme le campo San Bartolomeo ou la calle della Màndola ; ou peut-être (même cela me vint à l'esprit) aller au cinéma, consumer à l'ombre d'une histoire quelconque la fin de la nôtre…

Mais, bien que nous ne fussions pas entrés dans ce hall désert, où la caissière lisait un livre tandis que l'ouvreuse attendait debout que quelqu'un, lui tendant un billet à contrôler, la fît descendre de son piédestal d'ennui, bien que cette image momentanée fût déjà dix ou vingt pas derrière nous, moi, qui n'avais rien à lui opposer, je me laissai passivement envahir par elle, je lui accordai des développements futilement détaillés : oui, voilà la caissière distraite de son livre, voilà l'ouvreuse qui contrôle les billets, le rideau vert qui s'écarte, les files de fauteuils vides dans l'obscurité (je ne serai jamais allée au cinéma avec Mr. Silvera !) et là-bas, sur l'écran, look, look, voilà que se succèdent des vaporetti et des calli, des îles et des campielli et des corps nus et enlacés, trois jours à Venise, passion sur la lagune, un amour impossible : notre film.

Des soupirs sonores, des murmures amplifiés :

« Jamais je ne pourrai t'oublier. »

« Jamais je n'ai connu une femme telle que toi. »

« Étreins-moi. »

« Embrasse-moi. »

Tout pouvait-il se réduire à cela ?

Mettons plutôt qu'alors qu'il se dirigeait vers son bateau, au fond des Zattere, quelqu'un, surgi de l'ombre, l'ait abattu d'une rafale de mitraillette.

Ou que de l'étroit passage duquel nous approchions aient débouché deux agents d'Interpol, brandissant une affiche barrée par l'inscription WANTED.

« Mr. David Ashver Silvera, alias Daniel Ashver Bashevi, alias Ahasver le cordonnier ?

– Oui, c'est moi.

– Vous êtes recherché dans trente-quatre pays. Suivez-nous. »

Mais personne ne déboucha du passage, la ville était comme abandonnée, les pigeons semblaient des corbeaux, tous les chats semblaient devenus noirs, et la dernière promenade désolée des deux amants semblait l'anéantissement systématique de la première, de ce divagant itinéraire où les lieux et les monuments et les palazzi venaient à leur rencontre, s'offraient à eux comme inventés dans l'instant, alors que maintenant ils allaient s'éteignant l'un après l'autre, ils se niaient, rentraient dans l'anonymat, dans l'invisible.

Venise semblait devenue Mestre.

Et ce n'était que dans un cinéma paroissial de Mestre, dans un film américain éculé des années cinquante, qu'elle aurait pu lui demander, le prenant par la main, le fixant avec des yeux voilés :

« Mais dis-moi, John, tu es vraiment le Juif errant ?

– Oui, chérie, je suis Ahasverus, débarqué de la *Basilissa*, et je te dirai tout, je te raconterai tout. »

Une légende, un mythe. Et, d'ailleurs, « tout » quoi, pour finir ?

Au-delà de la porte fermée d'une boutique de cordonnier, au-delà de la porte nord-ouest de la ville, une route poussiéreuse, caillouteuse. Une foule de curieux, avec des excités qui hurlent, quelqu'un qui pleure, des soldats qui maugréent à cause de cette corvée à trois heures de l'après-midi, maudissant la Palestine et les juifs et leurs histoires embrouillées tandis qu'ils fraient un passage à l'homme à la croix, allez, allez, arrière, circulez, circulez. Des mauvaises herbes et des charbons entre de rares masures, un chien bâtard qui poursuit en aboyant un lézard, et tout qui se succède très vite, passe, perd aussitôt un grand nombre de détails, la couleur d'une tunique, le cri strident d'une fillette, une bouffée de vent parfumée de thym, et ce soir, à neuf heures, sera déjà un souvenir aux contours confus, approximatifs, pour qui était là et a « tout » vu.

Futile comme le reste, pensai-je.

Ainsi allions-nous en silence, pesamment, vers trois heures de l'après-midi, et devant nous étaient les marches d'un autre pont encore, à gravir et à redescendre. J'étais plus bas que terre, je me sentais mal. Si mal, même, que je balayai ces formules euphémiques pour me dire avec ma vieille lucidité, depuis trois jours perdue : je suis en train de souffrir, je souffre, de la souffrance pure. Et pour quoi ? Pour qui ?

Je voyais tout à coup une disproportion immense entre tant de souffrance et sa cause, un homme que je connaissais depuis trois jours, que je n'aurais jamais connu si j'étais montée dans un autre avion, ou si j'étais passée une demi-heure plus tard par ce damné campo San Bartolomeo. Ce n'était pas supportable, cela n'avait pas de sens de se mettre dans un état pareil (plus hagarde, échevelée, ravagée que la *Derelitta* de Sandro Filipepi) pour quelqu'un que, errant ou non, j'aurais voulu, pu, laisser aller son chemin tout seul, sans le saluer : et ne plus le revoir, ne plus y penser, comme si je ne l'avais jamais rencontré.

Un chroniqueur scrupuleux aurait pu rapporter, en somme, qu'au pied de ce pont, pendant un bref moment et avec toutes les circonstances atténuantes de mon cas, je reniai Mr. Silvera.

2

Mr. Silvera n'a pas jusqu'ici prononcé un seul mot, mais il sait que c'est à lui qu'il incomberait de rompre ce silence de plus en plus blême. C'est lui qui commet l'abandon, c'est lui qui, dans moins de cinq heures, s'embarquera sur un nouveau navire, vers de nouveaux visages, tandis qu'elle devra se recroqueviller dans le rôle de l'abandonnée, qui reste et reprend péniblement ses occupations accoutumées.

Et pourtant Mr. Silvera reste incurablement silencieux, tous les vocables de toutes ses langues semblent l'avoir déserté. Lui aussi marche dans une sorte de traînante passivité, lui non plus n'a rien à opposer aux images qui, chemin faisant, font irruption du monde extérieur, la vitrine d'une quincaillerie, un vieux qui porte un paquet mal ficelé, l'affiche détrempée annonçant un concerto pour clarinette à la Fenice, un garçon qui conduit un gros canot de marchandises assis sur le timon. Sans défense, abattu, Mr. Silvera s'est laissé peu à peu envahir par un vaste et terrible attendrissement : cette boutique qui a coûté des années de labeur, d'économies, de dettes, ce garçon qui, dimanche, se précipitera sur la terre ferme pour courir sur sa Kawasaki, ce vieux que sa bru maltraite, ce clarinettiste qui ne sera jamais assez talentueux pour jouer à Vienne ou à New York, tout, absolument tout, lui serre le cœur. Et même, pense Mr. Silvera en récupérant un mot anglais, le lui brise.

Mais peut-on interrompre ce long silence pour dire que tout, dans la vie, est heartbreaking ?

Mr. Silvera traîne un pied, puis l'autre, pour monter les marches d'un pont, le énième. Il sait que ce serait à lui d'aider sa compagne à le franchir, que ce serait à lui de trouver les mots pour la réconforter, lui faire sentir que toute cette générale et débordante tendresse est causée par elle, est en réalité pour elle. Mais il se contente de traîner un pied, puis l'autre, muet et humilié. Il a conscience qu'une semblable impuissance provient de sa longue habitude de glisser entre l'élusivité et la réticence, de son éternelle dérive entre l'indirect et le superficiel. Mais ce n'est pas une raison pour n'en pas éprouver de remords. Au bon moment, il ne sait pas apporter une aide à qui en a besoin, voilà la vérité à laquelle il aboutit au sommet du pont.

Un canot pneumatique gris, avec à bord un homme et un enfant, file sur le canal, et Mr. Silvera le suit du regard, bouleversé par son universelle et vide émotion : l'enfant va faire ses devoirs du lendemain, le père finir une petite étagère pour la cuisine…

– Écoute…

Mr. Silvera se retourne, surpris, voit qu'elle s'est arrêtée et lui adresse un sourire ferme.

– Je suis un peu fatiguée, dit-elle, nous ne pourrions pas nous arrêter un moment dans ce bar ?

De l'autre côté du pont, juste au coin, il y a un bar pareil à mille autres bars.

– Oui, bien sûr, parfait, dit Mr. Silvera avec un tardif empressement. Moi aussi, je commence à être un peu fatigué.

Il voudrait ajouter « merci », mais n'y parvient pas.

C'est elle en revanche qui ajoute, d'une voix où passe une certaine indulgence brusque :

– Là, il n'y aura pas de cordonnier pour nous chasser.

3

Le bar n'avait pas d'enseigne, pas de nom, et je le baptisai, pour commencer, le bar du sens pratique féminin. On ne peut marcher à l'infini, en ruminant à l'infini, fût-ce à Venise. Vous avez mal aux pieds, les muscles de vos jambes vous rappellent humblement qu'ils existent eux aussi, chaque pas vous résonne à l'intérieur de la tête. J'avais bien vu que David, pour accoutumé qu'il fût aux vagabondages, était très las, peut-être plus encore que moi, et en effet il se laissa choir avec un véritable soulagement sur sa chaise de bois.

Outre la nôtre, il y avait trois autres tables, et la gamine pleine de bonne volonté qui sortit de derrière le comptoir pour venir vers nous s'arrêta d'abord pour les nettoyer sommairement l'une après l'autre avec un chiffon, en en faisant tomber des miettes. Elle répéta avec plus de soin son geste à notre table, et s'en alla nous préparer le thé.

Nous nous regardâmes pour ainsi dire physiquement, faisant fonctionner nos pupilles, nos rétines, nos nerfs optiques pour ce qu'ils étaient, des instruments de la vision. Et le silence entre nous était déjà tout différent, le reniement rentré, l'émotivité redescendue au niveau de ce lieu prosaïque, accrochée à ses stores à rayures (plutôt effilochés), aux sachets de biscuits et de chocolats dans la petite vitrine, à l'égouttement d'un robinet, aux miettes par terre. A partir de là, je vis prosaïquement devant moi un mari fatigué qui devait partir et pouvait tomber malade dès demain.

– Et si tu tombes malade, demandai-je, comment fais-tu ? Comment te remets-tu d'aplomb, si tu dois toujours être en route ?

– Bah, d'aplomb, je le reste toujours, plus ou moins. Il ne peut jamais m'arriver rien de grave, de la façon dont les choses sont établies.

– Mais ce voyage n'est-il pas risqué, outre tout le reste ? Tu as dit que ton bateau...

Un de ses sourires affleura de nouveau.

– Non, les choses sont établies de telle façon que pour moi, de véritable risque, il n'y en a jamais. Je pense plutôt que je m'ennuierai à mourir pendant tout le voyage. Je lirai quelque vieux journal, je regarderai les vagues, je finirai par jouer aux cartes avec le troisième officier.

Je connaissais déjà la réponse, mais je demandai tout de même :

– Et est-ce que je ne pourrais pas y être aussi, sur ce bateau ? Ou aller t'attendre dans un de ces ports ? Une espèce de Juive errante n'est-elle vraiment pas concevable ?

Il me répondit que quelqu'un l'avait conçue, à la vérité, mais que ce n'était qu'une plaisanterie, l'invention d'un romancier de quatre sous. A ses côtés, il n'y avait jamais eu de Juive et encore moins de shikse errante. Parce que...

– Qu'est-ce qu'une shikse ? demandai-je.

Une femme, une fille non juive. Mais ce n'était pas pour

cela, de toute façon. C'était parce que les choses étaient toujours établies de telle façon...

– Ah ! me mis-je à crier, la barbe avec ces choses établies !

La fillette me regarda d'un air étonné mais approbateur de derrière son comptoir, et je finis par éclater de rire. L'absence de rivales, qu'elles fussent shikse ou juives, était déjà une consolation. David aussi se mit à rire. Nous nous prîmes la main. Et nous étions presque gais quand nous quittâmes ce qui pour moi, et peut-être aussi pour lui, est resté le bar de la shikse qui criait.

4

Mais leur gaieté est une gaieté apocryphe. Pendant quelque temps, elle les soutient, les porte, agit comme un anesthésique, suscitant des apparences de mobilité, des spasmes de vitalité dans quelque chose qui n'est plus, qui a été amputé. Et, même si la funeste brûlure semble calmée, ce qu'ils portent à travers Venise reste pourtant un moignon d'amour.

Apocryphe est donc leur comportement de couple traditionnel qui s'en va, étroitement enlacé, échangeant des regards d'une douce intensité, faisant halte souvent, suivant l'usage, dans des coins isolés pour ondoyer dans un baiser, lire une pierre au mur d'un palazzo, observer un blason insolite, une statue bizarrement corrodée à l'intérieur de sa niche.

Pour ne pas parler du plus, ils parlent du moins, et leurs rares paroles pourraient tout au plus trouver place dans un apocryphe évangile :

– En ce temps-là vivait à Fiesole une cousine de ma mère...

– En ce temps-là vivait dans le quartier polonais de Chicago un odieux bookmaker...

– Et quand j'eus atteint ma seizième année, alors que se déroulait un tournoi de tennis, il m'advint de me casser...

– Et, sur la rive française du lac Léman, vint à ma rencontre une veuve, qui était esthéticienne...

Devant les portes d'une église d'aspect solennel, où des marchands des deux sexes vendent leurs souvenirs sacrés et profanes, rien non plus ne se produit de mémorable. Le couple s'approche d'un éventaire, mais la jeune marchande parle d'abondance avec un garçon boucher et ne se soucie pas des deux clients de novembre, lesquels, de leur côté, ayant jeté à peine un coup d'œil aux fausses dentelles, aux faux ors, aux fausses soies, aux faux marbres accumulés sur l'étal branlant, s'en éloignent sans le renverser par terre avec mépris, se contentant de murmurer :

– Je voulais te donner quelque chose à garder en souvenir de moi, comme je garde ta pièce, mais il n'y a pas une seule de ces bricoles qui ne soit absolument horrible.

– En vérité je te le dis, elles me rappelleraient plutôt mes groupes de touristes.

Ils hésitent sur le seuil de l'église, et le petit épisode qui suit ne peut être acceptablement défini comme le miracle de l'enfant de Béthanie ; en premier lieu parce que l'enfant lui-même est apocryphe, il vient de Portogruaro, et doit y retourner par un omnibus qu'il a peur de manquer. Ils le trouvent devant eux à l'improviste ; il doit avoir une dizaine d'années, il porte un anorak orange et son nez coule :

– Quelle heure est-il ? demande-t-il, expéditif, inquiet.

Tous deux semblent heurtés, presque endoloris par l'innocente question, et regardent le garçonnet sans lui répondre. Lui, qui les croit incapables de comprendre sa langue, répète en articulant « Quelle heure est-il ? », mais en se frappant plusieurs fois le poignet gauche de l'index, dans une pressante, emphatique pantomime.

Les deux lents étrangers comprennent enfin, regardent simultanément leurs montres respectives, et lui disent ensemble :

– Cinq heures moins vingt.

L'information alarme à l'évidence l'enfant, qui court vers Portogruaro en jetant derrière son dos un inaudible « merci ». Mais c'est le couple qui éprouve pour lui une gratitude de miraculés. Car, pendant tout l'apocryphe abandon de l'heure précédente, ils n'ont en vérité jamais cessé de penser aux aiguilles de la montre, tout en ne les regardant jamais. Et, dans leur comptabilité secrète, ils les supposaient bien plus proches de l'heure de la séparation.

Il n'est pas si tard, se disent-ils, se souriant de posséder cette soudaine, apocryphe richesse. Et c'est avec un air de temps libre, de tourisme distrait et occasionnel, qu'ils entrent dans la vaste église.

5

Ç'avait été mon idée accoutumée, puérile et tâtonnante : ajouter encore cette église aux ponts et aux canaux, aux grilles et aux coins de rue, au butin de choses « vues avec David », vers lesquelles il me serait ensuite facile de retourner avec la mélancolique convoitise de la mémoire. Mais, à peine franchi le seuil, je compris que c'était une idée malheureuse.

L'intérieur était grandiose, fastueux, généreusement illuminé par d'imposants lampadaires, quantité de cierges votifs, mais riche, au surplus, de zones obscures, d'espaces ténébreux, de renfoncements estompés. C'était le genre d'église que j'avais toujours préféré (si j'omets une brève parenthèse franciscaine, vers mes quatorze ans) et qui pourtant, maintenant, avec David, me faisait un tout autre effet.

Un effet de rapetissement, pensai-je d'abord, en regardant les gens autour de moi. Ils étaient assez nombreux : agenouillés sur les bancs, priant, simplement assis, sortant, entrant, immobiles pour contempler un tableau, une statue. Et tous me semblaient tout petits, devant ces pilastres monumentaux, sous ces voûtes lointaines. En somme, de nouveau le déprimant effet « pyramides ». J'étais venue m'y soumettre ici encore une fois.

Mais ensuite, au contraire (bien qu'« ensuite » soit une façon de parler : tout se présentait à moi, ou se mettait à tourner dans ma tête, simultanément), l'église produisit sur moi un traumatisant effet d'éloignement, au sens où David, ici, redevenait Mr. Silvera, ou Mr. Bashevi, de quelque nom qu'il s'appelât, ou se fût appelé, ou s'appellerait dans le vertigineux futur. Il redevenait le cordonnier maudit de la légende. Et quand bien même les « informateurs » de Raimondo avaient revu et corrigé certains détails, quand bien même il pouvait n'y avoir eu à l'origine qu'un contraste de méthodes, une quelconque divergence entre « compagnons de route », il restait qu'à l'homme auprès de moi la « légende » imposait de continuer à marcher, sans repos, jusqu'au jour du Jugement.

C'est ainsi que je m'arrêtai sur un banc, que je le fis s'asseoir aussi.

Le long des majestueux pilastres se succédaient les scènes de l'autre – tellement plus bref – itinéraire. La capture. La couronne. La croix. Les saintes femmes. De médiocres toiles du dix-huitième, presque dignes de la collection Zuanich, aurais-je pensé jusqu'à hier. Mais, à présent, je les voyais avec des yeux... comment dire ? intéressés ? contemporains ? impliqués ?... Et je me demandais comment David les voyait. N'y faisait-il plus attention, après tant de temps ? Ou bien toute l'histoire le brûlait-elle, le tourmentait-elle encore ? Et qui savait comment il lui apparaissait, l'Autre ? Comme le vainqueur, peut-être. Comme celui qui, en se laissant arrêter, condamner, avait eu raison et mérité son triomphe, avec ses temples et ses autels innombrables, ses statues, ses sublimes représentations picturales... Alors que lui, le malheureux, n'avait pas même un toit à mettre au-dessus de sa tête.

Mais les choses étaient peut-être établies de telle façon qu'il ne pouvait parler de cela.

Aussi lui dis-je :

– Et toi, tu n'as plus eu de maison.

– Ah, dit-il avec son sourire en brin d'herbe, et à quoi me servirait-elle ?

– Mais tu reviens dans certains endroits. Tu pourrais avoir une maison ici, par exemple, et y revenir de temps en temps, comme font tant d'étrangers... Je pourrais très bien m'en occuper, même sans te revoir, non ?

– Ce serait trop compliqué. Cela n'en vaudrait pas la peine, pour quelqu'un qui est toujours de passage.

Mais je le vis arriver dans une Venise primitive, mille ans plus tôt, et tirer de sa besace une grosse clef rouillée, entrer dans une basse masure incolore, entre des palissades, de rudimentaires passerelles jetées sur les canaux, des nuées de moustiques, devant un horizon de cannaies et d'îlots déserts. A l'intérieur, une table grossière, des poissons fumés suspendus à la cheminée, un lit simple mais propre, et un petit billet qui disait...

– Ce serait seulement une sorte de refuge, insistai-je, un peu comme un hospice, au fond.

– Non, répondit-il, elle prendrait feu, ou il y aurait une inondation, ou elle serait rasée par les Huns, par une canonnade, par les Français. Les choses...

– Ah, oui, les choses qui sont établies...

Je me demandai s'il avait connu cet hospice, une sorte de dortoir pour les marins et les pèlerins, qu'il y avait autrefois là où se trouvent maintenant les jardins de la Biennale, et qui fut démoli par l'éternel Napoléon en même temps que le couvent voisin. Il s'appelait l'hospice de Messer Gesù Cristo, et je me demandai s'il lui était jamais arrivé, par ironie, de devoir se reposer justement là pour une nuit, à supposer que ces « choses » qui étaient établies d'une certaine façon connussent l'ironie.

– Mais ce doit être une tristesse terrible de voir finir tant de choses, de les voir disparaître d'une fois sur l'autre, brûlées, démolies, effondrées...

– Oui, mais on en voit aussi beaucoup qui commencent, qui poussent tout doucement d'une année sur l'autre…

En effet, il avait dû aussi les voir grandir, cette cité, cette église même : le chantier fourmillant de maçons, et puis, au fur et à mesure, les grandes nefs qui se formaient, se refermaient, se couvraient, se remplissaient peu à peu de marbres précieux, de mosaïques, d'autels richement ornés, et de tabernacles, de chaires, de balustrades, de stalles travaillées par de suprêmes artisans, qui se paraient siècle après siècle de nobles sculptures, de toiles et de fresques peintes par de sublimes pinceaux, de pierres murales à la mémoire d'hommes et de femmes éminents, de sépulcres grandioses qui célébraient d'intrépides guerriers, des dames exemplaires, des patriarches, des doges, des capitaines, des ambassadeurs, des marchands. Quel effet pouvait faire à quelqu'un comme David cette fantastique accumulation, ce prodigieux concentré d'histoire ? L'effet de quelque chose qui ne le concernait plus, qui n'avait plus aucun rapport avec lui, avec sa vie marginale ? Ou qui, au contraire, était là pour lui rappeler tous ses voyages insensés, ses parcours troubles, le reconduisait à ses éternelles pyramides ?

Et je me sentais de nouveau écrasée par cette démesure de murs et de colonnes, minuscule et très loin de Mr. Silvera, ou Bashevi, peu importe, et je revenais à sa légende, je revenais aux deux routes divergentes et aux deux condamnations contraires, au pauvre pèlerin sans but, je le regardais sans savoir que dire, que faire, sinon me lever du banc et m'accrocher à son bras pour marcher avec lui dans la vastitude de l'église qui n'avait pas été une idée heureuse, après tout.

6

La tiédeur de la main de sa compagne se communique au bras de Mr. Silvera, à travers la manche de tweed usée, et lui, de son côté, répond par de petits signes d'acceptation, de gratitude, tandis que, de l'une à l'autre des douloureuses stations, ils avancent vers le fond glorieux du temple. Mais il y a aussi, dans cette chaleur affectueuse, une sorte de compassion qu'il lui est moins facile d'accepter.

Non pas par orgueil, certes. Mais Mr. Silvera éprouve une égale intolérance pour ces idéaux de courage, d'infatigabilité, d'héroïque persévérance, que d'autres ont prétendu lui faire incarner. Ce n'est pas ainsi qu'il voit son nomadisme et sa solitude.

Lui ne prétend symboliser ni victoires ni défaites, ni gloires ni humiliations, pense-t-il tandis qu'ils continuent le long de la nef, vers la prodigieuse, resplendissante apothéose en rouge et or qui domine le fond. Et il lui semble réentendre la voix sans emphase, détachée, assourdie, de l'homme dont il fut l'hôte un soir, à Rijnsburg...

Mais de formidables notes d'orgue surgissent à présent derrière eux, roulent tempétueusement entre les sombres colonnes, frappent en s'y arc-boutant les murs massifs, retombent en blocs impérieux du haut des voûtes. On dirait la voix même de la grande église, capable d'en submerger toute autre, et la pieuse femme qui est avec lui lui serre plus fort le bras comme pour le rassurer, le protéger.

Ah, sourit gentiment Mr. Silvera. Mais comment lui dire que, entre toutes les voix tonnantes venant du fond des siècles et des millénaires, la seule qui lui arrive encore est celle du Prédicateur sans Nom ?

« Vanité des vanités, dit le Prédicateur, vanité des vanités [...] Moi le Prédicateur, fils de David, je fus roi à Jérusalem [...] et j'ai vu toutes les œuvres qui s'accomplissent sous le soleil. Et voilà : tout est vanité et déception. »

* * *

C'est lui qui lui serre le bras lorsqu'ils passent de la splendeur de l'église à l'obscurité du soir qui entre-temps est tombé, de l'odeur de cire à celle, lourde, de l'eau qui stagne dans les canaux. Le sentiment que, tout ce qu'ils font, ils le font pour la dernière fois les accompagne désormais comme un halo que rien ne parvient à dissiper, les unit dans une sorte de complicité résignée et presque cérémonielle.

C'est comme un rite de s'aplatir contre le mur pour n'être pas entraînés par un soudain groupe de touristes qui passe, mugissant et haletant dans un trot de troupeau.

C'est comme un rite d'entrer dans un bureau de tabac acheter des rasoirs jetables (Autre chose ? – Non, merci) pour le voyageur.

C'est comme un rite de s'engager dans une ruelle mystérieuse et très étroite où il est impossible de marcher côte à côte.

C'est comme un rite de prendre le bac sur le Grand Canal.

Au petit embarcadère, d'autres personnes attendent que la gondole se détache de l'embarcadère de la rive opposée, signalé, comme celui-ci, par des lumignons faisant gaiement songer à Noël. Et, en une minute, la gondole est déjà au cœur de l'obscurité du canal, à peine discernable sur l'eau ; déjà elle accoste, se vide de ses passagers, embarque, parmi les autres, Mr. Silvera et sa princesse.

C'est un rite bref que cette première et dernière gondole. Précairement debout, serrés l'un contre l'autre, ils regardent la circulation des lumières blanches, rouges, vertes dans les deux sens, les reflets dorés et mobiles des palazzi, ils entendent les vagues se briser contre la coque que le gondolier fait glisser avec sa longue rame suivant une exacte diagonale. Mr. Silvera descend le premier à terre, tend rituellement la main à la passagère du vol Z 114, l'aide à monter les marches grinçantes, branlantes du petit escalier de bois. Et après qu'il a lâché sa main, tandis qu'il la regarde avancer, se détachant sur le fond plissé et gemmé du Grand Canal, sur les profils indistincts des toits et des campaniles et des coupoles qui émergent de la nuit vénitienne, il répète son inclination du buste et lui récite avec une rituelle galanterie :

– Tu marches en beauté, comme la Nuit.

7

« She walks in beauty, like the Night... » Ah, Mr. Silvera, Lord Byron aussi ! Comme si je n'avais pas déjà, pour me sentir mourir, tes pyramides et l'oublieuse dame, le rabbin Schmelke et la vieille maison de Rijnsburg... Jamais plus, en quelque point de la terre qu'il m'arrive de me trouver quand le ciel s'obscurcit et que le cortège des constellations commence sa course, jamais plus je ne pourrai voir la nuit autrement que comme une magique figure qui marche, ou lyriquement s'avance, dans sa beauté ; et jamais plus je ne pourrai aller parée de bijoux vers une fête, sortir avec un châle sur une terrasse, me promener le long d'une plage sous la pleine lune, sans réentendre la voix, à peine mélancolique, à peine ironique, de Mr. Silvera qui à cette beauté m'apparie.

« She walks in beauty... »

* * *

Mais, de l'embarcadère, la route obligée les conduisit à marcher avec une anxieuse réticence, la beauté déjà derrière eux, vers l'hôtel, trop proche et problématique.

– Devons-nous monter ? demanda-t-elle, ralentissant. Est-ce que tu ne dois pas préparer ta valise ?

– Non, je l'avais déjà faite ce matin ; à l'heure qu'il est, elle est déjà à bord, je l'ai fait prendre par quelqu'un du bateau, expliqua-t-il.

– Alors tu le savais...

– Je l'imaginais... Mais si tu veux que nous montions...

Mais cela – se rejoindre nus pour la dernière fois, s'abandonner pour la dernière fois à la vertigineuse fusion – était un rite qui les épouvantait tous deux, un risque qu'ils ne se sentaient pas le cœur de courir. Cela ajouterait-il ou ôterait-il quelque chose à ce que déjà ils avaient eu ? Cela s'éteindrait-il en un amer ruissellement de plomb ou se transmuterait-il en l'or de l'alchimiste ?

Mieux valait renoncer, continuer jusqu'à une moins décourageante boutique de souvenirs où, après avoir jeté à l'abondante exposition un de ces coups d'œil féminins capables en une seconde d'inventorier l'univers, elle lui dit :

– Voilà, j'ai trouvé, attends-moi ici, j'ai trouvé le petit souvenir pour toi.

Il resta dehors, obéissant, la vit, de dos, parler à la vendeuse, une fille qui répondait en remuant de grandes lèvres couleur de cyclamen et se pencha pour prendre quelque chose dans le bas d'une étagère. Elle se retourna brusquement, le vit épier devant la vitrine et lui fit signe de s'en aller, de ne pas regarder. Il alla se placer quelques mètres plus loin, devant une boutique de passementerie.

Quand elle sortit, elle balançait à son index un minuscule paquet attaché par un ruban doré.

– Voilà ton souvenir vénitien. En échange de la pièce.

– Merci, qu'est-ce que c'est ?

– Tu ne dois pas l'ouvrir maintenant, ouvre-le quand tu seras seul.

Et, sans laisser à ce dernier mot le temps de répandre son écho endeuillé, elle ajouta en hâte :

– Écoute, il faudrait quand même manger quelque chose, je suis pratiquement à jeûn depuis le paon d'hier soir.

– Tu as raison. Moi aussi.

– Ce n'est pas que je meure précisément de faim, mais si nous trouvions un autre bar...

– Un sandwich avec une ombra ?

– Voilà, oui, lui sourit-elle, un sandwich avec une ombra.

Mais le premier bar qui se présenta n'était guère plus qu'un couloir : un mur de miroirs tentait de le redoubler, de le multiplier. Il n'y avait pas de sièges, la veste du barman paraissait sale même à distance, et sous une cloche en plastique quelques sandwiches étaient rangés en file, comme de mornes retraités désormais exilés de la vie.

– Non, ce n'est pas possible, décida-t-elle. Trouvons-en un autre.

Le second qui se présenta était un local criard à l'américaine, avec des lumières violentes, une musique violente, de longues mangeoires jaune vif où avait abouti un groupe de touristes. Tous avaient les coudes plantés sur le comptoir de plastique ; avec leur paille glissée entre les lèvres, ils avaient l'air de quelque nouvelle espèce d'insectes suceurs.

– Écoute, il y a le Harry's Bar à deux pas, après tout. Et, à cette heure, il ne devrait même pas y avoir trop de monde.

– Bien sûr, bien sûr. D'accord.

8

Mr. Silvera se demande si dans ce choix, d'ailleurs raisonnable et auquel de toute façon il ne saurait proposer d'alternative, n'entre pas pour une petite part inconsciente l'espoir, lui aussi raisonnable, que le Harry's Bar puisse la distraire, lui apporter une diversion, une trêve, dans cette agonisante journée. Et de fait, une fois la porte passée, quand, de la salle en réalité déjà aux trois quarts bondée, une main féminine se lève ostensiblement pour attirer leur attention et quand deux têtes se tournent dans un signe de salut, Mr. Silvera ne remarque, dans les sourires distribués en réponse par sa compagne, aucune trace d'effort ni aucun tremblement d'agacement. Et il comprend qu'il s'agit d'une sorte de reconnaissance, comme si elle voulait vérifier la consistance de ce monde auquel elle devra retourner quand il sera parti, s'assurer qu'il existe encore, que demain, ici, elle pourra compter sur une certaine aide conviviale, sur un peu d'étour dissement potinier.

– Attends-moi un instant, dit-elle avec entrain, commande quelque chose, pendant ce temps.

Et elle s'en va entre les tables.

Le propriétaire s'approche de Mr. Silvera, et il lui suffit d'un battement de cils pour reconnaître un de ces « quelqu'un » déguisés en « personne » qui, de temps à autre, apparaissent dans son célèbre établissement. Il lui fraie un chemin, choisit lui-même une table et, ayant pris lui-même la commande, s'éloigne pour s'en occuper.

Resté seul, Mr. Silvera allume une cigarette et regarde autour de lui. Il aperçoit sur une chaise vide, un peu plus loin, un journal froissé, se penche pour le prendre, constate qu'il s'agit d'un quotidien suédois datant de trois jours, le replie avec soin et le met dans sa poche.

Demain, pense-t-il.

Elle est là-bas, debout, et, comme tout le monde dans le bar, parle avec animation, touchant ses cheveux, riant avec ses connaissances, et c'est maintenant Mr. Silvera qui regrette de n'avoir pas enregistré sa voix.

Ou au moins pris une photographie, pense-t-il.

Mais même une photographie (en d'autres temps, ç'aurait été une miniature, un camée, une boucle de cheveux dans un médailllon), bien vite, s'éteint, n'irradie pas plus de vie qu'un vieux journal de Stockholm, de Hong Kong, de Caracas.

Un serveur arrive avec une variété de petites inventions les unes froides et les autres fumantes, en plus de la théière que Mr. Silvera a sagement commandée. Mais elle, qui le rejoint à présent, jetant son sac sur la chaise vide et disant : Excuse-moi pour ces ennuyeux, scrute le contenu de leur plateau et commente avec vivacité : Mmm, quelle merveille, mais peut-être pas le thé, pour aujourd'hui peut-être que cela suffit, c'est trop... – elle cherche le mot, lui sourit – cela fait un peu trop convalescence, tu ne trouves pas ?

– Qu'y a-t-il de mieux qu'un Martini ? Ici, ils les font divinement, ajoute-t-elle, s'adressant au serveur plus qu'à lui, accentuant son ton de vaporeuse mondanité, ses inflexions effervescentes.

Mais cela dure peu, le temps de quelques bouchées, de quelques gorgées du divin breuvage.

– Pas mal du tout, ces petites choses, articule-t-elle avec un intérêt forcé.

– Excellentes, convient Mr. Silvera.

Ils grignotent en silence les amuse-gueules de polenta, les petites croquettes raffinées, jusqu'à ce que leur désintérêt symétrique ne soit plus dissimulable.

– Prends encore un de ceux-ci.

– Non, merci, vraiment.

– Mais, plus tard, tu auras faim.

– Je ne crois pas. Et, le cas échéant, je trouverai quelques biscuits.

– As-tu jamais eu faim ? Vraiment faim, j'entends, à se jeter sur le navet cru, sur le rat grillé à la broche.

– Oui, cela m'est arrivé.

Ils ne mangent plus, ne boivent plus. Ils ne parlent pas. Elle s'appuie au dossier de la chaise, soupire profondément.

– David, tu n'es d'aucun secours, tu es le Juif taisant.

– Faisons – murmure Mr. Silvera – l'amour.

Maintenant, c'est elle qui se tait, longuement.

– Tu dis ?

Il y avait moins d'incertitude, moins de timidité la première fois, quand le geste prenait légèrement son essor, dans un ordre émotionnel différent dont on ne sait plus maintenant s'il peut être déplacé sans s'effriter.

– Mais oui, tu as raison, après tout, oui. Seulement, pas dans notre hôtel, cherchons un autre endroit, un hôtel quelconque.

Pour que ce soit autre chose, pense Mr. Silvera, pour que ce soit mémorable ou oubliable selon ce qu'il en sera.

C'est ainsi qu'ils se remettent à déambuler dans l'heure la plus fourmillante ; et il semblerait facile de s'unir à cette foule de Vénitiens, qui, leur travail fini, se répandent en hâte à travers leur ville, il semblerait possible de partager leurs buts de bref, chaleureux répit, le kilo de sucre, la jupe de velours, la visite à la belle-sœur, la rencontre avec la petite amie, l'ombra avec les connaissances.

Mr. Silvera est repris par sa lancinante nostalgie vespérale, par ce nœud douloureux de tendresse universelle que, dans la Locanda Gorizia – fine tranche de façade entre un restaurant et une boutique de jouets –, il tentera de défaire pour le transmettre, pour l'offrir tout entier à sa princesse au cœur brisé.

* * *

On émerge du tourbillon, de l'ardente implosion, et alors seulement commence-t-on à distinguer à travers les voiles à demi baissés des cils le blanc d'un oreiller et même une reprise de forme irrégulière ; et, au bout d'un moment, il apparaît que ce blanc tend vers le gris et que la reprise est mal exécutée. Et aussi que, si l'on y voit, c'est grâce à une source lumineuse sur la gauche, plutôt faible, dans le voisinage immédiat de laquelle est cependant reconnaissable une coquille vide mais grêlée de brûlures de cigarettes. Un peu au-dessus, du mur peint d'une couleur incertaine, entre la pelure de pomme de terre et le pain grillé, dépasse aussi un clou auquel rien n'est suspendu.

On constate maintenant que la source lumineuse est constituée d'un petit abat-jour soutenu par un support chromé, reposant sur une tablette trapézoïdale en plastique noir. Par terre, une chaussure féminine est vite identifiée, mais, étendue plus loin, une spirale ambiguë qui luit dans l'ombre révèle tardivement sa nature de couvre-lit de satin jaune, arraché dans un élan et abandonné au hasard sur le linoléum.

Lentement, voluptueusement, commencent à se former de paresseuses volutes de pensée, de douces, intimes perplexités, qui est qui, où finit le moi, où commence le toi, dans cet encore très étroit enlacement. Une longue cicatrice se fait à nouveau sentir sitôt qu'une main, délicatement, l'effleure. Un dos, un tronc tout entier gît, inerte, éteint, pour ne pas dire épuisé, et conduit à une béate et un peu coupable récapitulation, compte tenu qu'en deux jours et demi le malheureux, tant l'après-midi que la nuit, et puis encore, et de nouveau à l'instant, a dû, et aussi voulu, soit...

Les premiers mots s'agrègent, parviennent à une émission cohérente :

– Tu es fatigué ?

– Mmm...

L'impulsion de caresser avec gratitude une nuque s'impose en même temps que la certitude qu'une conversation, fût-elle réduite, serait pour le moment impraticable, et l'œil, désormais tout à fait ouvert, porte à son terme la reconnaissance des lieux, de l'armoire, là, au bout du lit, à un autre lit, en réalité un petit lit-cage encastré sous l'unique fenêtre. La pièce, déjà de dimensions exiguës, en est ramenée à ne concéder à ses occupants que des marges de mouvements minimes. Mais il s'agit d'une locanda, suggère à présent la mémoire, de la Locanda Gorizia, dont la clientèle doit consister pour une bonne partie en jeunes couples avec un enfant, passants aux maigres ressources, voire pauvres, qui font halte ici pour se reposer avec le fruit de leur amour... et voilà que se suspend spontanément au clou *la Tempête* de Giorgione, mystérieux tableau où certains pensent qu'est représentée la Fuite en Égypte, ou, mieux, étant donné la fraîche, gentille aménité du paysage, le Repos pendant la Fuite en Égypte, une pause après des journées de désert... et Giorgione se dissout, sur la toile apparaît une étendue préexistante, accidentée, de sable et de pierraille, pas un arbre, de rares arbustes avares, et, sur la droite, au premier plan, une formation rocheuse avec, peut-être, Marie de Magdala en prière devant une grotte...

La concentration totale sur lui, la consécration absolue à son souvenir, dans une parfaite solitude. Une voie extrême, certes, mais belle. Une possibilité réalisable peut-être, en Sardaigne, au Canada. Des baies, des racines, du miel, éventuellement des sauterelles. Et sur le corps de grossières peaux, une tunique déchirée, ou rien, même, seulement la chevelure, la longue, merveilleuse chevelure, jamais plus lavée ni utilisée pour essuyer les pieds de personne...

Une main se détache d'une épaule, remonte machinalement pour contrôler ces cheveux merveilleux, oui, mais coupés décidément trop court la dernière fois par cet entêté de Michele, et qu'il conviendra de toute façon de laisser pousser. Une question qui dissimule une autre question frémit, émerge de sa chrysalide, bat des ailes, timide mais insistante, et trouve enfin le moyen de sortir.

– Mais comment peut-il lui être venu à l'esprit, à cette sotte de Cosima, de te demander certaines choses ?

– Quelles choses ?

– Mais si, par exemple, il y a eu un petit quelque chose, entre toi et Marie-Madeleine, quand elle était encore pécheresse.

* * *

Pour aller aux Zattere, ils ne prirent pas de vaporetto, ni de taxi. Elle dit qu'elle préférerait marcher, si Mr. Silvera n'était pas trop fatigué. Elle aussi, certes, était fatiguée, mais de toutes les choses qu'elle avait faites avec lui, marcher lui semblait au fond la plus importante, celle qu'elle se rappellerait mieux que toute autre. Et elle aurait aimé que, d'elle aussi, Mr. Silvera se souvînt dans l'avenir toujours ainsi, comme de celle qui l'avait accompagné pendant un bout, si bref qu'il eût été, de son chemin.

Il dit que oui, que c'était bien ce qu'il voulait.

– Où sommes-nous ? demanda-t-elle sur le seuil de la Locanda Gorizia, regardant à droite et à gauche.

– Derrière la Fenice, plus ou moins.

La ville, qu'ils avaient fait s'évaporer de plus en plus en architectures confusément émotionnelles, se condensait à nouveau autour d'eux sous la forme d'un plan touristique, avec ses lieux remarquables, ses parcours obligés, ses raccourcis, sa toponymie précise. C'était de là, du reste, qu'ils étaient partis : non pas d'un magique cadastre de fées, mais du plutôt quelconque campo S. Bartolomeo, où une espèce de dame en vacances et une espèce de guide touristique s'étaient levés des chaises d'un café pour entreprendre un tour innocent dans la carte pliable de Venise.

– Alors il faut prendre le pont de l'Accademia, non ?

– Oui, il me semble aussi.

Et, pourtant, cette sobriété soudaine avait ses avantages. C'était un peu comme s'enfoncer les ongles dans la paume de la main, se mordre la lèvre pour ne pas se laisser aller. C'était un dur travail – un adieu – à exécuter, suggérait cette Venise pragmatique, et il convenait de le mener à son terme sans allonger la route.

La calle del Caffetier débouchait sur le campo S. Angelo, mais devant l'entrée du cloître, maintenant fermé, ils passèrent sans s'arrêter, sans se regarder ; pas davantage ne furent-ils arrêtés par la calle dei Frati, ni par le portail de S. Stefano. Ils savaient que ces choses étaient rangées en sûreté au fond de leurs valises, et les en sortir en ce moment eût été trop compliqué, ils auraient dû tout mettre sens dessus dessous.

Ils marchaient en silence, attentifs à ne pas mettre les pieds hors de la chronique ordinaire, de la couleur locale. Des garçons assis sur le socle du monument à Tommaseo. La claire façade du palazzo Loredan. Le campo S. Vidal. Le pont. Des gens qui descendaient du pont. D'autres qui faisaient halte sur le pont pour regarder de haut le Grand Canal. D'errantes lumières à gauche. De flottantes lumières à droite. Des coupoles. Et puis, par le Rio-terrà Carità, par la calle Larga Nani, jusqu'aux Fondamenta delle Maravegie. Un ivrogne qui chantait assis sur le parapet. Des bouquets de petits bateaux pointus qui se balançaient dans leur sommeil.

Ils levaient les yeux aux coins des rues et prenaient note des noms (peut-être s'en souviendraient-ils, peut-être pas) qui se succédaient comme les listes de noms dans la Bible. Les Fondamenta delle Maravegie engendraient les Fondamenta Nani, qui engendraient le ponte Lungo, qui engendrait les Zattere al ponte Lungo. Là, devant, il y avait la longue et mince île de la Giudecca, enfilade de lueurs dans l'obscurité.

Le canal les prit par surprise : une vaste, sombre étendue d'eau mal à l'aise entre ses limites terrestres, déjà en contact avec la haute mer, indifférente au minuscule entrecroisement de motoscaphes et de vaporetti, prête pour les grandes hélices, les quilles profondes et incrustées.

– Où est ton bateau ? demande-t-elle.

– D'ici, on ne peut pas le voir. Il est là-bas, derrière les entrepôts.

– Comme s'appelle-t-il ?

– La *Marie-Jeanne.*

– Comment est-il, grand, petit ? Blanc comme celui qui allait à Corfou ?

– C'est un cargo. Moyen. Noir avec deux bandes jaunes.

– Et vous partez à quelle heure ?

– A onze heures, m'a-t-on dit.

Mais l'extrémité des Zattere s'approchait. Restait à se rappeler, sur la droite, la calle Trevisan. Puis l'édifice de l'ancienne gare maritime, avec quelques fenêtres éclairées. Puis la calle dei Cartellotti. Puis la calle della Màsena. De noirs, éteints, vides soupiraux desquels ne pouvait surgir aucun imprévu, aucun miracle. Le long de la rive, il y avait des arbres presque nus, des bancs, un chien bancal qui trottait la tête tournée vers le canal, flairant l'air.

Restait, encore, la calle dei Morti.

On entendait des sirènes lointaines, proches, et désormais on ne pouvait plus ne pas voir le terre-plein qui, au-delà du canal de S. Sebastiano, mettait fin à la promenade des Zattere, aux arbres, aux bancs. Deux remorqueurs, un grand et un petit, descendaient côte à côte le canal avec leur air de canards têtus, rengorgés.

Restait, ultime, la calle del Vento.

– Voyons si c'est vrai, dit-elle.

Elle le prit par la main et le fit avancer de quelques pas dans la calle del Vento. Ils restèrent là, l'un devant l'autre, à attendre. Humide, indolent, un peu de vent arriva pourtant.

Restait le dernier baiser, dans le vent.

Puis, sous une pancarte à peine moins sévère que celle du ghetto, qui interdisait l'entrée du port aux personnes étrangères au service, ils se séparèrent, et Mr. Silvera monta lentement le petit escalier qui conduisait au terre-plein.

En haut, un peu plus loin, on voyait un édicule éclairé, une barrière, un homme portant un bonnet de laine qui fumait près d'un arbre et vint à la rencontre de Mr. Silvera.

Alors Mr. Silvera s'arrêta, se retourna, les mains enfoncées dans les poches de son imperméable. Il regardait vers le bas, où il y avait moi, où j'étais restée.

Je lui fis un signe de la main, comme à l'aéroport, et lui, cette fois, répondit à mon salut, mais sans que l'on pût voir s'il faisait son sourire, s'il murmurait son « ah ». Et l'instant d'après, look, look, il avait passé la barrière, il s'en était allé, Mr. Silvera n'était plus là.

XIII נ. ב.
(Post-scriptum)

1

Moi, un défaitiste, moi, un lâche, se demande Oreste Nava, assis méditatif dans le hall de l'hôtel à fumer son cigare du soir. Car c'est cela, en substance, que lui a jeté au visage son ex-collègue Landucci, qu'il a revu par hasard cet après-midi. Ce n'est pas autre chose que signifiaient tous ses « Bien sûr, je te comprends, tu ne veux pas d'histoires, tu n'aimes pas les responsabilités, tu fais très bien de te tenir loin des risques » et autres insinuations. Comme si c'était une faute de ne pas s'être marié, d'avoir toujours heureusement vécu dans les hôtels où il travaillait, de s'être toujours refusé à se lancer dans des affaires comme celle que Landucci lui avait proposée il y a des années.

Dans le globe rose appliqué au mur derrière son fauteuil, l'ampoule est grillée ; mais Oreste Nava n'est plus de service à cette heure, il est « en civil » (un sobre complet gris) et ne se soucie pas d'avertir le préposé à la manutention, à supposer qu'il soit encore là. Il s'en chargera demain matin, quand il redescendra en uniforme de sa confortable chambre au dernier étage. C'est cela la vraie liberté, la véritable indépendance, pense-t-il en tenant droit son cigare pour ne pas faire tomber le déjà très long cône de cendre. Bien autre chose que l'« affaire » de Landucci.

Comprenons. Reprendre cette saleté de Grande Pizzeria Tropical au Lido et l'agrandir encore, la transformer en un moderne, somptueux fast food, en y annexant éventuellement un old pub. Voilà la grande « affaire ». Eux deux, Landucci et Nava, s'associant, se joignant pour gérer cette usine à bouffe du Lungomare Marconi, trimant pour une clientèle de baraque foraine et habitant peut-être le logement au-dessus afin d'être toujours sur la brèche, Landucci entouré de sa laborieuse, méritante petite famille. Et lui, l'affairiste, amaigri, fatigué, les yeux rougis par l'insomnie et les échéances... Où est la faute, à ne pas vouloir d'une vie pareille ? Que vient faire la lâcheté, où est le défaitisme ?

De rares clients silencieux sont dispersés dans le vaste salon, en train de parcourir des revues, d'attendre, de boire. Dans l'ample arcade du bar sont visibles, de trois quarts, Pietro, le barman, affairé à ranger ses verres, et le client américain ivre qui reste là, pétrifié sur un tabouret depuis une heure. C'est un petit homme aux épaisses moustaches blondes, qui se tait longuement, boit d'un trait, et se remet chaque fois à demander à Pietro où et comment on peut acheter une maison à Venise. Chaque fois revient le mot « agency », pâteusement bredouillé par l'homme saoul, prononcé par Pietro avec un parfait accent américain.

Combien en a-t-il vus dans sa carrière, Oreste Nava, d'excellents barmen comme Pietro, de valets de chambre de race, de chefs exceptionnels, de maîtres d'hôtel de grande classe, qui ont fini comme le pauvre Landucci. Des professionnels réputés comme l'était Landucci lui-même, en son temps, mais qui, à Monte-Carlo, à Londres, à Nassau, à Francfort, à Crans, n'avaient qu'une idée en tête : ramasser assez de sous pour s'en retourner en Italie et ouvrir une brasserie à Foggia, monter un restaurant typique à Tronzano. Cloîtrés, enterrés vivants pour toujours. Et qui ensuite, de leur trou, avaient le toupet de vous traiter de vieille taupe froussarde. Et la vieille taupe, silencieuse, encaissait les insinuations, au lieu de répondre sur le même ton, de trouver les mots pour leur expliquer, poliment, que le courage... que le risque... que la vie...

Des arguments confus s'enchaînent dans l'esprit d'Oreste Nava, bleus et insaisissables comme la fumée de son cigare, et ses yeux ne reconnaissent pas immédiatement la femme qui entre maintenant dans l'hôtel.

Mais, lentement, la fumée se dissipe : c'est la princesse du 346. Seule.

Ni elle, ni son ami ne sont rentrés de toute la journée, lui a dit tout à l'heure son remplaçant à l'accueil. Et, dans l'après-midi, quelqu'un est passé prendre sa valise à lui, qui donc doit être parti de son côté pour de bon. Du reste, il suffit de regarder la princesse pour le comprendre : visiblement sens dessus dessous, tenant bon encore, mais par un fil.

Elle va maintenant, raide, se faire remettre sa clef, puis reste là, au milieu du hall, les épaules toujours orgueilleusement droites, certes, mais les bras abandonnés le long du corps. Elle remarque le bar encore ouvert, mais ne se décide pas tout de suite. Elle regarde l'heure, allume une cigarette et s'approche. L'ivrogne, cependant, avec ses phrases bredouillées, la décourage, et, avant même d'être arrivée à l'arcade, elle fait volte-face, retourne sur ses pas et son regard croise celui d'Oreste Nava, prêt à toute éventualité, bien heureux s'il peut lui venir en aide même après son service ; il se lève brusquement à demi, sans plus se soucier du cône de cendre, qui, en effet, se détache du cigare et se désagrège sur l'accoudoir du fauteuil.

Mais elle ne le reconnaît pas. Son regard le survole, le dépasse, erre, désolé, à travers le salon, se pose enfin sur la porte de l'ascenseur. Et l'instant d'après la princesse est remontée au 346, tandis qu'Oreste Nava souffle sur la poussière grise pour la faire tomber du fauteuil en se demandant ce qui s'est passé. Est-ce seulement une querelle ou une rupture définitive ? Ou ne serait-ce pas le mari qui est sur le point d'arriver ? Ou peut-être, au contraire, est-elle si bouleversée parce qu'elle a décidé de tout dire à son mari et de le quitter. A moins qu'il n'y ait plutôt entre eux une épouse, que lui ne veut pas quitter. Sans compter qu'ils pourraient avoir découvert qu'ils ne s'aimaient plus, ou avoir renoncé parce que leur amour n'avait pas de lendemain...

Hypothèses tourbillonnantes, dramatiques dilemmes. Tournants, angoisses, jalousies, regrets, remords... Tout en fumant son cigare, les yeux mi-clos, Oreste Nava poursuit entre de lointains précipices l'écho d'anxiétés et de hontes clandestines, d'attentes glaciales ou parfumées près de l'angle des bastions, et a l'intuition confuse que, pourtant, cela en valait la peine, que c'étaient de vrais sentiments, de vraies aventures, de vrais risques. Que c'était la vraie vie.

Au bar, l'Américain dérape encore une fois sur le mot « agency », et Oreste Nava se laisse aller dans son fauteuil, content de n'avoir pas perdu le sommeil pour l'Eden-Roc de Sarzana, pour le motel à la périphérie de Campobasso.

2

Plus tard, après avoir ouvert deux robinets d'où semblaient jaillir des flots de larmes, après avoir dissous dans la baignoire le contenu ambré d'un sachet qui transformait les larmes en un soupir d'écume blanche, après avoir longuement séjourné, plus comme gisante que comme baigneuse, dans cette tiédeur de lente hémorragie, la malheureuse pouvait, l'esprit enténébré, émerger de l'eau, davantage comme une noyée de la Seine que comme une Vénus Anadyomène, et, faiblement, s'envelopper d'un suaire d'éponge, s'asseoir, engourdie, sur le bord de marbre pendant un temps incalculable, et enfin se secouer pour la véritablement ultime chose qui restât à accomplir.

Elle devait se rhabiller, tenir compte de la nuit, de

l'humidité, enfiler une jupe plus épaisse, un chandail, et retourner à la salle de bains pour retrouver dans le miroir un visage posthume. Elle devait se coiffer très, très lentement, répétant le même geste avec une obtuse opiniâtreté de machine, comme si ses cheveux étaient très longs, la très blonde chevelure de Marie du Désert.

Elle pouvait ensuite, après avoir contrôlé l'heure, se blottir dans un fauteuil et tâcher de dépasser la page 16 de *Corinne ou l'Italie*, de la baronne Anne-Louise-Germaine de Staël. Et elle pouvait ne pas y parvenir, et rester là, rester là à regarder ses mains. Ou bien elle pouvait aller vers la fenêtre, ouvrir, regarder au-dehors. Et puis la refermer, se blottir dans un autre fauteuil. Dire, gémir à voix basse, « Mon Dieu ». Ce qu'elle ne pouvait absolument pas faire était de passer dans le salon contigu et d'ouvrir une autre porte.

Jusqu'à ce qu'elle dût se relever, prendre un imperméable, suivre avec diligence les couloirs, porte après porte, numéro après numéro, se glisser dans l'ascenseur, s'abîmer dans le hall silencieux, sortir. Elle devait, encore, se remettre en marche, avancer d'un pas automatique pour laisser derrière elle des chats, des grilles, des portes d'entrée, de petits ponts, pour mesurer arche après arche toute la place Saint-Marc et, dans toute sa longueur immaculée, le palais des Doges, jusqu'à se trouver sur la courbe de la riva degli Schiavoni.

De réverbère en réverbère, elle devait la parcourir jusqu'au bout, dans l'air ici nettement marin, et elle pouvait compter les funèbres gondoles recouvertes de leurs bâches, compter les vaniteux remorqueurs amarrés, les mouettes endormies, les hôtels, les restaurants, les pontons qui se balançaient, où les derniers vaporetti embarquaient et débarquaient les derniers passagers. Elle devait persévérer le long d'un aliscaphe yougoslave accosté à la riva dei Martiri, insister le long d'un court navire de guerre gris dont l'accès était interdit par un marin armé qui allait et venait, tenir bon jusqu'aux Giardini, jusqu'à un siège des Giardini, à l'endroit d'où avait dû lever l'ancre la *Reine de la mer Ionienne* avec un passager de moins. Et là, s'asseoir, là, attendre, les yeux fixés là-bas, vers la droite, vers la pointe de la Dogana, où aboutissait le canal de la Giudecca.

Elle pouvait prêter ou ne pas prêter attention à quelques passants qui ralentissaient par curiosité ou pour autre chose, à trois garçons aux intentions hésitantes qui faisaient retraite après un coup d'œil, à un chien, l'éternel chien déboîté et solitaire qui flairait l'air. Elle pouvait rester éblouie par la troisième ou la quatrième flammèche jaillie de son briquet et regarder de nouveau vers la pointe de la Dogana, sans rien voir pendant un moment, puis, passé un autre moment, elle pouvait commencer à distinguer, à imaginer qu'elle distinguait, et puis, véritablement, indiscutablement, absolument, voir la silhouette d'un navire qui, à onze heures vingt-cinq, filait devant Venise, glissait, noir avec ses bandes jaunes, dans une sourde, secrète pulsation, devant les Giardini, et se perdait avec ses rares lumières derrière la pointe de Sant'Elena.

Elle pouvait aussi pleurer, mais elle serrait dans son poing une pièce fausse et ne pleurait pas.

3

Du pont de la *Marie-Jeanne*, Mr. Silvera voit passer Venise, se profiler les Giardini, et, dans les recoins de ce grenier encombré, confus, labyrinthique qu'est sa mémoire, il retrouve et reconstruit un instant l'hospice de Messer Gesù Cristo : de sombres, froids dortoirs pour les pèlerins et les mendiants, où, sous Dieu sait quel nom, il lui est arrivé de devoir dormir, en Dieu sait quelle année.

Il s'élevait là, derrière les Giardini, près d'un marais aujourd'hui asséché, et Mr. Silvera se remémore avec une certaine précision la paille, l'unique lampe à huile, l'odeur des corps, la voix — mais non les mots — d'un Grec débarqué de la même galère que lui et étendu à ses côtés. Il retrouve et chasse d'autres navires, un voilier anglais démâté, une procession de trirèmes byzantines à laquelle se superpose dans le souvenir une file de wagons de marchandises. De ses souvenirs, il chasse encore une outre, un heaume rouillé ; il écarte une caravane de chameaux, éloigne une cheminée, un camion Dodge, un marché quelque part en Ukraine. Il éloigne les yeux intenses, infiniment lumineux, d'une prostituée indienne. Il éloigne des voiles colorés, de longs colliers sonores, et les boutons rétifs d'une souple bottine rouge.

Il cherche, dans l'obscur grenier de sa mémoire, un coin moins obscur pour y déposer ce dernier souvenir : deux minuscules sabots de bois et de brocart, à très épaisse semelle, tels qu'en portaient les dames vénitiennes du temps jadis pour descendre dans la rue.

Ah, pense-t-il.

Ah, murmure Mr. Silvera en regardant défiler les réverbères des Giardini, puis s'éloigner, s'éteindre les ultimes lumières de Sant'Elena, de Sant'Erasmo, du Lido. Tandis que s'éloignent aussi, là-bas sur la rive, les sabots de la shikse qui aurait voulu, si elle avait pu, venir avec lui, cheminer avec lui jusqu'au jour du Jugement.

Index sentimental des noms, des lieux et des faits notables *

* Il ne s'agit pas d'un index complet, évidemment. Il y manque des lieux même notables tels que Saint-Marc, le palais des Doges, l'Accademia, négligés au profit du campiello dell'Abbazia, de l'humble calle del Doge, ou de la désolée calle del Vento. Et, parmi les noms de personnes, je m'aperçois par exemple que j'ai oublié Ida, la nièce de Raimondo, qui au fond ne doit pas m'être sympathique, alors qu'avec cette sotte de Cosima nous nous revoyons toujours volontiers. (*Note de la Protagoniste.*)

Table

DÉPÔT LÉGAL : JANVIER 1988

IMPRIMERIE S.E.P.C. À SAINT-AMAND (2-88)
DÉPÔT LÉGAL : JANVIER 1988. N° 9859-2 (079)